宋词经典研究系列

宋词说宋史

诸葛忆兵 著

北方文艺出版社

图书在版编目（CIP）数据

宋词说宋史 / 诸葛忆兵著 . -- 哈尔滨 : 北方文艺出版社 , 2019.10
ISBN 978-7-5317-4425-2

Ⅰ . ①宋… Ⅱ . ①诸… Ⅲ . ①宋词 – 诗词研究②中国历史 – 研究 – 宋代 Ⅳ . ① I207.23 ② K244.07

中国版本图书馆 CIP 数据核字 (2019) 第 171505 号

宋词说宋史
Songci Shuo Songshi

作　者 / 诸葛忆兵
责任编辑 / 路　嵩
封面设计 / 琥珀视觉

出版发行 / 北方文艺出版社
发行电话 / (0451) 85951921 85951915
地　址 / 哈尔滨市南岗区林兴街 3 号
邮　编 / 150080
经　销 / 新华书店
网　址 / www.bfwy.com

印　刷 / 廊坊市国彩印刷有限公司
字　数 / 186 千
版　次 / 2019 年 10 月第 1 版
开　本 / 710mm × 1000mm　1/ 16
印　张 / 16.5
印　次 / 2019 年 10 月第 1 次印刷

书　号 / 978-7-5317-4425-2
定　价 / 48.00 元

前　言

文史不分家，文学创作是现实社会的形象表现。通过阅读某个时代的文学作品，我们能够从某个角度了解那个时代的诸多历史现象。这些道理是大家都知道的。然而，在中国古代，不同体裁的文学作品，所反映的社会生活的宽窄面是完全不一样的。例如，让我们拿诗与词做一个比较。在古人的创作观念中，“诗言志”，诗歌可以反映大量的社会现实等内容；“词言情”，词只能用来书写单一的男女感情。所以，就风格的角度来说便形成了“诗庄词媚”的说法。

词起源于燕乐，最初是配合燕乐歌唱的歌词。“燕乐”的“燕”字通“宴”，“燕乐”就是举行宴席时演奏或演唱的音乐。换句话说，大量的西域音乐传入中原，才最终形成了“燕乐”体系，这是大量中原音乐家、文人精心筛选过的艺术体系。隋唐之际，人们在歌舞酒宴娱乐之时，厌倦了旧的音乐，对新传入中原的各种新鲜活泼的外来音乐产生了浓厚的兴趣，于是纷纷带着一种纵情、享乐的心理期待转向这些新的音乐，听“十七八女孩儿，执红牙板”，曼声细唱，莺娇燕柔。那么，在这样灯红酒绿、歌舞寻欢的娱乐场所，应该让歌伎舞女们演唱一些什么内容的歌曲呢？是否可以让这些歌儿舞女板着面孔唱道：“朱门酒肉臭，路有冻死骨？”或者让她们扯开喉咙唱“天生我才必有用，千金散尽还复来”？这一切显然都是与眼前寻欢作乐的歌舞场面不谐调的，是大煞风景的。于是，歌唱一些男女相恋相思的“艳词”，歌伎们装做出娇媚慵懒的姿态，才是最吻合眼前情景的。“艳词”的内容取向是由其流传的场所和所发挥的娱乐功能决定的。

“词为艳科”，宋词以善写男女私情著称。宋词描写最多的就是男欢女爱、春恨秋愁、离思别绪、风花雪月等题材内容，与“艳情”有着直接或间接的关系。在宋人的创作观念中，树立起“词言情”、“诗言志”的传统是很重要的，二者可谓泾渭分明，各司其职。柳永写诗，就会去反映海滨盐民生活的艰辛劳苦，其诗作《盐民叹》的风格与白居易“惟歌生民病”的新乐府诗相似。柳永的词却几乎都在津津乐道地夸耀自己“偎红依翠，风流事、平生畅”（《鹤冲天》）的艳冶生活经历，以及由此带来的别离苦思。李清照的《乌江》诗云：“生当作人杰，死亦为鬼雄。至今思项羽，不肯过江东！”是铿锵有力，掷地有声。而李清照的词几乎是清一色的“莫道不消魂，帘卷西风，人比黄花瘦”（《醉花阴》）般的缠绵悱恻的吟唱。委婉言情已经成为宋词的固定文体特征。宋词能够继唐诗而起，开辟出一片全新的天地，给后代读者以无穷的审美享受，就是因为其具备了与众不同的文体特征。宋词的审美价值和认识价值便奠基于此，宋词的巨大艺术魅力也来源于此。

宋词发展到苏轼这一代，上述的创作局面才发生了一定的变化。苏轼变革歌词创作，“以诗为词”。苏轼的词扩大了反映生活的领域，做到“无意不可入，无事不可言也”（刘熙载《艺概·词曲概》）。在苏轼现存的三百余首词里，有咏史、游仙、悼亡、惜别、登临、宴赏等题材，无所不包。此外，山河风貌、田园风光、参禅悟道、哲理探讨等，也都一一纳入笔下。经过苏轼的创作，人们才真正知晓词有反映生活万象的力量。苏轼的做法，在北宋没有得到什么响应。金兵入侵，北宋覆亡。南宋小朝廷，始终笼罩在外族入侵的阴影之下。南宋所有的文学体裁，无不受这历史巨变的影响。概览南宋词坛，词亦不得不走出象牙之塔，把目光投向更广阔的社会现实。苏轼的豪放之词，在此时产生了深远的影响。南宋词创作的新倾向，逐渐汇集成巨大的创作流派，也就是以辛弃疾为代表的爱国词派。辛弃疾词数量众多，涉及面广泛，且辛弃疾一生都是矢志不移的抗金战士，北伐大业始终是他关注的焦点，因此，辛弃疾创作了大量的爱国词。

“词为艳科”的传统是强大的。宋词虽然经过苏轼、辛弃疾等人的变革，反映的社会生活面得到了大大拓展，但是，抒写男女情爱始终是宋词的创作主流。即使是苏轼本人，流传至今的三百五十余首歌辞中，约三百一十余首作品仍然与“艳情”有关。若从这个角度观察宋词，那么其与宋史的关系就被我们看得有些狭义了。所以，阅读宋词，很难全方位地了解宋代的历史。这是阅读本书时，应该提醒读者朋友注意的问题。当然，作者仍然期待一种能够给读者朋友带来新的阅读体验的阅读视野的出现，来加深读者朋友对宋词与宋史的印象与理解。

目录

浊酒一杯家万里，燕然未勒归无计

北宋与西夏的战争[1]

塞下秋来风景异，衡阳雁去无留意。四面边声连角起。千嶂里，长烟落日孤城闭。　浊酒一杯家万里，燕然未勒归无计。羌管悠悠霜满地。人不寐，将军白发征夫泪。

范仲淹《渔家傲》

这首词作于北宋与西夏军事对峙时期。宋仁宗年间，范仲淹被朝廷派往西北前线，承担起北宋西北边疆防卫的重任。词是范仲淹关于守边愿望的复杂心态的真实袒露。词作反映了边塞生活的艰苦和词人巩固边防的决心，同时还表现出外患未除、功业未建、久戍边地、士兵思乡等复杂的心情。在思乡心切的将士们的眼中，塞外之景失去了宽广的气魄、欢愉的气氛，画面上笼罩着一种旷远雄浑，苍凉悲壮的氛围。在边塞熬白黑发、滴尽思乡泪，却又不能抛开国事不顾，将士们的心理是矛盾且复杂的。范仲淹虽然守边颇见成效，但从北宋与西夏的军事力量的对比上看，北宋处于下风，只能保持

① 本篇参阅李华瑞《宋夏关系史》，河北人民出版社 1998 年 9 月版。

守势。范仲淹守边的全部功绩都体现在“能够维持住守势”这样一个局面上，时而还有疲于奔命之感。这对有远大政治抱负的范仲淹来说肯定是远远不够的，但又是十分无奈的。所以，体现在词中的格调就不会是慷慨激昂的。在此之前，很少有人用词来写边塞生活。唐代韦应物的《调笑》虽有“边草无穷日暮”，但没有展开，且缺少真实的生活基础。所以，这首词实际上是边塞词的首创。

夏国崛起于宋朝的西北边境，史称“西夏”，这是由党项拓跋部在北宋时期建立的国家。党项羌自唐朝以来，一直散居于今天的宁夏、甘肃、青海等地区，而居住在夏州（今陕西靖边北白城子）的一个党项部落尤为强大，称平夏部。其首领拓跋思恭率部参加平定黄巢起义的战争，因功被唐朝授予夏州节度使，赐姓李，封夏国公，统辖夏、绥、银、宥四州（相当于今陕西北部与内蒙古伊克昭盟南部）。从唐末到北宋初年，拓跋氏世代相传，一直是该行政辖区的统治者。北宋太祖、太宗时期，拓跋氏与中原政权时而战争，时而结盟，对宋朝没有构成太大的威胁。宋太宗太平兴国七年（公元982年），夏州节度使李继捧因继位的合法性问题遭受宗室其他成员质疑，无法在当地立足，遂将所辖四州献给宋朝，率部分族人入朝并留居京师。宋太宗乘机派遣官员直接管理夏州，削弱当地党项势力，夺取拓跋贵族的兵权，强迫党项族人内迁。宋代朝廷的这些措施引起当地拓跋贵族和党项百姓的不满，李继捧的族弟李继迁等率众逃往夏州东北三百里的一处叫地斤泽的地方，打出复兴宗族部落的旗号，获得一些部落的支持，势力逐渐扩张。此后过了二十余年，其与宋朝之间经过了一系列的战争，慢慢站稳脚跟。宋真宗咸平五年（公元1002年），李继迁攻陷灵州，改灵州为西平府，以此作为夏国都城。

李继迁最终在一次战争败退时身中流矢，伤重不治去世，其子李德明继位。李继迁临终之时已经清楚地意识到战争给党项羌人带来了深重的灾难，于是嘱咐德明与宋廷议和。因此，李德明继位后，很快上表归顺宋朝。宋廷也急于从西北边疆的战争中摆脱出来，欣然接受李德明的归顺。宋真宗景德二年（公元1005年），宋、夏订立和约，宋朝承认李德明占有银、夏、灵诸州的既成事实，封其为西平王，授定难军节度使。并且，每年赐给银一万两、绢一万匹、钱三万贯、茶二万斤。李德明同时接受辽国的册封，为大夏国王，在宋辽之间寻求生存发展的空间。西夏，在与宋朝议和的同时，私下兼并土地，扩张势力。

宋仁宗明道元年（公元1032年），德明去世，元昊继承西夏国王位。继迁、德明两代东征西讨，其目的是为了自立。在自立的同时，他们仍然愿意臣属于宋廷。元昊则有更多的野心，他不愿意继续臣属宋廷，而是想要谋求与宋朝分庭抗礼的对等国家地位。继位之后，他开始有步骤地实施其立国称帝的宏伟计划。在这个过程中，元昊特意突出党项羌民族意识，增强民族凝聚力，以元为立国之本。除了模仿中原王朝政治体制、逐步完善国家机制之外，元昊还亲自主持了党项羌的文字创制工作，创西夏民族文字"蕃书"，后人称其为"西夏文"。经过数年的周密准备，宝元元年（公元1038年）十月十一日，元昊正式立国称帝，国号大夏，自称"始文英武兴法建礼仁孝皇帝"。在这期间，西夏国力迅速强大起来，开始了一系列扩张领土、弘扬国威的对外战争，西夏与北宋之间大规模的战争由此爆发。

北宋立国，鉴于唐代藩镇割据、军人跋扈的史实，多年来奉行强干弱枝、守内虚外和重文轻武的基本国策。所以，北宋中央集权的统治得到了有效的强化。但是，这一系列基本国策实施的另一个严重后果就是北宋军事力量的薄弱和边塞防卫的松弛。以北宋与西夏的接壤边境为例，宋朝军队的军事训练荒废已久，将军与士兵安享朝廷的奉养，“饱于衣食”，却连基本的军事素养都不具备。有的将士，甚至不能披戴盔甲、策马而行。有些将士虽然能够骑上战马、拉开弯弓、做出射箭动作，但只能望空发箭、射出一二十步的距离。而且，边塞“城池不修，资粮无备”（详见《长编》卷一二八、一三二）。面对精心准备、来势凶猛的西夏军队，两军的优劣、战争的胜负，都是一目了然、可以预见的。

然而北宋朝廷却并没有真正意识到双方军事力量对比所反映出的一系列问题。一方面，真宗以来，对西夏的扩张一直采取姑息妥协的政策，美其名曰：“姑务羁縻，以缓征战。”即姑且同意西夏表面称臣的做法，以求避免战争。直到元昊南面称帝，宋廷才开始不知所措。另一方面，面对西夏，宋廷仍然有中央大国的心态。认为党项羌是小族，实力有限，不可能真正与朝廷对抗。所以，宋廷也就不能接受西夏的“独立”，其强硬的态度渐渐被朝野所认可。元昊称帝的第二个月，宋廷就诏令沿边禁止与西夏互市，第二年二月又废除了保安军榷场。这一年的六月，宋仁宗下诏削夺元昊的一切官爵，撤销所赐国姓，并且对西夏实施经济制裁。朝廷明诏边疆有能捕捉元昊派遣的刺探者的，赏钱十万。同时，宋廷也加紧边塞军事力量的部署，企图用战争手段解决问题。宝元元年（公元1038年）十二月，朝廷调任环庆路副部署、殿前都虞侯、邕州观察使刘平为鄜延路副部署，三司使、户部尚书夏竦为奉宁节度使、知永兴军，资政殿学士、吏部侍郎、知河南府范雍为振武节度使、知延州。由夏竦和范雍主持陕西方面的军事防卫事宜。朝廷又颁布命令，让陕西军队中了解西夏国情的“勇敢智谋之士”，赴京师向朝廷陈述攻取战略方针。招募全国各地的精兵分隶禁军，以增强西北防线的军事力量。宋、夏双方秣马厉兵，战争一触即发。

宋仁宗景祐元年（公元1034年），元昊尝试在宋、夏边境发动小规模的军事进攻，以了解北宋的军事部署和军队实力，寻求大规模军事活动的战机。宋仁宗康定元年（公元1040年）正月，元昊经过精心的策划和准备，终于发起了对鄜延帅府地延州方面大规模的军事进攻。

知延州范雍并无军事韬略，得知元昊军事行动的消息后，赶紧上报朝廷，请求增兵援助。同时，元昊派部属向范雍诈降，传递虚假军事情报，范雍居然深信不疑，延州方面遂不再做军事防备。元昊于是率大军发起猛烈进攻，首先攻占延州西北面的金明寨，活捉素有“铁壁相公”之称的李士彬父子。而后，连续攻破安远、塞门、永平诸寨，西夏大军直抵延州城下。范雍紧闭城门，坚守延州，且急调刘平、石元孙、黄德和三将领率部众万余人增援延州。刘平轻敌冒进，被夏人引入延州附近的三川口（今延安市西北）预设埋伏圈，陷入了西夏军队的重重包围之中。宋军力战之后无法突围，黄德和率后军首先溃逃，宋军全线崩溃，刘平和石元孙都被俘获。这一战，震惊了北宋朝野，史称“三川口之战”。西夏军队围困延州七日七夜，因大雪才撤军，延州得以幸存。

三川口之战后，宋廷对中央政府和西北边防都做了新的调整和部署。中书和枢密院二府对战争的失败负全责，最高长官被集体罢免。西北主帅范雍被降职，另调韩琦等人主持前线防务。韩琦上任后，立即向朝廷推荐长自己19岁的范仲淹。康定元年（公元1040年）三月，知越州范仲淹被调往西北前线，与韩琦共同承担起军事防护的重任。这一年的五月，宋廷任命夏竦为陕西都部署兼经略安抚使、缘边招讨使，作为西北前线的主帅；任命韩琦和范仲淹为陕西经略安抚副使、同管勾都部署司事，作为夏竦的副手。韩琦负责泾源路防务（泾源路治所在渭州，即今甘肃平凉），范仲淹负责鄜延路防务（鄜延路治所在延州，即今延安），夏竦驻扎在永兴军（今西安市）。三人互为犄角，组成西北前沿新的防线。

范仲淹临危受命，到达延州后，发现当地“戎马之后，原野萧条”，处处破败凄凉。此时，知延州张存不堪重任，以母亲年迈为理由，请求调回内地。范仲淹在国家危难之际，显示出他以天下为己任的博大心胸，主动要求兼知延州，朝廷欣然同意。

北宋派文臣作为军队的统帅，文臣多数不通军务，所以，一旦遭遇战争，北宋军队便屡战屡败。北宋文臣中也有个别才干过人、兼通军事的杰出人才，范仲淹就是一个典型人物。

首先，范仲淹对宋、夏双方的形势有非常切合实际且深入透彻的了解，可以称得上知己知彼。面对北宋社会“积贫积弱”和军队士气低落的现实，范仲淹提出了积极防御的应对策略。他反对宋廷妄自尊大，盲目地对西夏发动反攻战役。宋朝军队在数量上虽然远远超过西夏军队，但是缺乏“宿将精兵”，缺乏训练且军心涣散，战斗实力反而远远不如对方。而且宋朝军队如果想讨伐西夏，还要穿越长距离的沙漠等荒凉地带，粮草军需供应都非常困难。既然如此，范仲淹便放弃了深入西夏境内攻击的想法，主张训练边塞军队，打一场持久的防御战。

其次，针对沿边军队编制和作战方式不合理、缺乏起码的军事训练等问题，范仲淹进行了大规模的整顿和变革。宋朝军队官制有总管、钤辖、都监等级别，总管领兵一万人，钤辖领兵五千人，都监领兵三千人。一旦发生战争，官小的先领兵出战。范仲淹说："将不择人，以官为先后，取败之道也。"(《宋史·范仲淹传》)如果打仗不根据具体需要选择将领，而只是以官阶的高低作为依据，是必然要失败的。于是范仲淹全面检阅延州军队，淘汰老弱军人，选取了一万八千名精兵，分作六队，每队各三千人，分派六位都监统率。范仲淹对这些选出来的精兵，又进行了严格的军事训练。如果有敌军入侵，就根据敌情的不同，各队轮番出战，相互照应。经过范仲淹的整顿训练，军队的整体面貌焕然一新，应变能力和作战能力得到了大大提高。范仲淹这些做法，很快就在西北前线其他军事防区得以推广。

最后，范仲淹贯彻的是积极的防御战略，而不是被动地等待应战。因此，范仲淹派遣整顿良好训练有素的军队，在延州周边主动出战。延州军队一方面修复了金明寨、万安城，一方面收复了塞门寨等军事据点，延州的外围军事防范能力整体上得到加强。范仲淹又听取部将种世衡的建议，派遣种世衡率兵在离延州二百里的故垒上修筑城池，取名为"青涧城"，成为延州的有力屏障。范仲淹再派任福率兵深入西夏境内四十余里地，攻破西夏城池，俘获甚多。他变被动挨打为主动出击，由屡战屡败转为初战告捷，延州前线的紧张危险形势在他的部署下得到了充分的缓解。传言西夏人都有这样的说法："无以延州为意，今小范老子腹中自有数万兵甲，不比大范老子可欺也。"(《长编》卷一二八)就是说，再也不能打延州的主意了，范仲淹胸中就有数万大军。大范，指范雍；小范，指范仲淹。可见西夏人对范仲淹的敬畏之心。

韩琦的战略思想，却与范仲淹不同，他主张积极进攻，寻找西夏主力进行决战，速战速决，彻底歼灭西夏主要军事力量。随着西北军事力量的加强，宋仁宗求胜之心变得日益迫切。他召集两府大臣集体商议西北军务，宰相吕夷简等主张进攻，认为长期防御耗费太大。于是，朝廷决定采用韩琦、尹洙所上的攻策，诏令鄜延、泾源两路共同发兵，全国其他地方调发五万头驴为陕西前线运送军需给养。发动进攻的时间定在宋仁宗庆历元年（公元1041年）春天。

范仲淹作为鄜延路主帅，向朝廷连上三表，坚决反对进攻决策。范仲淹认为初春塞外雨雪酷寒，宋军深入险阻之地，行动不便，战争没有胜算。如果遭受夏军突袭，两路大军溃败，西北边防就完全空虚了。在反对朝廷重大决策无效的情况下，范仲淹要求鄜延路按兵不动，一方面用来牵制西夏东面的军力，一方面也为两国和谈留一点余地。宋朝军队对外战争失败的教训太多了，宋太宗以后的历代皇帝从内心深处对战争都有一种恐惧感，没有取胜的信心，宋仁宗也不例外。所以，范仲淹留有后路的请求得到了朝廷的批准。

韩琦和尹洙，从私交角度来说，是范仲淹的知己朋友；从政见角度来说，是范仲淹坚定的政治盟友。他们依然希望范仲淹能与他们共同出兵，以增强宋军的进攻实力。主帅夏竦特派尹洙到延州，当面说服范仲淹。尹洙在延州逗留二十天，最终也不能劝说范仲淹出兵，叹息认为：范仲淹这点不如韩琦，韩琦能够将胜负置之度外，果断决策，范仲淹则过于谨慎。范仲淹回答说："大军出动，关系到千百万人的性命，怎么可以将胜负置之度外？"

庆历元年（公元1041年）二月，元昊率十万大军进攻渭州，逼近怀远城（今宁夏吉县偏城乡）。韩琦认为决战的时机到了，立即赶往前线作军事部署。韩琦命令环庆副总管任福率一万八千士兵绕道敌后，截断夏军归路，等西夏军队回头时再予以截击。而在此之前，不可轻易与敌军交战。韩琦甚至叮嘱说："如果违背命令，就算取得战功也要斩首。"

任福率兵在张家堡（今宁夏隆德境内）南遭遇敌军，短兵相接，斩首数百，西夏军队丢弃装备、财物，仓皇逃窜。其实，这是元昊设下的诱敌深入的计谋，前方已经设好埋伏圈，等待宋军自投罗网。任福果然贪功轻敌，完全不顾韩琦的战略部署，也完全忘记了韩琦的一再叮嘱，率部急追。宋军因此脱离了原来的行军路线，粮草不继，将士疲乏，到达好水川（今宁夏隆德城北）时，钻进了西夏军队设置的包围圈。元昊事先在路边放置了一些银白色的泥盒子，进入包围圈的宋军打开盒子，一百多只哨鸽腾空飞起，埋伏在四周山峦之间的西夏十万大军见哨鸽飞出，便将宋军分割成三部分，团团围住。好水川一战，宋军阵亡一万余人，主将任福战死疆场。西夏军队趁势大肆抢掠北宋沿边州县，西北边防再度全面吃紧。西夏人因此嘲笑宋朝将帅和士兵的无能，说："夏竦何时耸，韩琦未是奇。满川龙虎辇，尤自说兵机。"

任福违背命令、轻敌冒进，要对这次战败负直接责任。韩琦作为主帅，用人不当，贸然出兵，更应该负主要责任。韩琦回军路上，遇到这次阵亡将士的家属数千人，捧着死者旧衣、提着纸钱，拦路哭泣招魂，他们哭道："你们过去随韩招讨使出征，今天诏讨使回来而你们却战死了，你们的灵魂还能跟随诏讨使回来吗？"哭声震天动地，韩琦内疚悲泣，驻马不前。范仲淹听说此事后，叹息说："此时此刻，更不能将胜负置之度外了。”这一战，史称“好水川之战”。

“好水川之战”的结果证明了范仲淹有关西北军事决策的正确性。范仲淹与西夏交往方面始终坚持军事、外交并重的方针，军事上采取积极防御的策略，外交上寻求两国和解的途径。在“好水川之战”前，元昊就曾派被俘的塞门寨寨主高延德到延州向范仲淹请和。此时，元昊正在积极准备发动新一轮战争，请和不过是一种掩饰其真实目的的手段。范仲淹思维敏锐缜密，看穿了元昊玩的诡计。他认为这次请和没有诚意，西夏也没有提供请和的正式表章，所以决定不向朝廷报告。自己起草，给元昊回复一信，对之晓以大义，劝说元昊与宋朝议和。“好水川之战”后，元昊态度转而强横，回信中语气傲慢，且有许多不恭的言语。范仲淹从顾全大国体面和皇帝尊严的角度出发，录下副本后，当使者面焚烧来信，仅将信末求和的一些言辞，上报朝廷。范仲淹勇于承担责任的做法，违背了封建专制时代“人臣无外交”的原则，在朝廷引发相当大的争议。副宰相宋庠甚至请求将范仲淹斩首。军政副长官杜衍则认为范仲淹忠心耿耿，本意是为朝廷分忧，不可以过重责罚。宰相吕夷简和宋仁宗都同意这样的处理意见，范仲淹被降职，改知耀州（今陕西耀州）。韩琦也因败战自请处分，降职改知秦州（今甘肃天水）。

韩琦、范仲淹虽然遭降职处分，但这仅仅是朝廷的表面做法，私下里朝廷依然将西北前线的军务交给韩琦、范仲淹的。同年十月，朝廷重新起用韩琦和范仲淹。朝廷将西北防线重新划分为秦凤、泾源、环庆、鄜延四路，分别以韩琦、王沿、范仲淹、庞籍负责四路军务，重新组织起西北新的防线。为了统一军政指挥权，同年十二月，朝廷诏令取消其他诸路都部署、副部署所带的经略使、诏讨使名号，一致归并四路诏讨使司节制。朝廷还授予韩琦、范仲淹方便处事的权限，凡军情紧急来不及奏报者，韩琦和范仲淹可随机处理。

这次的防线调整，使泾源路成为战争中薄弱的一环。泾源路主帅王沿，不懂边防军务，无识人之才。而且，泾源路沿线一马平川，“略无险阻”，易攻难守。元昊敏锐地捕捉到战机，再度发动战争。宋仁宗庆历二年（公元1042）年闰九月，西夏十万大军兵分两路向南入侵，王沿派遣副都部署葛怀敏率兵出战。葛怀敏刚愎自用，不通军事，对此范仲淹等早有警告，连王沿的儿子王豫，也认为“怀敏非将才”，劝告父亲换帅，王沿也置之不理。葛怀敏重蹈宋军骄横轻敌的覆辙，再度中了元昊诱敌深入的计谋，在定川砦（今宁夏固原县中和乡）陷入西夏军队的重重包围。这一战，葛怀敏等16位将领战死，宋军被俘9400余人。西夏军队长驱直入，兵抵渭州城下。沿途六七百里地，被烧杀抢掠，几成废墟。范仲淹听说元昊南侵的消息后，主动派兵六千驰援。西夏军队同时遭到沿途宋朝守军的极力抗击，疲惫困顿，最终无功而返。这一战，史称“定川砦之战”。

“定川砦之战”后，西北战事更加依赖范仲淹和韩琦。朝廷完全接受范仲淹的军事部署，让范仲淹和韩琦共同经略泾源。范仲淹积极防御的思想在西北前线得到贯彻落实。范仲淹和韩琦齐心协力，共同构筑了西北相对稳固的防线。此后，西夏军队很难能够捕捉到入侵的战机。西北军情，渐趋稳定。西北沿线的百姓因此编出了这样的歌谣：“军中有一韩，西贼闻之心胆寒；军中有一范，西贼闻之惊破胆。”宋仁宗庆历三年（公元1043）四月，范仲淹和韩琦内调中央，被朝廷委以更多的重任。

西夏国小民穷，历年战争给本国人民带来沉重灾难。虽然与北宋的战争中，西夏多次取得胜利，但是，西夏并没有因为战争占据到宋朝太多的土地，获得太多的实际利益。相反，西夏有限的兵力和物力都被不断消耗在战场上，国力日益衰微。北宋的经济制裁也使西夏的国家经济逐渐陷入困境，西夏国内“饮无茶，衣帛贵”，百姓怨言增多。议和也成为西夏谋求进一步发展的最好出路。几次战争期间，元昊派人与宋朝议和，也都是有一定诚意的。只是双方议和条件相去甚远，无法达成一致。宋朝边防稳固之后，西夏求和之心变得迫切。宋仁宗庆历三年（公元1043年）以来，双方史者往返频繁，相互磋商议和条件，观点渐渐靠拢。宋仁宗庆历四年（公元1044年）五月，宋、夏双方终于达成和平协议。协议规定：元昊削去帝号，向北宋称臣，宋朝册封元昊为夏国主；双方恢复贸易，但不开放盐禁；宋朝赐西夏“岁币”绢十三万匹、银五万两、茶二万斤，其他节日和元昊生日再赐银二万两、银器二千两、绢帛等二万三千匹、茶一万斤，共计二十五万五千。

“庆历和议”签署之后，宋夏之间大致能够维持和平共处的局面。零星战役则接连不断，如宋神宗登基初，宋、夏围绕绥州展开一系列争夺战。宋英宗治平四年（公元1067年），北宋边将种谔夺取西夏绥州。绥州位于宋、夏边界之交通要道，是两国必争的军事要塞。宋神宗熙宁三年（公元1071年）四月，西夏出兵二万来争夺绥德城，沿线修筑了八个城堡。边将郭逵严令宋将士坚守城池，不与西夏军队发生直接冲突。西夏人修筑城堡完毕，留少量部队守卫。郭逵认为出击时机已经成熟，命令宋军四路出击，一举收回失地，夏军败逃。同时，宋军又在庆州沿线取得防守反击战的胜利。受这一系列小胜利的鼓励，宋廷决定由参知政事韩绛挂帅，率军征讨西夏，沿绥州攻取横山。这一次，双方互有胜败，宋军最终无功而返。

此后，宋、夏之间还有几次规模较大的战争。如宋神宗元丰四年（公元1081年）发生的灵州之战。宋神宗年间，宋朝经历了新法变革，国力稍强，于是有了吞并西夏的野心。这一年七月，宋朝三十多万大军从三个方向兵分五路进讨西夏。宋朝各路大军一开始捷报频传，攻城拔寨，高歌猛进。后来，遇到恶劣的天气，粮草不继，将士困乏，宋朝军队最终溃散败退。宋神宗并不甘心这次失败，元丰五年（公元1082年）八月，再度派遣徐禧等率兵出战。宋军将帅不和，意见分歧，主帅徐禧贪功，宋朝大军在永乐城被西夏军队团团包围。徐禧等最后战死，永乐城被攻破，宋军再度损兵折将。

到了宋哲宗亲政、宋徽宗执政等年间，两帝以继承父志为己任，继续发动对西夏的战争，双方互有胜负。绍圣、元符年间，宋哲宗锐意开拓边境，北宋军队屯兵熙河、泾源、鄜延、环庆、河东五路，做出进攻态势。宋哲宗绍圣四年（公元1097年），章楶出任泾源帅。征得朝廷同意后，不到一个月的时间就在石门峡之口、好水河之北修筑了平夏城和灵平寨。此地乃宋、夏必争的战略要地，西夏多次出兵争夺这两座城寨。宋哲宗元符元年（公元1098年）七月，西夏征集大军前来争夺平夏城，号称一百五十万，据说夏人是“空国入争”。宋军坚守城池14日，陕西诸路所策应的声援军队也逐渐云集，西夏只得无功而返。平夏城保卫战对北宋军队来说，是久违的胜利。

宋徽宗在位期间发生的统安城之战，是北宋与西夏的最后一次正面会战。宋徽宗政和四年（公元1114年），西夏入侵北宋，朝廷命宦官童贯为陕西、河东、河西经略使，率兵攻讨西夏，两国再起战争。童贯分两路出兵，重点是从熙河路攻击西夏右厢。政和五年（公元

1115年)春，熙河经略使刘法率宋军主力15万出湟州，受阻后筑城屯守。秦凤路经略使刘仲武率另一路5万大军，略有斩获。这一年秋八月，童贯再命刘仲武、王厚合四路大军攻打西夏藏地河城。宋军溃败，损失近半，童贯隐瞒不报。而后，双方攻打对方城池的小规模战役时有发生，都以屠城作为报复手段。如政和六年（公元1116年)春，刘法、刘仲武攻占了西夏仁多泉城，屠城；这一年冬，西夏攻占北宋泾源靖夏城，屠城。政和八年（公元1118年)，宋军在钟师道的统率下终于攻占了西夏藏地河城。在双方的拉锯战中，宋方略占上风。童贯认为直取河陇的时机已经成熟，强命刘法出兵。宋军深入敌境，在统安城下与西夏军队遭遇，最终全面溃败，损兵10万，刘法阵亡。这也是北宋对西夏战争的最后一次溃败。

哲宗、徽宗年间，北宋和西夏的国力都已经衰弱，战争持续时间也相对短暂。宋、夏战争的高峰期已经过去。

纵观北宋与西夏的一系列战争，北宋在经济和军事两方面的整体实力都远远超过西夏，西夏确实只是北宋西北边疆的蕞尔小国。然而，一方面北宋积贫积弱，军政腐败，将帅无能；另一方面，西夏军队凶悍善战，战略战术得当，善于集中优势兵力打歼灭战，所以，在北宋与西夏近百年的战争过程中，北宋败多胜少。北宋在西北前线最辉煌的时候，就是宋仁宗年间韩琦、范仲淹守边的时期，那时候也不过是维持住“守势”而已。不过，双方的经济和军事实力相差过大，因此，西夏始终无法将某一次战役的胜利转化为领土的扩张或实力的增长。反而，西夏在不断的战争中被拖得筋疲力尽。北宋虽然屡遭败战，但凭借大国的实力，总是能重新聚集起力量，与西夏进行下一轮的争夺。两国在和平休战时期，贸易往来，互通有无，国家与百姓都获得了更多的利益。历史告诉后人：民族之间要和睦相处，决不要战争！

宋词中描写到西夏入侵、西北战事的作品还有许多首。脍炙人口的，如苏轼知密州（今山东诸城）时所写的《江城子·密州出猎》：

老夫聊发少年狂。左牵黄，右擎苍。锦帽貂裘，千骑卷平冈。为报倾城随太守，亲射虎，看孙郎。 酒酣胸胆尚开张。鬓微霜，又何妨？持节云中，何日遣冯唐？会挽雕弓如满月，西北望，射天狼。

“西北望，射天狼”的表态，就是期望自己能够效仿范仲淹等前贤，到西北前线发挥自己的才能，为保家卫国做出贡献。徽宗年间，贺铸作《六州歌头》，自叙身世，其中有句子说：“不请长缨，系取天骄种，剑吼西风。”所表达的正是为国平定西北边患的心愿，与苏轼相同。

蔡挺在宋神宗熙宁年间镇守西北前线，填写《喜迁莺》一阕，词中说：“岁华向晚愁思，谁念玉关人老？”歌曲传唱到神宗那里，神宗就说：“玉关人老，朕甚念之。枢管有阙，留以待汝。”意思是，你镇守边疆，年龄大了，我会考虑这件事的。中央枢密院（中央军政最高机构）有空缺的位置，留着给你。果然，蔡挺不久就调回京城，出任枢密院副使（枢密院副长官）。这是宋词创作与西北军事有关的一段佳话。

针线闲拈伴伊坐。和我，免使年少，光阴虚过
宋代的歌楼[1]

自春来、惨绿愁红，芳心是事可可。日上花梢，莺穿柳带，犹压香衾卧。暖酥消，腻云亸，终日厌厌倦梳裹。无那！恨薄情一去，音书无个。　早知恁么，悔当初、不把雕鞍锁。向鸡窗、只与蛮笺象管，拘束教吟课。镇相随，莫抛躲，针线闲拈伴伊坐。和我，免使年少，光阴虚过。

柳永《定风波》

这首词描写一位歌伎与恋人分别之后的相思之情。春回大地、万紫千红之时，这位妓女却见“绿”而心情惨淡，见“红”而频添忧愁。一直到红日高照、燕舞莺歌之际，她依然拥衾高卧。如此的面黄肌瘦，懒于妆扮，都是因为“恨薄情一去，音书无个”。下片写歌伎内心的悔恨之情和对自我构筑的美好生活。与两人的相亲相爱相聚比较，利禄功名都不在话下。堕入情网的歌伎又有什么更多的愿望或幻想呢？难道还能真的盼望“金榜题名时、洞房花烛夜”

① 本篇参阅沈松勤《唐宋词社会文化学研究》，浙江大学出版社2000年1月版。

吗？现实一点，只求“和我，免使年少光阴虚过”也就足够了。柳永对歌伎内心的这种理解比较独特，它与“丈夫志四方”的男子或具有“停机德”的闺中贤妇截然不同。在古代社会，一个妓女为了情爱，幻想能把所喜欢的人锁在家里，这无疑也是带有叛逆色彩的。这里所抒写的应该是柳永因仕途失意所发的牢骚。

翻开宋词，描写歌伎的篇章比比皆是。“词为艳科”，唐宋词的题材集中在男欢女爱、伤春悲秋、离愁别绪、风花雪月等方面，与“艳情”有着直接或间接的关系。“艳词”的内容取向是由其流传的场所和所发挥的娱乐功能决定的。隋唐之际，人们在歌舞酒宴娱乐之时，厌倦了旧的音乐，对新传入中原的各种新鲜活泼的外来音乐发生浓厚兴趣，于是纷纷带着一种娱情、享乐的心理期待转向这些新的音乐，听“十七八女孩儿，执红牙板”，曼声细唱，莺娇燕柔。这种新的音乐，被称之为“燕乐”。“燕”，通假“宴”，即“宴乐”。也就是说，这是一种专门流行于酒宴之间的音乐。词就是配合“燕乐”演唱的歌词。那么，在这样灯红酒绿、歌舞寻欢的娱乐场所，让歌伎舞女们演唱一些什么样内容的歌曲呢？是否可以让这些歌儿舞女板着面孔唱道：“朱门酒肉臭，路有冻死骨”？或者让她们扯开喉咙唱道：“天生我才必有用，千金散尽还复来”？这一切显然都是与眼前寻欢作乐的歌舞场面不谐调的，是大煞风景的。于是，歌唱一些男女相恋相思的“艳词”，歌伎们装做出娇媚慵懒的情态，那是最吻合眼前情景的。可以得出这样的结论：宋代歌楼的兴盛，带来了宋词创作的繁荣；宋词所抒写的绝大多数恋情，都与歌伎舞女相关。如“家住西秦，赌博艺随身。花柳上，斗尖新。偶学念奴声调，有时高遏行云。蜀锦缠头无数，不负辛勤。”（晏殊《山亭柳·赠歌者》)“思往事，惜流芳，易成伤。拟歌先敛，欲笑还颦，最断人肠。”(欧阳修《诉衷情》)“彩袖殷勤捧玉钟，当年拚却醉颜红。舞低杨柳楼心月，歌尽桃花扇底风。”(晏几道《鹧鸪天》)“遥知新妆了，开朱户，应自待月西厢。最苦梦魂，今宵不到伊行。问甚时说与，佳音密耗，寄将秦镜，偷换韩香。天便教人，霎时厮见何妨。”(周邦彦《风流子》)脍炙人口的诗篇，举不胜举。

歌伎或娼妓的出现，要追溯到先秦时期。自从人类社会发展进入到男权时代，女子依附于人，娼妓职业随之出现。早在殷商时期，就有了与祭祀鬼神相关的“巫娼”,《尚书》中有一定的文献记载(详见王书奴《中国娼妓史》，岳麓书社1998年9月版)。西周以来，关于娼妓的文献记载逐渐增多；战国以后，娼妓行业的发展走向兴盛。代代相传，一代胜过一代。到了唐宋时期，与流行于酒宴间的新兴音乐“燕乐”相结合，歌儿舞女大量涌现。或者说，能歌善舞成为当时娼妓谋生的必要手段。

宋代享乐之风盛行。宋王朝在建立了自己的政权以后，吸取唐代藩镇割据、臣僚结党、君权旁落的经验教训，努力加强君主集权，削弱臣下势力。宋太祖赵匡胤拒绝通过杀戮功臣、激化矛盾的残暴手段来达到集权的目的，而是通过一种类似于金帛赎买的缓和手段，换取臣下手中的权力。宋太祖曾与石守信等军中重要将帅夜宴，劝他们自动解除兵权，“多积金帛田宅以遗子孙，歌儿舞女以终天年”。(《宋史·石守信传》)这就是历史上著名的“杯酒释兵权”的故事。所以，赵宋统治者不但不压制反而鼓励臣下追逐声色、宴饮寻乐的奢靡生活；鼓励他们家庭多养“歌儿舞女”，纵情享受。对待文臣，皇帝也采取类似手段，待遇格外优厚。仅就官俸而言，据考证，宋代比汉代增加近十倍，比清代仍高出二到六倍（详见彭信威《中国货币史》）。生活环境的优越，就使得这些文人士大夫有了足够的追逐声色享受的经济实力。

与历代相比，宋人是最公开讲究生活享受的。文武大臣家养声伎，婢妾成群，已经成为一种社会风气。据王莹《群书类编故事》卷九记载：宋真宗认为天下太平，时常劝大臣养歌伎来自我娱乐。当时的宰相王曾生活比较简朴，家里不养歌儿舞女，真宗就责令内廷宦官限期为王曾购买女人，甚至在官场中、在上下级之间，也并不避讳。《邵氏闻见录》卷八载："西昆派"著名诗人钱惟演任洛阳地方长官，欧阳修等都是他的下属。一天，欧阳修等游嵩山，傍晚的时候才回到龙门香山，天已经开始下雪。钱惟演特地送来厨师与歌伎，并传话说："游山玩水非常辛苦，你们就留在龙门赏雪吧。官府里公务比较简单，你们不用急忙赶回来办公。"注意，这里长官送来的不仅仅是酒菜，还有歌伎。这就是宋代的官场作风和社会风气。

因为这样的官场作风和社会风气，宋代的歌伎行业异常繁荣昌盛。

宋代歌伎，从身份上来说可以分为官妓、家妓、私妓三类，大致是对唐代歌伎制度的承袭。官妓从属于官府设置的相关部门，由宫廷教坊的歌伎、军队中的"营妓"、州郡歌伎构成。北宋初年，宫廷教坊分为东、西两个部门，共有歌伎及其他乐工460人，大都是平定境内各诸侯小国时搜罗来的。其中，歌儿舞女153人组成女弟子队，分成《菩萨蛮》、《抛球乐》、《采莲》等10队，负责专门的歌舞，供朝廷宴会娱乐。宋太宗后来又增设钧容班，隶属中央禁军，规模与教坊相似。这几种中央歌舞乐团，到了南宋绍兴年间才有所减少并且开始合并。

从属地方州郡管辖的歌伎数量非常庞大，她们在官府举行的各种宴会上唱歌跳舞，娱乐宾客。宋人贪图享受，送往迎来的宴会从不间断，官妓们也就忙碌异常。仪真的一位歌伎曾经说："仪真过客如云，无时不开宴，望顷刻之适不可得。"（洪迈《夷坚志·丁志》卷十二）客人多，宴会多，官妓想得到片刻休息都不可能。虽然多少有点夸张，大致还是能感受到宋代官妓的日常生活状态的。管理官妓的是"乐营将"，或称"乐将"。调派官妓应酬各种宴会，都是"乐将"的职责。

宋代文人士大夫，与地方官妓的交往特别频繁，宋代文献资料中有太多关于"风流韵事"的记载，且大部分与宋词创作有关。举欧阳修的一个例子。钱愐《钱氏私志》载：欧阳修任职河南推官施，与当地的一位官妓交往密切。当时，地方长官是钱惟演，当代著名诗人梅尧臣、尹洙等与欧阳修为同僚。他们认为欧阳修与这位官妓的过度亲密，有碍名声，多次禀告长官钱惟演，劝讽欧阳修，但欧阳修依然我行我素。一天，大家参加官府后园的宴会，客人都齐集了，只有欧阳修和那位歌伎迟到了许久才来。坐下来以后，还互相眉目传情。钱惟演责备歌伎说："为什么迟到？"歌伎回答说："我在凉堂睡觉，醒来时发现丢失了金钗，一直没找到。"钱惟演说："如果欧阳修为你这件事写一首词，我就赔偿你。"欧阳修当场填写《临江仙》一阕，说："柳外轻雷池上雨，雨声滴碎荷声。小楼西角断虹明。阑干倚处，待得月华升。　燕子飞来窥画栋，玉钩垂下帘旌。凉波不动簟纹平。水精双枕，旁有堕钗横。"满座宾客皆为之叹服。接着钱惟演便让歌伎当宴歌唱，下令官府赔偿歌伎的金钗。

地方官妓想脱离歌伎生涯、改变自己身份，就是所说的“从良”，必须得到地方长官的批准。关于这方面的故事记载，最著名的是“台妓严蕊”。据周密《齐东野语》卷二十：天台歌伎严蕊，字幼芳，擅长琴棋书画，歌舞出众，色艺冠绝一时。而且，博学多才，诗词创作新颖别致，又善于与人交往。所以，远近闻名，宾客众多，纷纷不远千里登门求见。地方长官唐仲友与严蕊交往也非常密切。朱熹为了陷害唐仲友，便指唐与严有私情，严刑拷打严蕊，严蕊最终也不肯屈招。朱熹离任后，岳霖到天台任长官。岳霖同情严蕊无辜，命严蕊作词自证清白。严蕊立即口占《卜算子》，歌词说：“不是爱风尘，似被前缘误。花落花开自有时，总赖东君主。　去也终须去。住也如何住？若得山花插满头，莫问奴归处。”严蕊看透了男人世界的虚情假意，如果从良，只要求去过无拘无束、自由自在的生活。岳霖因此判严蕊出狱，脱籍从良。

州郡地方需要色艺出众的歌伎服务于官府宴会，地方长官不会随意让歌伎从良，他们的决定是有选择性的。王辟之《渑水燕谈录》卷十载：苏轼任杭州通判时，杭州太守职位空缺，苏轼暂时代理。一位号“九尾狐”姓陈的歌伎因年老而企求脱籍从良，苏轼立即同意，批示说：“五日京兆，判状不难；九尾野狐，从良任便。”“五日京兆”是指自己暂时代理杭州太守的职权。苏轼说：“我虽然是暂时代理太守权职，做出这样的批准还是不难的。这位歌伎既然年龄大了，就任由她从良。”另外一位姓周的歌伎，色艺堪称杭州城第一，听说姓陈的歌伎从良请求得到批准，也向苏轼提出从良嫁人的申请，苏轼这次的批复则与上次完全不同：“慕《周南》之化，此意虽可嘉；空冀北之群，所请宜不允。”《周南》是《诗经》中十五“国风”之一，代指儒家经典。“冀北”据说盛产千里马，这里代指出色的歌伎。苏轼说：“这位歌伎受到儒家伦理道德的教化，愿意从良，其志可嘉。但是，如果这位歌伎从良，杭州的官妓就没有出色的人物了，所以，不能够批准她的请求。”苏轼以戏谑的口吻、调笑的语气，对两位歌伎的申请做了不同的批复，既显示出苏轼处处幽默的生活态度，也表现出宋代官员处理此类问题的基本态度。苏轼某次路过镇江时，酒宴间填写《减字木兰花》一首，代当地太守批复官妓郑容和高莹落籍从良的申请，也是一种诗词风雅、文字游戏的态度。词说：“郑庄好客，容我尊前时堕帻。落笔生风，籍甚声名独我公。　高山白早，莹雪肌肤那解老？从此南徐，良夜清风月满湖。”（见陈善《扪虱新话》下集卷九）将这首词的上阕每句开头第一个字连起来，就是“郑容落籍”，下阕则时“高莹从良”。苏轼才思敏捷，善于驾驭文字，于此可见一斑。

宋代官员与官妓的交往，只限于宴席间的逢场作戏与调笑应酬，而实质性的相亲相爱或两性关系是不被允许的，中央对此有明确规定。据田汝成《西湖游览志余》卷二十一记载：“宋时阃帅郡守等官，虽得以官妓歌舞佐酒，然不得私侍枕席。熙宁中，祖无择知杭州，坐与官妓薛希涛通，为王安石所执。希涛榜笞至死，不肯承伏。”杭州太守祖无择触犯这一条，就被王安石严厉处罚，歌伎薛希涛也被牵累，几乎被拷打致死。仁宗年间触犯这条规定而遭贬官的可不只这几位。《宋史》卷二百九十八载：蒋堂知益州，在任时间久了之后，据说与官妓私通，结果就被调离当地。《宋史》卷三百二十四载：刘涣在并州做官的时候，与营妓有染，受到了降职处分。上文提到的“严蕊事件”，就是南宋年间的一则例证。

宋人家庭蓄养歌舞姬妾之风甚盛，这批歌伎被称之为“家妓”。官员每逢加官晋级，都要增购家妓，家妓的数量越来越多。豪门权贵，文人墨客，乃至各级大小官员，闲暇时间都沉湎于歌舞声色享乐之中。宋人喜欢邀请朋友、同僚到家中聚饮，这时，在宴席之间表演歌舞的就是主人家的“家妓”。叶梦得《避暑录话》卷上记载：晏殊富贵以后，每天都要在家中宴请宾客，每次的宴会都一定有家妓歌舞助兴，所谓“歌乐相佐，谈笑杂出”。喝酒、欣赏歌舞表演等告一段落，晏殊就让家妓退下，说：“汝曹呈艺已毕，吾当呈艺。”就是说：“你们表演完了，该我们表演了。”于是，撤掉桌上酒菜，摆好纸笔，晏殊与众宾客开始赋诗填词。晏殊儿子晏几道，家境已经败落，家中没有多少歌伎，却照样到朋友家寻欢作乐。晏几道为自己的词所作的序跋中就说，当年常到友人沈廉叔、陈君龙家饮酒作乐，看友人家歌伎表演，其中有莲、鸿、苹、云四位歌伎最为出色。他们也当场填词，将草稿交给这些歌女，由家妓当宴演唱新创作的歌曲。晏几道许多脍炙人口的词篇，都是回忆当年的这一段生活，如《临江仙》下阕说：“记得小蘋初见，两重心字罗衣。琵琶弦上说相思。当时明月在，曾照彩云归。”

周密《齐东野语》卷二十记载的张镃家的歌舞场景，便能充分说明宋代达官贵人蓄养歌伎数量之多、歌舞之盛。南宋朝廷重臣张镃富甲一方，家中歌舞场面盛大。每年牡丹花开时，便要举行“牡丹会”。宾客集齐之后，主人便问左右：“香点了吗？”左右回答说：“点了。”主人命人卷帘，就有异香从内到外弥漫开来，满室馥郁。众多歌伎捧着酒菜和乐器，丝竹，依次进场。另外有特别出众的歌伎十人，都穿着白衣，头上和衣领上的装饰都是牡丹花。她们头戴一朵“照殿红”，拿着歌板唱歌劝酒。唱完歌、演奏完音乐，整队退场，帘幕垂挂如旧。过了许久，香气再度传出，又像刚才那样卷帘。另外十位美丽的歌伎换了服装和所佩戴的牡丹花再次出场，戴白牡丹花的穿紫色衣服，戴紫牡丹花的穿鹅黄色衣服，戴黄牡丹花的穿红色衣服。前后十队，服装和佩戴的牡丹花也换了十次，歌伎从不重复。歌伎演唱的都是前辈写牡丹花的名篇。酒宴结束后，歌伎和乐工数百人列队送客。而人们的感受是“烛光香雾，歌吹杂作，客皆恍然如仙游也。”从这次演出的场景来看，张镃家的歌伎有数百人之多。

宋代私妓的数量也非常可观。随着都市经济的发展，宋代都市里妓馆比比皆是。据孟元老《东京梦华录》记载：北宋都城汴京，御街宣德楼向西去都是妓女馆舍，当时被称为“院街”；御街朱雀门以东，大抵也都是妓馆；御街东朱雀门外、西通新门瓦子以南杀猪巷，妓馆更是林立。其他如东鸡儿巷、西鸡儿巷等处，也是妓馆密集的处所。根据这段记载可以知道，北宋汴京最繁华的御街上生意最兴隆的就是妓院。而京城的各家酒店，到夜晚时灯烛辉煌，上下辉映，数百位浓妆艳丽的歌伎聚集在主廊，凭靠在楼窗，招揽顾客，“望之宛如神仙”。酒宴间，歌伎要为客人斟酒，唱歌助兴，送水果香药，等等。这些歌伎俗称“斯波”。还有下等一些的歌伎，不呼自来，在酒宴间献唱，得一点小钱物的馈赠，这些被称为“札客”，或称“打酒坐”。韦庄的《菩萨蛮》就写了五代时酒楼歌伎招客的情景，说：“骑马倚斜桥，满楼红袖招。”北宋汴京有过之而无不及。南宋也是如此，凭栏招客的歌伎称“卖客”，不请自来而在一边强行演唱的称“擦坐”。在酒楼与歌伎喝第一杯酒，也要赏钱数贯，称“支酒”。有时，也可以从其他酒楼招歌伎前来，称“过街轿”。周密《武林旧事》专设“歌馆”一条，写南宋都城临安歌楼盛况。如“靓妆迎门，争妍卖笑，朝歌暮弦，摇荡心目。”

宋代歌伎每日与灯红酒绿的奢靡生活联系在一起，仿佛生活在花团锦簇之中。个别色艺冠绝一时的名妓，生活确实非常奢侈。如北宋名妓李师师，每次所得的嫖资可以千万计算。《武林旧事》提到的南宋名妓赛观音、孟家蝉、吴怜儿、唐安安等，家里使用的所有器皿用具都是金银制作。南宋淳祐年间名妓徐兰，居住处所是厅堂别馆，曲折华丽；亭台池榭，无不具备。家中“金银宝玩，名人书画，饮食受用之类，莫不精妙”。（周密《癸辛杂识》续集下）然而，大多数歌伎的一生是辛酸苦辣的。许多良家女孩或因家贫、或有其他原因，自幼沦落妓院，被强行教习歌舞，在鞭子的抽打下长大，出来歌舞应酬客人，稍不如主人或客人意，便要遭受严厉的处罚。如北宋吕士隆任宣州知州时，特别喜欢鞭打官妓；南宋张渊高价购买美貌歌伎，平日肆意鞭打，家妓时刻战战兢兢。翻开宋人笔记，骂妓、殴妓、侮妓之事随处可见，这在当时是十分正常的，与歌伎卑贱的身份地位相吻合。

在宋代男性心目中，歌伎不过是身外之物，供一时尽兴，可以随意抛弃或转赠他人。姜夔凭《暗香》、《疏影》二首词得范成大欢心，范成大就把家妓小红送给姜夔，姜夔因此有诗说：“自作新词韵最娇，小红低唱我吹箫。曲终过尽松陵路，回首烟波十四桥。”（《过垂虹》）辛弃疾请医生为妻子看病，妻子病愈后，辛弃疾就把家妓整整送给医生作为酬谢，并且当场填《好事近》一词说：“医者索酬劳，那得许多钱帛。只有一个整整，也合盘盛得。　下官歌舞转凄凉，剩得几枝笛？觑著这般火色，告妈妈将息。”这些都是文坛佳话，为时人和后人所津津乐道，却从没有人关心过被当作物品递传的小红、整整的感受如何。换一个角度，小红、整整也是活生生的人，也有自己的个性与爱好，有自己的择偶标准与情感需求，有自己的喜怒哀乐。身不由己，被随意转送，对宋代歌伎来说是更深一层的痛苦。

与这种情景相对应，宋代痴情的歌伎多，负心的男子也多。江少虞《宋朝事实类苑》卷七十便记载了北宋这样一件令人发指的事：襄阳人杨孜，刚到京师应进士考试时，与一位私妓过往甚密。这位娼妓倾其所有资助杨孜。杨孜考取进士以后，就骗这位妓女说要娶她为妻，于是两人一起回襄阳。快到襄阳时，杨孜突然对娼妓说："我很久以前就娶了妻子，她的脾气很凶悍。明天到家以后，恐怕你要时时受她的折磨。我思考了好多天了，我们不如一起殉情自杀，怎么样？"娼妓回答说："你能为我而死，我又有什么可惜的！"这位妓女被骗先喝了毒酒，杨孜却又变卦了，说："现在我们两人一起死了，我家人来了一定会埋葬我的尸体，你的尸体就要被扔到沟里喂猫头鹰了。不如我先葬了你，再死不迟。"妓女到这时也知道被骗，大声叫道："你骗我到这里，就是为了用诡计谋杀我！"没过多久她就死了。

然而宋代还有许多妓女，已经在残酷的现实生活中对男子的无情也有了清醒的认识，蜀地歌伎有《鹊桥仙》词，上阕说："说盟说誓，说情说意，动便春愁满纸。多应念得脱空经，是那个先生教底？"所以，严蕊如果能够落籍，只要求去过无拘无束、自由自在的生活。"若得山花插满头，莫问奴归处。"这才是歌伎从良后的真实生活诉求。

翻开宋词，绝大多数作品与歌伎相关。以浪子柳永为例，结束本文。柳永浪迹江湖，随处留情，视歌伎为消愁解闷的玩物。他向往“是处王孙，几多游妓，往往携素手”(《笛家弄》)的艳冶生活，期待“更阑烛影花阴下，少年人、往往奇遇”(《迎新春》)的意外艳遇，总是以江湖浪子“邪狭”的目光炯炯地盯着众多女性。举他的《斗百花》词为例：“满搦宫腰纤细，年纪方当笄岁。刚被风流沾惹，与合垂杨双髻。初学严妆，如描似削身材，怯雨羞云情意。举措多娇媚。 争耐心性，未会先怜佳婿。长是夜深，不肯便入鸳被。与解罗裳，盈盈背立银釭，却道你但先睡。”从上阕的叙述描写中就知道词人已酥了半身。下阕词人用似怨实怜的语气，所表达的仅仅是作者的欲望。偏偏这样一位可心佳人“不肯便入鸳被”，柳永无所顾忌地用俚言俗语将自己的“猴急”心态赤裸裸地表现出来。这种狎妓病态心理在当时的病态社会里，反而显得十分正常，被众人、乃至社会文化所认可。民间流传了众多柳永狎妓的故事，都是用津津乐道、羡慕不已的口吻叙述着的。“众名妓春风吊柳七”，故事里甚至将这种病态心理与幻觉延续到辞世之后。

回到当今社会，我们应该对宋代的歌伎制度、对宋词中表现出来的不正常的嫖妓心态，持批判的态度。

市列珠玑，户盈罗绮，竞豪奢

宋代的都市经济[1]

东南形胜，三吴都会，钱塘自古繁华。烟柳画桥，风帘翠幕，参差十万人家。云树绕堤沙，怒涛卷霜雪，天堑无涯。市列珠玑，户盈罗绮，竞豪奢。　重湖叠巘清嘉。有三秋桂子，十里荷花。羌管弄晴，菱歌泛夜，嬉嬉钓叟莲娃。千骑拥高牙。乘醉听箫鼓，吟赏烟霞。异日图将好景，归去凤池夸。

柳永《望海潮》

据《岁时广记》卷三十一引《古今词话》：这首词是柳永为阿谀杭州地方长官创作的。当时杭州知府孙何与柳永是布衣之交，柳永到杭州后求见无门，就写了这首《望海潮》，交给杭州名妓楚楚，要她在官府酒宴时演唱。孙何在酒宴上听到这首歌曲，击节赞赏。听说是柳永写的，当时就接柳永来共同饮酒作乐。

柳永在杭州生活过一段时间，对杭州的山水名胜、风土人情不仅有亲身的体会，而且对杭州怀有极其深厚的热爱之情。他以激动

① 本篇参阅周宝珠《宋代东京研究》，河南大学出版社 1999 年 2 月版。

的诗笔，把杭州描绘得雄伟壮观、清幽秀美而又富丽非凡。在短短的117字中，杭州的形势，钱塘江的涌潮，西湖的荷花，市区的繁荣，上层人士的享乐，下层百姓的生活都一一展现在读者面前。柳永善于抓住具有特征性的事物，用饱蘸激情而又带有夸张的笔调，寥寥数语便笔下生风。上片主要勾画钱塘的“形胜”与“繁华”，大笔浓墨，高屋建瓴，气象万千。写法上由概括到具体，逐次展开，步步深化。开篇三句点出“形胜”“都会”与“繁华”，下面便紧紧围绕这六个字各安排三句，做形象地铺写，境界立即展开；“烟柳画桥”三句写的是“都会”美丽的风景和人烟的茂密，这里垂柳、画桥、风帘、翠幕相互掩映，“十万人家”错落其间。“云树绕堤沙”三句侧重刻画“形胜”，写出钱塘江潮的险峻气势。这里钱塘江“天堑”气势雄伟，波涛卷雪，一望无际，堤岸上云树缭绕，更为大好江山增添了不少妩媚的情调。“市列珠玑”三句突出了杭州城的富庶繁华，这里集市上多“珠玑”之类贵重商品的罗列，家家户户多有“绮罗”之类的奢侈享受，彼此之间在比阔摆富。这样一幅画面，词人也是极尽夸张之笔。但是，由于观察的细腻、描写的真切、语辞的活泼、情感的投入，人们丝毫没有感受到此行有浮夸的地方。

下片侧重于描绘西湖的美景与游人的欢乐。西湖是杭州城美丽的集粹，是杭州城的象征与代表。苏轼在杭州写的西湖的名篇《饮湖上初晴后雨》(“水光潋滟晴方好，山色空蒙雨亦奇。欲把西湖比西子，淡妆浓抹总相宜”)，脍炙人口，家喻户晓。柳永腾出下片所有的笔墨，集中写西湖，就突出了杭州城的特色，杭州城的神采风韵，玲珑毕现。写法上着眼于“好景”二字，尤其突出“好景”中的人物。“重湖”三句描绘西湖美景，“三秋桂子，十里荷花”是天生的好语言。西湖分内湖和外湖，风景不同，故称“重湖”。西湖周边，有连绵重叠、造型各异的翠绿山峰，妩媚中带有一分峻峭。南宋康与之有《长相思·游西湖》写两岸的翠峰叠嶂说：“南高峰，北高峰，一片湖光烟霭中。”南宋袁正真也有《长相思》说：“南高峰，北高峰，南北高峰云淡浓。湖山画图中。”这些都可以与柳永的词句进行对照阅读。何况，这里还有“三秋桂子”飘香，“十里荷花”盛放，人间天堂，绝非溢美。“羌管弄晴”三句写湖面上游玩欢乐的情景。“钓叟”，代指隐士，泛指墨客骚人；“莲娃”，指陪同游湖的歌儿舞女。晴日里，湖面上随处“羌管”悠悠；入夜后，西湖边依然“菱歌”悠扬，熙熙攘攘；往来不绝的是“钓叟莲娃”。“千骑拥高牙”写的是州郡长官。高牙，高大的牙旗，代指州郡长官。杭州城这样的繁华盛丽，百姓的安居乐业，都是地方长官治理的政绩。州郡长官不仅有“吟赏烟霞”的儒雅，还有“乘醉听箫鼓”般与民同乐的闲暇。结尾两句归结到本意。柳永谀美杭州城长官，将来回到朝廷，也有足够的政绩可以夸耀了。换言之，仕途通达也在意料之中。

江南风光，自南朝以来逐渐被人们发掘、认识。杭州，在唐朝的时候便以风景秀丽而闻名。白居易《忆江南》说：“江南忆，最忆是杭州。山寺月中寻桂子，郡亭枕上看潮头。何日更重游？”到了北宋，杭州更成为江南最繁华的大都市之一。柳永这首词形象地描绘出杭州天堂般的盛景，艺术感染力是很强的。相传金主完颜亮听完“三秋桂子，十里荷花”以后，便对杭州垂涎三尺，因而更加坚定了他侵吞南宋的想法。宋谢驿诗说：“莫把杭州曲子讴，荷花十里桂三秋。岂知草木无情物，牵动长江万里愁。”这虽是传说，却并不一定可信，然而杭州优美迷人确是真的。特别是经过柳永的艺术加工，杭州被写得更加令人心驰神往。这首《望海潮》，在艺术上几乎超过了前人所有歌颂杭州的诗词。

特别值得提出且肯定的是：柳永这首称颂杭州的词，超越了前人诗词仅仅写杭州自然风光的基本格局，涉及到都市经济的繁华、都市居民的富庶等新的内容，为读者提供了更为丰富的生活画面。这样的诗意描写，虽然有文学夸张之处，但大体上与宋代都市经济的发展相吻合。

历代京城都是都市经济发展最典型的代表城市。以下就把北宋都城汴京作为个案剖析，旁涉其他都市，以观宋代都市经济发展的概貌。汴京在宋太宗时期人口就近百万，到北宋中叶以后，人口增至一百五十万左右（详见《宋代东京研究》319至324页）。南宋都城临安，宋孝宗乾道年间人口超过五十五万，宋度宗咸淳年间人口已经增加到一百二十四余万（见《瓦舍文化与宋元戏剧》第22页）。能维持这么多居住者的起居饮食、日常消费，充分显示了以上城市的承载能力和繁荣程度。

首先，来看汴京的交通状况。

交通运输是都市经济发展的大动脉，四通八达的交通，能够充分保障都市经济健康良好的发展。汴京交通分水、陆两路。陆路主要干道沟通东西南北，一直到达边陲地区。如，陆路向西可以经过洛阳沟通关中，一直到达秦川（甘肃天水）和四川；向北经过滑（河南滑县）、大名（河北大名）沟通河北诸州，一直到达辽国的南京（北京市）；向东既可以经过济（山东巨野）、兖（山东兖州）、齐（山东济南）沟通山东半岛诸地，也可以经过南京（河南商丘）、徐州，抵达海州（江苏连云港）；向南可以经过陈州沟通淮河中游诸地；还可以向西南经过许（河南许昌）、邓（河南邓县）沟通襄州，然后西入汉中、南下江陵（湖北江陵）诸地。

汴京交通更大程度上依赖水路。关于汴京的河流交通，有“东都三带”之说。北宋初年，吴越王钱俶向宋太祖进贡珍贵的“宝犀带”，太祖说：“我有三条带，与这条带不同。”钱俶要求观赏，太祖回答说：“汴河一条，惠民河一条，五丈河一条。”（范镇《东斋记事·补遗》）从太祖的这段对话中可以看出，水路交通对于汴京的重要意义。

宋代汴河，就是隋炀帝开凿的通济渠。在唐末五代战乱时，年久失修，时时断航。宋代汴京物质供应，很大程度上依赖汴河，如江浙每年数百万石的粮食和丰富的物产都是通过这条水路漕运到京城的。所以，朝廷每年花费大量的财力、劳力疏通和维修汴河。每年开春，朝廷要征调大批民工开挖汴口，即引黄河入汴河的河口。同时，清除引黄入汴带来的大量泥沙。清除淤积泥沙的工程，有时从冬季就开始了。征调民工人数有时多达三十万。泥沙淤积，还会使汴河河床的淤滩增多，造成航道阻塞，朝廷为此采取“狭河”措施。大约是将成捆的树枝用木桩钉固定在河岸，使河道变得狭窄，水流加快。宋神宗元丰二年（公元1079），完成了引伊河、洛河清水入汴河的工程，极大地提高了汴河的运输能力。从此，“江淮扁舟，四时上下，昼夜不绝。”（《续资治通鉴长编》卷二百九十七）朝廷还在汴河上游沿岸设置水柜，储藏清水，以供汴河水源困乏时使用；在汴河上设置闸门、斗门，分流河水，解决洪水泛滥问题。关于汴河交通对于京城的重要意义，北宋初年张洎有如下评价：“汴水横亘中国，首承大河，漕引江、湖，利尽南海。半天下之财赋，

并山泽之百货，悉由此路而进。”(《宋史》卷九十三《河渠志》)

五丈河即白沟河的下流，因阔五丈而得名。北宋初年，境内尚未统一，汴京的粮食供应主要依仗京东诸州的租赋，通过五丈河漕运到汴京的粮食每年多达百余万石。宋太祖建隆二年(公元961年)二月，朝廷第一次大规模整治五丈河，征调民夫三万人。朝廷同时凿渠引水，增加五丈河流量。宋太祖开宝六年(公元973年)三月，五丈河改名为广济河。自此之后屡有维修，到北宋后期，漕运一直很畅通。

惠民河，又名蔡河，其中一段曾名闵河，是沟通汴京与蔡州(河南汝南县)的一条运河。宋代对其进行了多次的疏浚河道、开挖新河、调节水流的工程建设和维修。如，宋太宗太平兴国五年(公元980年)，征调民夫三万，开挖新河九十里，延长了惠民河，增强了交通便利。宋真宗时，又沿惠民河修建了诸多斗门、堰闸、堤岸、水渠等等，充分发挥了惠民河的多种作用。

北宋初年，对于上述三条河流大致承担的漕运数量，北宋中叶张方平曾有过追述："国家初浚河渠三道，通京城漕运，自后定立上供年额。汴河斛斗六百万石，广济河六十二万石，惠民河六十万石。”(《乐全集》卷二十七《论汴河利害事》)以此为参照数字，可见三条河流在汴京水路交通网络中所起的重要作用。此外，汴京可依赖的水路交通还有金水河、黄河、白沟等等，与上述三条河流共同组成便利的交通网络。

其次，来看手工业制造状况。

在当时生产水平的限制下，比较发达的是手工制造业。百姓的饮食起居、日常用品、文化生活消费，以及朝廷诸多用具，都需要手工制造。如金属制造、水磨加工、曲酒酿造、陶瓷制造、制药、造船、织染、裁剪、刺绣、印刷、军工等等。可以说，手工制造业在当时的都市经济中占据的比例最大。

宋代手工制造业从性质上可以分成官营、私营两大类。朝廷和官府的绝大多数用具，以及军队的军事器械，都由官营的手工作坊生产。朝廷设立的与手工制造业相关的部门有以下这些：工部、少府监（包括文思院、绫锦院、染院、裁造院、文绣院）、将作监（包括修内司、东西八作司、竹木务、事材场、丹粉所、作坊物料库、退材场、窑务、帘泊场）、军器监（包括东西作坊、作坊物料库、皮角场、弓弩院）、后苑制造所、后苑烧朱所等。从这些部门和下属单位的名称来看，制造的产品涉及面极其广泛，有生活用具、服装、舟车、钱币、金银首饰、珠宝加工、兵器等。这些产品，有的是一个部门单独生产，有的则是多个部门分工协作生产。例如，少府监下属的五个部门就是合作生产的。这些官营作坊规模庞大，私营作坊远远不能与之相比。如东西作坊，下面又分木、杖鼓 、藤席、锁子、竹、漆、马甲、大弩、雕木、蜡烛、地衣、铁甲、铜、磨剑、银、打线、角、枪、针、画、灯球等52个作坊。文思院则有42作，后苑制造所有81作，种类繁多，分工相当细致。作坊里的工匠，各自擅长一门技术，相互补充，却不能彼此取代。

官方的日常用途涉及所有方面，所以，官营的手工作坊也涉及生产的各个领域。此外，宋代官方对多种商品采取专卖制度，即禁榷制度。因此，官营手工作坊的数量更加庞大。例如，宋代实行曲酒专卖制度，称“榷酤”。具体地说：民间可以酿酒，但是酒曲必须由官办的作坊“都曲院”专门制作，百姓从官府手中购买酒曲酿酒。全国大小城市都设有与京城类似的都曲院。京城都曲院在敦义坊，宋真宗景德四年（公元1007年）八月制定该院生产规模：每年磨麦4万石，用驴600头，用步磨30盘，服役士兵428人，得面3227392斤，得酒曲916635斤。这里服役的士兵，实际上就是作坊工人。作坊还可以雇用一定数量的有技术的百姓，分担作坊的技术工作，如3人做领班，23人做拌和、炒焦等具体工作，6人充“踏匠”。（以上数字均见《宋会要辑稿·职官》二六之三四）举出这一组数字，就可以看出当时官府设置手工作坊的规模。

造酒则分官造和私酿两类。内廷下属内酒坊，内酒坊所酿造的酒为宋代最好的名酒之一。内廷酿酒所用的粮食，北宋初年为800石，宋真宗时已经达到3000石，宋仁宗时增加到8万石。当时京城每年酿酒所消费的粮食总数是30万石，内酒坊使用粮食的数量占总数的四分之一还要多。汴京民间酒店，到北宋末年规模较大的有72家。这些酒店既酿酒又卖酒，所产名酒甚多，如丰乐楼的“眉寿”、高阳店的“流霞”、会仙楼的“玉胥”、中山园子店的“千日春”等等，宋人张能臣有详细记载。加上达官贵族家酿美酒，张能臣所记录的京城美酒多达53种。各地名酒，更是数不胜数。以江南都市为例，有杭州的“竹叶青”、江宁府（南京市）的“百桃”、苏州的“木兰堂”、明州（宁波市）的“金波”、越州（绍兴市）的“蓬莱”等等（详见朱弁《曲洧旧闻》卷七“张次贤记天下酒名”条）。

再以印刷业为例。宋代官、私印刷业都极其发达，儒家经典、百家学说、诸家别集、类书、医书、算书，及其他杂书，都被大量印刷发行。叶梦得《石林燕语》卷八记载：宋代印刷业有四大中心，杭州所印刷的书籍，质量最高；汴京印刷的书籍，印刷技术过硬，但纸张质量不如杭州；四川和福建印刷的书籍，以质地柔软的木料为刻板，生产成本低，销售量大，尤其是福建印刷的书籍，遍及全国。京城国子监、崇文院、秘书监、司天监等政府部门，都有下属刻书机构，出版各类教科书与文献典籍。除京师使用之外，还分别赐给全国各地的学校或政府部门。宋初国子监书库存书只有四千余册，到宋真宗年间就增加到十余万册。朝廷主持的大型图书《太平御览》、《太平广记》、《文苑英华》、《册府元龟》也陆续印刷出版。汴京私营刻书作坊称“书铺”，一边刻板印刷，一边销售书籍。当时朝臣奏议、科举考试范文、名家文集或选集，都是广受欢迎的书籍，非常畅销。相国寺东街的荣六郎经史书籍铺，就是以刻印、销售经史类书籍而闻名。南宋杭州书商陈起的书铺位于临安府棚北街的睦亲坊，陆续刻印唐宋各家诗集出版。尤其是陈起收集当时诗人的作品刻印出版，统称《江湖集》，非常著名，时人有“南渡好诗都刻尽”的评语，形成南宋后期创作声势最为浩大的“江湖诗派”。

其他手工产业作坊规模也很庞大。如绫锦院设在昭庆坊，院内役使的工匠和士兵达一千多人；裁造院设在利仁坊，后来迁徙到延康坊，宋初就有工匠267人。负责制陶的是东、西窑务，东窑务在宋真宗时工匠人数就达到1200人，西窑务每年则要负责烧制砖瓦1154万件。种类繁多的手工制造业，及其规模水平，在当时吸引了大量的从业人员。在官府作坊中劳作的主要是“厢军”，北宋初年厢军约18万，到宋神宗熙宁初年则增加到50余万。厢军以外，宋代朝廷招募的民间工匠数量也非常多，而且有完整制度的招募方式。其中对工匠的手艺、身高、健康状况，都有具体要求。宋代手工作坊雇用制度也比较发达，出现了中间经纪人“牙人”或“行老”。

《东京梦华录》记载，汴京手工作坊雇用工匠和劳力，很大程度上依赖“牙人”和“行老”。此外，还出现了制度化的“工假日”，或一月休息一天，或酷暑、严寒时节暂停劳作。

通过上述诸多介绍，可以了解到，宋代手工制造业是都市经济繁荣发展的主要支柱。

接着，来看商业贸易状况。

商业贸易为都市经济的持续发展贯注了源源不断的新鲜活力，自身也成为都市经济的一个重要组成部分。从商业贸易的角度看宋代的都市结构，会发现其呈现出了与前代都市不同的风貌。宋代以前的都市格局，比较严格地遵循了生活居住与商业贸易分离的原则，即坊、市分离制度。坊是居住区，市是商业贸易区，坊与市之间有坊墙隔离，开东西南北四门。入市交易有固定时间，坊门的开闭以击鼓为号。这种都市经济模式，表明都市商贸仍然处于低级阶段，经营规模有限。而到了宋代，便开始形成坊、市合一的新型都市。隔离坊、市的围墙或遭破坏，或被拆除。商业店铺临街开设，随处可见。店铺之外，流动商贩非常活跃。街头巷尾，桥边路口，都成了商品交易的处所。这样一幅熙熙攘攘的热闹场景，在《清明上河图》里有生动真实的体现。陆游《临安春雨初霁》说：“小楼一夜听春雨，深巷明朝卖杏花。”描述了类似的生活情景。就商业贸易而言，宋代都市是开放的，商贸经济已经渗透到都市的每一个角落。

与前代都市商贸相比，宋代有相当的特色，其中之一就是夜市的普遍出现。宋代以前，都市大致实行宵禁，唐代只有上元节前后开放夜市几天，其他日子都是黄昏罢市锁门。宋代坊、市合一，没有锁门罢市一说，店铺营业的时间越来越长，夜市的存在已为人们所接受。苏轼诗歌描写了京都夜市的热闹，说："龙津观夜市，灯火亦煌煌。"(《苏轼诗集》卷一《牛口见月》)《东京梦华录》记载：出朱雀门，一直到龙津桥，都是汴京夜市集中而繁华的街区。《东京梦华录》"州桥夜市"条对汴京夜市经营的情况有详细记载，经营内容以多种小吃为主，如：水饭、熬肉、干脯、鸡、梅家鹿、家鹅、鸭、兔、肚肺、鳝鱼包子、鸡皮、腰肾、鸡碎、旋煎羊、白肠、鲊脯、批切羊头、辣脚子、姜辣萝卜、纱糖、冰雪冷元子、生淹水木瓜、药木瓜、鸡头穰沙糖、绿豆、甘草冰雪凉水、荔枝膏、广芥瓜儿、咸菜、杏片、梅子姜、莴苣笋、香糖果子、荔枝、越梅、金丝党梅，等等。诸多小吃，统称"杂嚼"。苏轼又有诗写真定府（保定）夜市说："牙旗穿夜市，铁马响春冰。"(《苏轼诗集》卷三十九《上元夜》)由此可见宋代许多都市普遍都有夜市。朝廷规定夜市应该在三更前结束，实际上却不能得到很好的落实，许多夜市通宵达旦地经营。《东京梦华录》"马行街铺席"条记载：马行街茶楼酒店、饮食小吃比比皆是，许多店铺三更才关门，五更又开张了，相当于通宵营业。最繁华热闹的街区，干脆"通宵不绝"。甚至冬季大风雪或阴雨的日子里，夜市照样开张。有些夜市，买卖服装、图画。书籍等，到天亮就收摊，当时称之为"鬼市"。夜市出现及其繁盛，是都市经济迅猛发展的一个很好例证。

"瓦市"是宋代独具特色的都市商业经营方式的体现，据说是宋仁宗年间形成的（廖奔《中国古代剧场史》第42页）。瓦市的性质与庙会相似，"瓦者，野合易散之意也"（耐得翁《都城纪胜·瓦舍众伎》），取其"来时瓦合，去其瓦解"、易聚易散之意。瓦市定期举办，集商贸、演艺于一体。汴京最热闹的瓦市在相国寺，每月定期举办八次，时间为朔、望、三、八日。即：朔，初一；望，十五；三，逢三的日子（初三、十三、二十三）；八，逢八的日子（初八、十八、二十八），共计八次。南宋都城临安的瓦市是宋室南渡后创设。据说最初是在“绍兴和议”签署之后，军队统帅创设以供将士娱乐的，后来成为“士庶放荡不羁之所，亦为子弟流连堕落之地。”（耐得翁《都城纪胜·瓦舍众伎》）

相国寺是汴京第一大寺，有64院，可以容纳众多商家。相国寺的中庭和两边走廊开阔宽敞，可以容纳上万人，是举办大型商贸与娱乐的好地方。相国寺里名胜古迹很多，可以同时供游人观赏。《东京梦华录》有“相国寺万姓交易”一条，具体记载瓦市的盛况：大三门上都是“飞禽猫犬之类，珍禽奇兽，无所不有”。第二、第三门之间都用来买卖日常生活用品和新鲜果品、腊肉，如洗漱用具、床上用品等，还卖鞍辔、弓箭。靠近佛殿的地方，是名牌产品的专卖场所，如“孟家道院王道人蜜煎”、“赵文秀笔”、“潘谷墨”等；各庵尼姑们的手工品也在这里销售，大致都是女子首饰、衣帽服饰等。佛殿后面资圣门前，则是书籍、古玩的摊位；还有各地罢任官员所携带的土特产，也在这里出售。后廊是巫婆、神汉、算卦人的活动场所，同时出售与这些神巫活动相关的用品。

宋代都市商贸发达到如此地步，以至道士、尼姑、罢任官员都席卷其中。甚至相国寺的和尚也开设了卖猪肉的“烧猪院”，惠明和尚成了烧制猪肉的好手，北宋著名文人杨亿特别喜欢吃惠明制作的猪肉，经常领同僚前来品尝。和尚卖猪肉，与宗教戒律相违背，名声不好，杨亿特地将“烧猪院”改名为“烧朱院”。（详见张舜民《画墁录》）这真是幼稚至极、掩耳盗铃的方式。

瓦市中专设“勾栏”，是固定的演艺场所，大约是因为用栏杆和壁板圈定的演出场所所以才得此名字。有封闭式，有露天式，形式多样。勾栏里艺人表演歌舞、杂技、说书、小唱、杂剧、傀儡戏等等，也举办相扑、斗鸡等娱乐活动。勾栏内有戏台，或称“乐台”，戏台后面是戏房，演员上下场的出入口称“鬼门道”。《东京梦华录》“京瓦伎艺”条记载宋徽宗崇宁、大观年间勾栏里各类节目著名表演者近七十人，如李师师、徐婆惜、封宜奴等。

经商是积累财富比较快速的一种手段，许多大商人都拥有雄厚的资产，富甲一方。宋真宗时，宰相王旦就说：“商人‘坐取厚利，京城资产百万者至多，十万而上，比比皆是’。”（《续资治通鉴长编》卷八十五）宋仁宗庆历年间，北宋与西夏发生战争，军费开支有巨大空缺，朝廷召集京城数十家富商借贷，一日之内就筹足了军费。其中李姓一户就借给朝廷二十余万贯。朝廷无力还贷，最后给予商户官职了事（《续资治通鉴长编》卷三百九十六、卷三百九十八）。北宋末年，金兵围攻汴梁，朝廷搜刮京城金银以求金人解除围困。其中，广福坊李隶纳金674两，纳银14704.9两；葛关纳金600两，银3500两（徐梦莘《三朝北盟会编》卷三十二）。随着大商人的出现，也出现了类似独霸市场或垄断经营的现象。以茶商为例，各地茶叶贩运到京城，要请十余大户定价，茶商与这十余大户交易时不敢赢利，其损失从小本经营的“下户”身上补偿。其他行业交易情况都是这样（《续资治通鉴长编》卷二百三十六）。京城大户商家还时时与官员私通，借助官势，共同获利。如宋哲宗时，姜殿直家代销朝廷大臣王安礼等从青州贩运至京的丝织品，一共开设了四家大店铺。达官贵人甚至不顾身份，直接参与商贸活动，求取巨额利润。

他们贩运的货物，所到之处皆免税，因此，获利更大。宋真宗时驸马柴宗庆，贩卖薪炭、木材、马匹等，家资巨万。连他家的仆人，也上下其手，贩运私货，随同赢利。

作为京城，汴梁还是当时国际商贸的中心。周边各国不时派遣使臣到汴京，通过“进贡”、赏赐的方式形成货物交换交易。同时，使臣及其随从还会随身携带私人物品，一方面在汴京私下贸易赢利，另一方面则购买大量汴京的物产携带回国。朝廷对远道而来的国外使臣，予以一定的照顾。如使臣在汴京购物，可以免去税收。高丽历次派遣的使团规模庞大，朝廷特许使团十人一次，轮番外出购物。对外经贸往来，从某个角度来说是促进了宋代都市经济的繁荣的。

汴京的繁华，在宋词中屡有表现。柳永有《倾杯乐》词，说：

禁漏花深，绣工日永，蕙风布暖。变韶景、都门十二，元宵三五，银蟾光满。连云复道凌飞观。耸皇居丽，嘉气瑞烟葱蒨。翠华宵幸，是处层城阆苑。 龙凤烛，交光星汉，对咫尺鳌山开羽扇。会乐府两籍神仙，梨园四部弦管。向晓色、都人未散。盈万井、山呼鳌抃。愿岁岁，天仗里，常瞻凤辇。

这首词写汴京元宵节繁盛的景象。元宵佳节，禁苑花已繁茂，春日迟迟，和风布暖，场景日益灿烂绚丽，整个都市洋溢在春日的气氛之中。都城里，有宏伟的建筑，有宽广的城郭，有美丽的花园；还有入夜后欢闹的车水马龙，有火树银花的彩灯，有悦耳动听的笙歌，有缤纷夺目的焰火。总之，词人笔下的汴京富丽堂皇而又繁荣昌盛，充分显示出汴京作为当时中国政治、经济、文化与中外交流中心的宏大气派。词中写元宵佳节的热闹场面，与《东京梦华录》中《元宵》一节、与《大宋宣和遗事》亨集中元宵观灯的描写，非常相似。

万俟咏《雪明鳷鹊夜慢》说：

望五云多处春深，开阆苑、别就蓬岛。正梅雪韵清，桂月光皎。凤帐龙帘萦嫩风，御座深、翠金间绕。半天中、香泛千花，灯挂百宝。　圣时观风重腊，有箫鼓沸空，锦绣匝道。竞呼卢、气贯调欢笑。暗里金钱掷下，来侍燕、歌太平睿藻。愿年年此际，迎春不老。

这首词的上阕从描写清丽皎洁的元月灯节前后的夜景入手，烘托“香泛千花，灯挂百宝”的赏灯主题。节日的京城，盛装打扮，灿烂光辉，如同仙境蓬莱。临近元宵节，春意弥漫，梅花映雪，月光皎洁。以皇帝的宫殿为中心，彩灯高挂，“千花百宝”，绚丽的色彩映透了半边天。下阕则转换角度，突出节日里汴京的繁荣喧闹。徽宗时“上元节烧灯盛于前代，为彩山峻极而对峙于端门”（《铁围山丛谈》卷一）。“灯山上彩，金碧相射，锦绣交辉。”“奇术异能，歌舞百戏，鳞鳞相切，乐声嘈杂十余里，击丸蹴鞠，踏索上竿。”（《东京梦华录》卷六）平民百姓，以至王公贵族家的少女闺妇，都成群结队，拥挤于喧腾的人群中，花团锦簇，“锦绣匝道”，目不暇给。中间杂以鼓乐声唱、杂耍表演、呼卢赌博，欢笑声沸反盈天。万俟咏形象地再现了这一幕幕场景，旨在歌颂“太平睿藻”，与民同乐。

两首写汴京元宵灯节繁华热闹的词，形象地再现了宋代都市的风貌。这一切，显然都是都市经济繁荣所带来的结果。

黄金榜上，偶失龙头望

宋代的科举考试

黄金榜上，偶失龙头望。明代暂遗贤，如何向？未遂风云便，争不恣狂荡？何须论得丧，才子词人，自是白衣卿相。　　烟花巷陌，依约丹青屏障。幸有意中人，堪寻访。且恁偎红倚翠，风流事、平生畅。青春都一饷。忍把浮名，换了浅斟低唱。

柳永《鹤冲天》

柳永这首词以通俗浅显、明白晓畅的语言，抒发了词人轻蔑名利、傲视公卿的思想感情。在封建社会的绝大多数时间里，科举考试都存在着营私舞弊、遗落贤才的通病，其中包括科举制度本身的不完善。“明代暂遗贤”、“未遂风云便”等句，就包含作者的无限酸辛和对科举制度的讽刺揶揄，它说出了那个时代许多失意的知识分子的内心感受，引起了广泛的共鸣。但问题还并不止于此。这首词的深刻和尖锐之处，还在于它表明了词人宁肯在“烟花巷陌”之中去寻找“意中人”，宁肯当一辈子“才子词人”，宁肯在“浅斟低唱”之中虚掷“青春”，也不要那身外的“浮名”的思想感情。将功名利禄直斥为“浮名”，这在统治者看来真有点大逆不道了。封建时代的多数文人，科举落第以后无非是“头悬梁、锥刺股”，一心只读圣贤书，以求卷土重来。为此不惜一次又一次地前赴后继，至死不悟。那么，中第与落第者皆紧紧地聚集在统治集团周围，这正是统治者笼络人才、增强朝廷凝聚力所需要的，即唐太宗所谓的“天下英雄入我彀中矣”。落第者即使有牢骚，也大都是骂骂考官无眼之类的，甚至叹息自己时运不济，对科举制度依然充满着热情。北宋前期对科举制度做了大幅度的变革，努力保证“一切以程文为去留”的公平竞争原则的贯彻实施，因此也成功地培养起文人对赵宋朝廷的向心力。然而，恰恰在这个时代背景下，柳永发出如此不和谐的声音，表现出词人对封建道德信条的蔑视，甚至将“风流事”、“浅斟低唱”都抬举到科举功名之上，这就是统治者决不能容忍的。据胡仔《苕溪渔隐丛话》卷二引《艺苑雌黄》说：曾经有人向宋仁宗专门推荐柳永，仁宗问道：“就是那位填词的柳三变吗？”得到肯定的回答后，仁宗说：“且去填词，何须浮名？”柳永从此更不得志，干脆自我放纵，自称：“奉圣旨填词柳三变。”不过，统治者真是误解了柳永，他何尝不是对功名利禄孜孜以求，柳永的到处“打秋风”，最终依赖科举晋身，奔走“政府”之间要求转官等等，都明显地流露出他内心对功名利禄的渴望。只不过，柳永生性浪漫，“偎红翠”的生活又确实给他带来了许多快乐，牢骚汹涌时便口无遮拦，犯了统治者的忌讳。

“学而优则仕”，中国古代知识分子人生价值实现的唯一方式是出仕为官。历代选官与任官制度的改变，都影响着知识分子的思维和行为模式。从秦汉到唐宋，选官制度经历过察举、九品中正、科举等一系列变化。通过科举考试选拔人才的制度，是隋唐以来建立起来的。宋初科举制度，沿袭唐朝。然而，从宋太祖开始，就在不断地改革和完善科举考试制度。从制度形式方面来看，宋人废除了“公荐”制、“纳公”制，取消了门第的限制，确立弥封、誊录、殿试等制度，确定三年为一个考试周期，大量扩充录取名额。这个过程大约到宋仁宗朝完成。从考试内容方面来看，宋代对考试科目和内容也屡有变革。这个过程大致到宋徽宗朝完成。

唐代科举制度处于成长发展阶段，有许多不完备的地方。例如，唐代考生的试卷不弥封、不誊录，主考官和阅卷者都清楚地知道手中这份试卷是哪一位考生的。长此以往，便助长了考试过程中的“请托”之风。于是，唐代考生在考试前纷纷奔走请托，或通过关系，或通过金钱。唐代朝廷规定：考生在考试前需将自己以往的优秀作品交纳到主持考试的礼部，相当于考试前的“预试”，称之为“纳卷”；考生在奔走请托过程中，将自己以往的优秀作品交给有说话资格或分量的社会名流，称之为“行卷”。由此而来，向主考官推荐考生，就成为制度，称之为“公荐”。唐人科举考试的录取名次，往往在考试前就确定了。太常博士吴武陵在某次考试前，向主考官崔郾推荐晚唐才子杜牧，且当场朗读杜牧的《阿房宫赋》，崔郾便定杜牧为今科考试的第五名，杜牧果然以第五名及第。封建专制社会，吏治腐败，官官相护，裙带之风盛行，且千里做官只为财，上下左右组织起来的是一张大关系网、大金钱网。依靠个人自我道德约束、真正贯彻公平原则、唯才是举的考官数量极少。所以，像上述这样爱惜才华而推荐杜牧的事情，在唐代并不多见。唐代科举考试，在多数情况下是难以保证公平公证的。如：唐玄宗天宝年间某次进士考试，初选64人合格，御史中臣张倚的儿子张奭也在合格名单之内。落选者不服，上诉到朝廷，唐玄宗在勤政殿亲自主持复试。结果，只有12个人稍有可取，张奭则干脆交白卷，时人称之为“曳白”。又如，唐德宗时权臣李实在某次科举考试前，公然向主考官权德舆提出一个20人的录取名单，并且排定录取名次，公开威胁权德舆说：“不照办的话，就把你贬出京城。”唐代到后来甚至形成一个不成文的规定：主考官在公布录取名单前，要先交给宰相审阅，如有不同意见，则需修改。因此，唐代科举考试在多数时间里是把持在权贵手中，当时流行这样的话语：“及第不必读书，作官何须事业！”（赵令畤《侯鲭录》）

宋代科举考试，从宋太宗朝开始有了很大的改变。

首先，宋代取消了考生的门第限制。唐人出仕，有一定的门第职业限制，规定“亲自执工商，家专其业，皆不得入仕”（《唐六典》卷二《尚书吏部》）。即：出身卑贱的商人、百工、乐师之类子弟，不可以出仕为官。唐末大臣追溯唐太宗的言论说：“工商杂色之流，假令术逾侪类，止可厚给财物，必不可授之官秩。”（《唐会要》卷五十二《忠谏》）即：这些出身低贱的子弟，如果才能过人，为国家立了功劳，也只能给他们财物赏赐，不能让他们做官。连出仕的资格也没有，当然不必参加科举考试了。类似的规定，虽然不可能被严格执行，但是，对多数出身卑贱的子弟还是形成了束缚。宋代取消科举考试的门第限制，宋太宗淳化三年（公园993年）三月二十一日，朝廷颁布诏令：“如工商、杂类人内有奇才异形，卓然不群者，亦许送解。”（《宋会要辑稿·选举》一四之一五）宋徽宗朝李邦彦，父亲是“银工”，属于低贱的“百工”之类，李邦彦却可以通过太学上舍考试及第，一直官至宰相。这在唐代是难以想象的。

北宋真宗朝以前，科举考试还没有建立起完善的弥封制度，帝王便故意压制权门子弟，对他们参加科举考试设置更多的障碍。例如，宋太祖开宝元年（公元968年）三月，翰林承旨陶穀之子陶邴参加进士考试合格，名列第六，太祖马上命令中书复试，并特别发布诏书说："从今以后，权贵家子弟参加科举考试，责成礼部具体记录并做出分析，报告中央。而且，这些子弟都要参加特别的复试。"（《续资治通鉴长编》卷九）宋太宗雍熙二年（公元985年）三月，殿试得进士179人，宰相李昉的儿子李宗谔、参知政事吕蒙正的堂弟吕蒙亨等"高干子弟"都在录取名单内。宋太宗说："这些都是有权势的家庭，与出身贫寒的子弟争夺出仕名额。即使他们确实有才华，人们还是会说我有私心！"于是，把这些权贵子弟都从录取名单中剔除。（《续资治通鉴长编》卷二十六）宋真宗大中祥符元年（公元1008年）四月，朝廷颁布特别诏令："势家子弟者，别坐就试。"（《续资治通鉴长编》卷六十八）这种"别试"就是"另眼看待"，努力抑制权门把持科举考试。而后规定：凡省试考官、州郡发解官和地方长官的子弟、亲戚、门客，参加考试必须遵循回避制度。朝廷或地方另设考场，让他们参加"别试"。

宋太祖开宝八年（公元974年）二月，宋太祖在殿试时对举人们说："过去通过科举考试的，大多是权势之家，堵塞了贫寒人家子弟的出仕之路，非常不公平。现在我亲自主持殿试，确定录取名单，将以往科举考试的弊病完全革除。"（《续资治通鉴长编》卷十六）在帝王有意识的压制下，北宋初期达官贵族的子弟甚至都不敢参加科举考试。《石林燕语》卷五载：范杲是宰相范质的侄子，朝廷大臣陶榖、窦仪等都非常赏识他，认为他参加科举考试一定能够名列前茅。正好当时有这样的说法："权势家庭子弟不应该与贫寒家庭子弟争夺科举名额。"范杲因此不敢参加考试。卷八又记载："旧制，执政子弟多以嫌不敢举进士，有过省而不敢就殿试者，盖时未有糊名之法也。"即：北宋初年，因为没有"糊名"密封制度，宰相、副宰相家的子弟都不敢参加科举考试。甚至有的已经通过礼部考试，最终却不敢参加殿试。

其次，宋代大量扩充科举录取名额。唐代通过进士考试被录取的人员很少。一次通过进士考试被录取者，多则数十名，少则近十名。宋太祖在位17年，共有15次科举考试，总共录取进士188名，平均每榜录取13名。其录取人数与唐代大致相同。进士考试录取名额的大幅度增长也是从宋太宗朝开始。宋太宗太平兴国二年（公元977年）正月，通过科举考试录取的进士及诸科人数激增到500人；宋太宗太平兴国八年（公元983年）三月，通过科举考试录取的进士及诸科人数再度增加到691人。宋太宗在位21年，共有8次科举考试，总共录取进士1487名，平均每榜录取186名[①]。宋太宗朝进士录取的名额，比宋太祖朝进士录取的名额平均增长近14倍。宋太宗朝以后，宋代皇帝对科举考试录取名额都有一定调整。宋真宗咸平三年（公元1000年）三月，朝廷通过科举考试录取的进士及诸科人数，居然达到1803名之多。宋真宗连续三天翻阅试卷，没有倦怠之色。宋仁宗年间，朝廷规定："礼部奏名进士、诸科，各以四百为限。"（《续资治通鉴长编》卷一百八十一）这样的界限，还不时被突破。如，宋仁宗皇祐元年（公元1049年）三月，通过科举考试录取进士

① 详见张其凡《论宋太宗朝的科举取士》，《中州学刊》1997年第2期。

489名，诸科550名；宋仁宗嘉祐二年（公元1057年）三月，通过科举考试录取进士388名，诸科389名，又额外录取特奏名进士、诸科214名。

宋代科举考试录取名额的大幅度增加，为宋代官僚集团的主体部分都是出身于科举考试这件事提供了基础。《宋史·宰辅表》列宋宰相133名，科举出身者高达123名，占92%。宋代非科举出身而进入仕途的，往往被人们看不起。赵孟頫说："宋以科举取士，士之欲见用于世者，不得不由科举进。故父之诏子、兄之教弟，自幼至长，非程文不习，凡以求合于有司而已。"（《松雪斋集》卷六《第一山人文集序》）即：宋代做官重科举出身，知识分子如果想施展政治抱负，一定要通过走科举这条道路。所以，父亲教育儿子，兄长教育幼弟，要努力学习写作"程文"。所谓"程文"，就是应付科举考试的专门文体，后来发展成为明清时代的八股文。

通过科举考试，宋代统治者选拔了一大批才华横溢、出身贫寒的有志之士。如，宋太宗朝宰相张齐贤，"孤贫力学，有远志"；名臣王禹偁"世为农家，九岁能文"；宋真宗、宋仁宗朝宰相王曾"少孤，鞠于仲父宗元，从学于里人张震，善为文辞"；名臣范仲淹"二岁而孤，母更适长山朱氏"；欧阳修"家贫，至以荻画地学书。幼敏悟过人，读书辄成诵"（均见诸人《宋史》本传）。这些人都依赖科举进入官场，位至显赫，成为宋室的心腹大臣，宋代统治者所信任和托付国事的就是这个阶层的文人士大夫。通过科举进入仕途的青年才俊，升迁相当迅捷，很快就可以成为赵宋王朝的栋梁之才。如，吕蒙正于宋太宗太平兴国二年（公元977年）状元及第，时37岁；太平兴国八年（公元983年）十一月便出任参知政事（副宰相），中间相隔不到七年时间。晏殊15岁进入仕途，35岁便官至枢密副使（相当于副宰相级别）。此类事例，在宋代屡见不鲜。“朝为田舍郎，暮登天子堂”在宋代成为了一个社会现实。

再次，确立殿试制度。殿试是考生通过礼部考试后的最后一次定夺取舍和名次的考试，由皇帝亲自主持。武后载初元年（公元689）二月，武则天在洛城殿主持殿试，考试持续了数天时间，这是最早的殿试。唐代殿试不是常设制度，或因考生上诉，或因帝王要笼络人心，偶尔举行。唐代举子的录取与否、名次排列大致是由主考官决定。因此，通过科举考试，唐代所形成的座主与门生、同年等相互关系，逐渐演变为政治势力集团，加剧了唐代后期的党派之争。宋代帝王以史为鉴的意识非常强烈，他们对唐代的“党争”深恶痛绝，科举考试中首先要解决的就是形成座主与门生政治上相互依赖的问题。宋太祖开宝六年（公元973年）三月，新及第进士在讲武殿面见皇帝，宋太祖时发现进士武济川等人平庸鄙陋，便将他们罢黜。武济川是当年主考官李昉的同乡，宋太祖怀疑其中有私情。正好又碰上落第举人徐士廉等人击登闻鼓上诉，投诉李昉。宋太祖于是召见落第考生360人，从中选择出195人，让他们参加皇帝主持的殿试。宋太祖在讲武殿亲自阅卷，总共录取了26名进士，徐士廉也在其中，然后又录取了诸科101名。李昉和其他阅卷官都受到了贬谪的处分。“自兹殿试遂为常式”（《续资治通鉴长编》十四）。以后，通过科举考试进入仕途的举子，都是“天子门生”，革除了唐代主考官与考生之间形成的特殊关系。

宋代殿试，皇帝最初主要做两件工作：确定最后录取名单，排定录取名次。宋太宗雍熙二年（公元985年）三月，皇帝在崇政殿主持殿试，录取名单和名次确定后，“唱名赐及第，唱名自此始。”（《续资治通鉴长编》二十六）宋仁宗嘉祐二年（公元1057年）正月，翰林学士欧阳修主持科举考试。当时考场流行险怪艰涩的文风，欧阳修多加裁抑，而且严禁徇私舞弊。录取名单公布后，落选的考生大为不满，聚众闹事。甚至有人作《祭欧阳修文》送到欧阳修家。由于当年落第举人闹事，这一年参加殿试的考生全部被录取。此后，殿试不再淘汰考生，只是排定名次。

宋代有不成文的规定：礼部省试第一名，殿试唱名时不在前三名之内，可以自己当场提出抗辩。宋仁宗天圣五年（公元1027年），省试第一名吴育唱名不在前三名，经抗辩被定为殿试第二名。这样的抗辩有时也无效。宋仁宗天圣八年（公元1030年），省试第一名欧阳修唱名不在前三名，经抗辩依然未进入殿试前三名，最终以第十四名被录取。宋仁宗宝元元年（公元1038年）省试第一名范镇的表现却与众不同，殿试唱名到七十九人时才唱到他的名字，范镇默默无言，受到时论的表彰。

最后，弥封、誊录、锁院等保密制度相继被建立。对试卷进行密封的制度，也是从唐代开始。但是，这同样不是一项经常性的制度，而且，仅仅在选人注官的吏部试中实施过，科举考试时并未采用。宋代将密封科举考试试卷确立为必须执行的常规制度，称之为“弥封”，又称为“封弥”或“糊名”。“弥封”制往往与“誊录”法相结合，朝廷为科举考试专设编排官、封弥官、考官、详定官。具体做法分为五个步骤：第一，考生交纳试卷后，先由编排官处理考卷，即：将试卷开篇考生所填写的家乡、籍贯等信息去掉，重新编排为字号顺序，如第一、第二……之类；第二，由封弥官誊写试卷，校勘核对；第三，将试卷交给考官批阅，定夺等级；第四，将确定好录取等级的试卷送给详定官拆封，审阅检查，最后定夺；第五，把选择出来并且定出等级的试卷重新交给编排官，将编排的字号与原来的家乡、籍贯等信息相对照，排列出考生的姓名，上报朝廷。这个过程分工操作比较合理，编排、誊录、校勘、批阅、定等、拆封、检查、复合、上报，诸多步骤有条不紊。

宋代科举考试“弥封制”的贯彻实施，是一个逐步落实的过程，分成四个阶段：第一，殿试弥封始于宋太宗淳化三年（公元992年）。当时崇尚敏捷浮华文风，殿试时，考生片刻能创作出多首诗歌，或者一天之中可以创作出十来篇赋。将作监丞陈靖上书请求密封试卷来评判作品水平的优劣，不以敏捷与否定等级，此提倡得到皇帝的首肯。殿试弥封制度就这样被确立了。第二，省试弥封始于宋真宗大中祥符元年（公元1008年）。此前一年，宋真宗与宰相们讨论科举考试，得知每年落选的举子人数多达上万人，便要求有关部门加强对科举考试的公正公平的实施。宰相王旦就此提出省试弥封，第二年便得以落实。第三，州郡发解试弥封始于宋仁宗明道二年（公元1033年）。第四，开封府、国子监、别头试弥封始于宋仁宗景祐四年（公元1037年）[①]。至此，宋代与科举相关的各级、各类考试都实行了弥封和誊录制度。宋代试卷保密制度的完善，在一定程度上保证了科举考试的公平性和公正性的实现。

与保密相关的还有“锁院”制。即：考官们出完试卷，立即将自己锁在贡院里面，与外界彻底隔绝，一直等到录取名单公布，才

① 详见徐规、何忠礼《北宋的科举改革与弥封制》，《杭州大学学报》1981年第1期。参见穆朝庆《北宋时期的科举改革》，《史学月刊》1982年第5期。

离开贡院。“锁院”制度的最初实施，是因出题考官的要求而进行的。宋太宗淳化三年（公元992年），朝廷任命翰林学士苏易简等为考官，苏易简等接到诏令之后，直接到贡院里面居住，请求与外界隔绝，得到朝廷同意。“锁院”制度因此确立。宋代任命的考官大多文采出众，甚至许多人是当时文坛上的领袖人物。他们在“锁院”期间，空闲无事，便互相以诗歌酬唱应答，成就当时文坛的一段佳话。例如，宋仁宗嘉祐二年（公元1057年），朝廷任命的考官和详定官有欧阳修、王珪、梅挚、韩绛、范镇、梅尧臣等人。他们待在贡院里与外界隔绝的天数一共是50天，6人相互酬唱作诗，总共创作了173首诗歌，欧阳修有《礼部唱和诗序》一文叙说这件事情。

宋代在科举制度形式方面的系列改革，就是为了最大限度地防止考场内外的徇私舞弊行为，以保证科举考试中“一切以程文为去留”（陆游《老学庵笔记》卷五）的公平竞争原则的贯彻实施，保证科举渠道的畅通，使朝廷通过科举考试的途径，选拔优秀人才，落实“以文治国”的方针政策。

宋代在科举考试内容方面也有诸多变革，且经历多次反复。唐代自玄宗开元、天宝以后，科举特重进士科，举子通过进士科考试进入仕途，前途最有保障。于是，进士科在唐代越来越成为科举考试的主导方向，这样的倾向一直延续到宋代。南宋宰相周必大说：“本朝取人虽曰数路，而大要以进士为先。”（《宋会要辑稿·选举》四之四一）宋代对科举考试内容的变革，主要体现在进士科考试方面。

唐代进士科考试，自唐高宗永隆二年（公元681年）加试贴经及杂文后，录取标准便逐渐侧重文学，以文章取士。唐中宗神龙元年（公元705年），进士科考试首次以诗赋为试题。唐玄宗天宝以来，试卷中诗赋创作的优劣便成为录取进士的主要依据。宋初沿袭唐五代制度，进士先试诗、赋各一篇，然后试论一首、策五道，以及贴经、墨义等。实行“逐场去留”的方式，即：诗赋合格，才有资格试策论。也就是“但以诗赋进退，不考文论”。（《续资治通鉴长编》卷六十八）其主要依据诗、赋水平高下取士，这样的现象一直持续到宋真宗年间。

文学天赋高的才子并不一定是经邦济国之才，李白、杜甫等文豪曾有过从政的大好机会，然而事实证明李白、杜甫并不具备政治才能，伟大的诗人不等于优秀的政治家。进士科录取标准侧重文学才华，朝廷则期待被录取者在政坛上有所作为，录取标准和期待目标之间存在着相当大的差距。面对这样的科举考试弊端，宋人已经有了清晰的认识，宋代科举考试内容的变革大都针对这种弊端。

具体地说，宋人对科举考试内容的变革，是朝着重经义、重策论的方向发展的。宋真宗以来，关于科举考试内容方面的诗赋与策论之争趋于激烈，重经义策论的言论渐占上风。宋真宗下诏：“进士兼取策论。”（《续资治通鉴长编》卷九十）宋仁宗天圣二年（公元1024年），主考官刘筠特别欣赏考生叶清臣的对策，将其录取为第二名。宋代以策论而登高第，便是从叶清臣开始的。宋仁宗天圣五年（公元1027年）正月六日，朝廷颁布诏令：“将来考试进士，不得只于诗赋进退等第。今后参考策论，以定优劣。”（《宋会要辑稿·选举》三之一五）宋仁宗庆历年间，范仲淹任参知政事，主持朝政革新，“精贡举”是革新内容之一。科举革新的目的是“教以经济之业，取以经济之才”。“经济”在这里指的是“经邦济国”的意思。朝廷因此求取经邦治国的人才。科举考试的侧重点因而随之转变，“进士先策论而后诗赋”。(《续资治通鉴长编》卷一百三十四）进士考试录取标准侧重文学的现象开始得到扭转。庆历年间的新政，随着范仲淹离开中央而废弃。

宋代真正变诗赋取士为经术取士的改革，完成于王安石主持的熙宁新政。科举内容变革，是王安石新政的重要内容之一。宋神宗熙宁四年（公元1071）二月一日，根据王安石的建议，朝廷颁布《贡举新制》：进士考试废除诗赋、贴经、墨义等考试内容，改考《诗经》、《尚书》、《易经》、《周礼》、《礼记》，兼考《论语》、《孟子》。每次进士考试分为四场：第一场考《诗经》、《尚书》、《易经》、《周礼》、《礼记》五经；第二场考《论语》、《孟子》及儒家经典“大义”，要求义理通畅，不要都用注疏说话；第三场考策论一篇；第四场考3道“时务策”题目,5道礼部题目。(详见《续资治通鉴长编》卷二百二十）这样的考试内容，注重熟读儒家经典著作，读书要有自己的心得，并且能将儒家“义理”运用到现实中来解决具体问题。进士考试中原来诗赋等文学内容，被摒弃得非常彻底。

其后，随着朝廷新旧党争势力的此消彼长，进士考试内容的侧重点也多次变化。“元祐更化”，旧党全面摒弃新法，科举考试罢律义而加试诗赋。也就是说，即使是旧党的卷土重来，他们也不能完全改变科举考试重经义和策论的大方向，只是加试诗赋，增加文学考试的内容罢了。宋哲宗亲征，以继承父亲宋神宗的政治理念自居，科举考试再罢诗赋，专治经术。如此来回反复，一直到宋高宗建炎二年（公元1128年）才告一段落。这一年，朝廷规定以经义、诗赋两科取士。具体做法是：试诗赋者，第一场试诗、赋各一首，第二场试论一首，第三场试策三道，方式方法与北宋初年大致相同；试经义者，第一场试“本经义”三道、《论语》、《孟子》义各一道，第二场试论一首，第三场试策三道。两者的区别是第一场考试内容和文体的不同。殿试时，则同时试策论。这一系列的动荡变化，重经义和策论的大方向没有改变，诗赋退居其次甚至被抛弃的大方向也没有改变。

此外，宋代对科举考试相隔的年限也做出了最合理的规定，规定三年为科举考试的一个周期。从唐代到宋代英宗以前，两次科举考试之间相隔的时间并没有具体规定。频率高的时候，年年举行科举考试。如，宋太祖登基后的14年里，年年举行科举考试。宋太祖在位17年，科举考试举行了15次，其中只有开宝七年（公元974年）和开宝九年（公元976年）没有举行科举考试。频率低的，居然连续5年时间都没有举行科举考试。如，宋太宗淳化四年（公元993年）暂停考试，一直到宋真宗即位，咸平元年（公元998年）才恢复考试，首尾相隔6年。其他的，两次科举考试之间相隔的年限也非常随便，相隔一年、二年、三年的情况都存在，后来才确定四年为一考试周期。宋仁宗嘉祐二年（公元1057年），朝廷认为科举周期过长，以至大批人才失去报效国家的机会，同时助长试场作弊风气，遂改为两年一个考试周期。此后八年，举行了四次科举考试，朝廷又感觉到“非便”。宋英宗治平三年（公元1066年）十月，朝廷颁布诏令：“令礼部三岁一贡举。”（《续资治通鉴长编》卷二百零八）这样的相隔周期，最为合理。所谓“恩典不增而贡举缓，士得休息，官以不烦矣。”（同前）对考生、对官府都是最适宜的。该制度从此成为定制，一直延续到清末废科举时。

由于科举制度的缘故，宋代的学校教育也非常发达，为社会培养了无数人才。范仲淹主持“庆历革新”，其中一项内容是：国子监学生必须在学校学满500天，然后在10人中选拔3人，参加科举考试；各地的考生，必须在学校学满300天，才可以参加科举考试；落第考生也要在学校学满100天，才能获得参加科举考试的资格。（《续资治通鉴长编》卷一百五十三）这种措施虽然没有被贯彻到底，不久便被废除，但学校的目的都是明确指向科举考试的。宋代学校盛行“应试”教育，学习的目的就是为了科举考试。朱熹说：“所谓太学者，但为声利之场。而掌其教事者，不过取其善为科举之文而尝得隽于场屋者耳。”（《晦庵集》卷六十九《学校贡举私议》）即：学校教育的目的就是为了科举考试的名利，学校教师都是擅长写作科举应试策论并在科举考试中获得成功的官员。

宋代的学校分官学和私学。官学则分中央和地方两级。中央官学种类繁多，有国子监、太学、宗学、小学、广文馆、四门学、书学、画学等。太学鼎盛时期，在校学生近四千人。地方官学的规模也非常可观。宋神宗熙宁年间，朝廷要求各州兴办官学，且给田十顷用来当作教育经费和学生的生活费用。（《宋史》卷一百五十七《选举志三》）此后，地方官学有了比较完善的体系，为科举考试输送了大量的考生。宋代私人开设的学校数量越来越多，规模越来越大，私学在宋代进入兴盛期。如，白鹿洞、岳麓、嵩阳、石鼓等四大私人书院，闻名天下。朝廷认可这些私人办学，并且通过赐扁额、赐书、赐田和任命教授等措施加以控制，使这些私学具备了半官学的性质。同时，还有数量庞大的私塾村学，成为官学与书院的补充。宋代不同级别、不同性质、不同类型的学校，共同为科举考试输送了源源不断的人才。

宋代个别帝王和政坛领袖，曾经试图用学校教育和学校等级考试制度取代科举考试。这就是王安石“熙宁变法”时推出的“三舍法”。王安石主持变法革新，对宋神宗说：“古之取士俱本于学，请兴建学校以复古。”（《宋史》卷一百五十五《选举一》）于是，熙宁初朝廷又推行“三舍法”，至元丰二年（公元1079年）颁布《学令》：太学设置80斋，每斋各有屋5间，每斋住30人，在校学生一共2400名。分为外舍生2000人、内舍生300人、上舍生100人。每月都有“私试”，类似于今天的单元考试，检查生员学业；每年有一次“公试”，类似于今天的期末考试，外舍生中第一、第二等者升补为内舍生；每隔一年又有“舍试”，类似于今天的升学考试，内舍生中得优、平二等的升补为上舍生。上舍生再分成三等，学业与品行都非常优异的，为中等与上等生，相当于已经通过科举考试，不再参加礼部考试，朝廷直接选拔他们为官员。神宗以后，“三舍法”同样成为朝廷选拔官员的重要途径，与“科举法”并行天下。哲宗和徽宗意图继承父亲遗志，推行新法，在一段时间里，“三舍法”的重要地位一度压倒了“科举法”。徽宗崇宁年间，太学学生名额略有增加，外舍生增至3000名，内舍生增至600名，上舍生增至200名。根据上述介绍，太学学生之间的竞争十分激烈，外舍生中只有15%到20%的人可以升为内舍生，内舍生中只有三分之一的人可以升为上舍生。哲宗绍圣初，朝廷又规定：上舍生中上等者每年不超过二人，免礼部考试者每年只有五人。在宋代相当长的时间内，“三舍法”都是科举制度的有效补充。

宋代科举制度的改变，直接影响了宋代社会风尚的转移。它将大部分阶层的注意力吸引到“寒窗苦读”上去，形成普遍的求学好学的社会风气，从而形成对科举高中者尊尚、对文坛成名人物崇拜的风气。如，宋人对状元有着狂热崇拜。高中状元，荣耀无比，出将入相，荣华富贵，指日可待。状元唱名，“公卿以下无不耸观”（《儒林公议》卷上）。宋太宗时，吕蒙正状元及第，太宗赐诗二首；宋真宗时，蔡齐状元及第，诏赐金吾卫士七人清道，后来都成为惯例。宋真宗咸平五年（公元1002年），王曾连中三元，成为新科状元，翰林学士刘子仪便对他开玩笑说：“状元试三场，一生吃着不尽。”（《东轩笔录》卷十四）尹洙曾比较说：“状元及第，虽将兵数十万，恢复幽蓟，逐强敌于穷漠，凯歌劳还，献捷太庙，其荣亦不可及。”（《儒林公议》卷上）也就是说，武将即使率领数十万大军，将辽人驱逐到荒漠，收复幽州等失地，其所得的荣耀依然不能与状元及第相比。

宋代科举考试中第者，前途似锦，还会得到社会各阶层的普遍尊崇。如，名门贵族、朝廷重臣都争先恐后地选择科举中第的贫寒士人为女婿，这种现象已经成为当时的社会风气。晏殊年少才高，被达官李虚己看中，以女妻之。晏殊也嘱托范仲淹为自已挑选女婿。范仲淹认为士人富弼前程远大，晏殊便选择富弼做女婿。后来，富弼果然官至宰相，在政坛上的成就远远超过晏殊。晏殊另一位女婿杨察，进士出身，官至三司使，同样是人中之杰。甚至女婿及第后，岳家出钱让女婿参加琼林宴，称之为“铺地钱”。

这样的社会风尚的转移，正是宋代帝王希望通过科举考试所达到的治理国家的一个重要方向。

无可奈何花落去，似曾相识燕归来

宋代官制与官员的平庸

一曲新词酒一杯，去年天气旧亭台。夕阳西下几时回？　无可奈何花落去，似曾相识燕归来。小园香径独徘徊。

晏殊《浣溪沙》

这首词抒写光阴流逝的感伤。词人以有限的生命来体察无穷的宇宙，把人生放到时空这一广大范畴中来进行思考，于是，这首词便具有某种厚重的哲理韵味了。上片三句貌似淡淡写来，其中却蕴涵着时间永恒而人生短暂的深长叹惋。下片通过最有特征的具体事物和生活细节来深化上片勾画的意境："无可奈何花落去，似曾相识燕归来。"这是存在于人们心中但纸笔无法表达得出来的一种"诗意"的感受。"花落去"与"燕归来"每交替一次，便过了一年，而人生正是在这无穷的交替之中逐渐衰老直至死亡。《苕溪渔隐丛话》后集卷二十引《复斋漫录》载：晏殊"召（王琪）至同饭，饭已，又同步池上。时春晚，已有落花。晏云：'每得句，书墙壁间，或弥年未尝强对。且如"无可奈何花落去"，至今未能对也。'王应声曰：'似曾相识燕归来'。"根据这则本事记载，词中"无可奈何花落去，似曾相识燕归来"名句的著作权分属晏殊和王琪两人。晏殊非常喜欢这一对句，在另一首《示张寺丞王校勘》七律中，也使用了这一对句："元巳清明假未开，小园幽径独徘徊。春寒不定斑斑雨，宿醉难禁滟滟杯。无可奈何花落去，似曾相识燕归来。游梁赋客多风味，莫惜青钱万选才。"

晏殊虽然位极人臣，但是他无法挽回流逝的时光，只能"无可奈何"地看着岁月的脚步匆匆离去。宦海风波中，晏殊也免不了有沉浮得失。在官场平庸无聊的应酬中，敏感的诗人当然会痛切地感受到生命无意义般的消耗。这就是词人即使生活在舒适的环境中也不能避免的"闲愁"，是无法摆脱的一种淡淡的哀伤。所以，在《珠玉词》中有特别多的对岁月无情的感触，《破阵子》说："不向尊前同一醉。可奈光阴似水声，迢迢去不停。"《鹊踏枝》说："门外落花随水逝，相看莫惜尊前醉。"《清平乐》说："暮去朝来即老，人生不饮何为？""春去秋来，往事知何处？燕子归飞兰泣露，光景千留不住。"《木兰花》说："长于春梦几多时，散似秋云无觅处。"《踏莎行》说："绿树归莺，雕梁别燕，春光一去如流电。"《渔家傲》说："画鼓声中昏又晓，时光只解催人老。"《拂霓裳》说："星霜催绿鬓，风露损朱颜。"面对浩瀚的宇宙，个体的渺小感油然而生。万般无奈之下，词人便频频借助"饮酒"来摆脱愁绪的缠绕。

这些因时光流逝而引起的淡淡哀愁，既表明了晏殊对生活的哲理反思，也显示出晏殊为官平庸无聊的一面。封建官场是最能磨去人的棱角、消磨人的个性的场所，尤其是宋代职官制度的设置特别有意识地突出官僚集团之间的相互牵制，强调为官的循规蹈矩，这就使得宋代官僚更加平庸化。晏殊14岁时就进入官场，从艺术天赋得到淋漓尽致的发挥的方面来看未尝不是一种损失。作为14岁的少年，在心理学上看来是有着很多的“可塑性”，个性并未定型，而过早地将他摁进官场的模子塑造，就使他练就了玲珑通达、圆滑谨慎的本领，循规蹈矩与谨小慎微便成为他性格的鲜明特征。真宗评价晏殊的为人“沉谨，造次不逾矩”（《续资治通鉴长编》卷八十五），说的就是这个意思。平日在官场上，晏殊也善于见风使舵。晏殊做官的最大政绩是“务进贤材”，很多当世知名之士出其门下，如范仲淹、欧阳修、富弼等等。然而，晏殊虽然擅长识别人才、热心奖掖后进，却不敢支持这些北宋政坛上杰出的政治家、思想家的大胆革新与正直言论，反而处处抑制镇压，深怕连累自己。仁宗在位前期，垂帘听政的太后处心积虑地抬高自己，时常违背朝廷规章制度。范仲淹大胆直谏，吓得晏殊出面怒责范仲淹。欧阳修则因正直敢言触怒晏殊，终生不得晏殊谅解。富弼更得晏殊赏识，被选作东床快婿。但在某次富弼与宰相吕夷简的廷争中，作为枢密使的晏殊曲意迎合宰相，富弼当仁宗面斥责说：“（晏）殊奸邪，党夷简以欺陛下。”（《续资治通鉴长编》卷一百三十七）晏殊这种平庸圆滑的个性表现在词的创作方面，就是对有激情的俚俗歌词的拒斥和自我情感表达时的遮掩“冷却”。艺术创造是一种被激情驱使的个体行为，当激情匮乏时，作品的艺术魅力也要相应减弱。所以，与北宋后来的词人相比，晏殊的作品相对缺乏个性。

宋代多数官员的碌碌无为、平庸度日，与宋代的官制设置有相当大的关系。宋代官制设置围绕着一个核心：最大限度地强化中央集权，突出帝王的专制权。宋代帝王以史为鉴的意识非常强烈，他们对中唐以来皇帝大权旁落的史实记忆深刻，采取了诸多强化中央集权的措施，保证皇帝的专制权力。所以，宋代官制的设置，同样围绕着这样一个宗旨。

从这样的角度观察宋代官制设置，有三个显著的特点。

其一，官、职、差遣三者分离，同时并存。

《宋史》卷一百六十一《职官志》载："有官、有职、有差遣：官以寓禄秩、叙位著，职以待文学之选，而别为差遣以治内外之事。其次又有阶、有勋、有爵。故士人以登台阁、升禁从为显宦，而不以官之迟速为荣滞；以差遣要剧为贵途，而不以阶、勋、爵邑有无为轻重。"这段话介绍了宋代官制最突出的一个特点，以及因此对时人观念所造成的影响。宋人出仕，大致能够同时得到三种不同的任命，即官、职、差遣。官，或称"正官"、"本官"，是所任的官位，在宋代仅仅是一个空头名号，只是用来表明你俸禄（工资）的等级，以及眼前所处的官位。所以，又称"寄禄官"。宋人对官位的升迁快慢不是太关注，所谓"不以官之迟速为荣滞"。差遣，才是具体做事的职务。宋人关心的是具体的差遣，所谓"以差遣要剧为贵途"。职，是文职名，同样是空头名号，是根据差遣而来的荣誉头衔。宋代重文，官员都会得到一个文职，称"贴职"，所谓"以待文学之选"。"贴职"可以用来提高官员的资质和威望。如：元祐四年（公元1089年）三月，苏轼以龙图阁学士除知杭州，龙图阁学士为"职"，知杭州为"差遣"，此时苏轼"寄禄官"为"朝奉郎"。当时，苏轼奏书朝廷时自称"龙图阁学士朝奉郎新知杭州苏轼札子奏"。阶、勋、爵为虚衔，往往无职事、无俸禄，可以忽略不讨论。

宋代官与职相对稳定，升迁要通过系列考评，有一定的年限要求。其任命和升迁都由中央政府决定。差遣就是临时委任的职务名，随时可以掉换。所以，宋代诸多差遣之前都要加一个“权”，如“权御史中丞”、“权知某州”、“权发遣”、“权领”、“权同”等等。差遣大约是三年一个周期，但往往不到任期就被调任。在一种差遣职位上只工作一年、二年，甚至数月，都是很常见的。调任频繁的目的是为了“坐销外重分列之势”。(《古今源流至论·续集》卷五《六部》)即：避免地方官员在某地任期过久、形成地方势力、不听中央调遣等弊病的出现。而且，差遣这个职位的灵活度与变化度很高，可以“低职高差遣”，也可以“高职低差遣”。“官”与“差遣”分离的制度，从两个方面充分地保证了朝廷任用官员的专制权。一个方面，是所有的官员，包括地方基层官员，任命权都在中央；另一个方面，是怎样使用人才相对灵活，不必受官阶高低的限制。

中央政府选拔和任用官员的权力，比较集中地操纵在皇帝和宰辅的手中。

首先，宋代君王汲取唐代君主失柄、用人权归于臣下的历史经验教训，试图将用人权牢牢地控制在自己手中。皇帝的用人决策权，主要体现在高层官员的任命方面。宋代制度规定：宰相、枢密使、三公、三少，除开府仪同三司、节度使等，以及执政、侍从、台谏、给事中、中书舍人、三衙长官、京尹等，“必出人主之亲擢”，任用权应该完全归皇帝所有。皇帝的亲自提拔和任用，称为“特旨除授”，或称“御笔除授”、“上批”、“中批”、“御批”、“内降”、“直笔”、“旨授”等等。皇帝的特旨用人，在宋代是很频繁的，如二府宰辅的任命，经常出自皇帝独裁，二府大臣的荣辱进退，与帝王的赏识与否休戚相关。宋仁宗嘉祐五年（公元1060年）四月，枢密副使程戡罢，宰相拟定继任者名单，仁宗说："朕欲用旧人"，因此任命孙抃。（《续资治通鉴长编》卷一百九十一）南宋孝宗登基后急于有所作为，所以不次命相，稍不如意又匆匆更替，宰相在任很多都不满一年。宋孝宗任用大臣，随心所欲，将皇帝的用人权使用得淋漓尽致。皇帝精力有限，原则上不过问具体部门和地方官员的任命。然而，有时皇帝为了显示自己的明察秋毫，或对某一任命特别感兴趣，同样可以插手其他各级官吏的任命或升迁，有时直接下达命令。如，宋真宗景德二年（公元1005年）正月，宋真宗分别任命了定州、镇州、大名府等十余名知州、知府，真宗将用人名单交付中书，中书宰相立即施行。（《续资治通鉴长编》卷五十九）为了在用人权上取得主动地位，使人尽其才，宋代帝王花费了更多的心思，注意臣下的贤愚、才干等。《涑水记闻》卷一载：宋太祖知人善任，平日留意观察官员的能力，秘密做好记录。每当有差遣空缺时，就翻看记录，选择用人。宋太宗平日发现有才干者，总是"记其名于御屏"（《续资治通鉴长编》卷三十四），用人时就可以发表自己的意见。

其次，在用人的决策方面，宋代许多帝王与宰辅之间有较好的协调合作关系。帝王在理论上、同时也在实际中掌握着高级和要害部门官员的任用权，在这一方面，宰辅享有参议权，提出候选人名单供皇帝抉择，或对皇帝决定的人选提供个人意见，皇帝也常常主动征询宰辅的看法。皇帝重视宰辅的人选推荐，宰辅则在用人问题上，尤其是在高层官员的任用方面，特别尊重皇帝的意见，推尊皇帝的最终决策。《湘山野录》卷中记载着这样一段政坛佳话：宋仁宗朝宰相吕夷简年老请求退休，皇帝询问何人可以继任，回答说："知臣莫若君，陛下当自择。"宋仁宗一定要吕夷简推荐，吕夷简最终推荐陈尧佐。陈尧佐拜相以后，非常感激吕夷简，填写了一首《踏莎行》，说："二社良辰，千秋庭院，翩翩又见新来燕。凤凰巢稳许为邻，潇湘烟暝来何晚？　乱入红楼，低飞绿岸，画梁时拂歌尘散。为谁归去为谁来，主人恩重朱帘卷。"吕夷简在酒宴间听到这首歌曲后，笑着说："自恨卷帘人已老。"陈尧佐立即回答说："莫愁调鼎事无功。"陈尧佐词的题目是"咏燕"，实际上是借题发挥。燕子感谢主人为其"卷帘"，让其飞入屋里，也就是陈尧佐在感谢吕夷简的推荐。所以吕夷简开玩笑说自己老了，陈尧佐进一步恭维对方治国有方。这里，君臣之间在用人问题上有很好的合作，后任宰辅则深感前任荐引之德。可以这样说，在两宋绝大多数时间内，皇帝都没有失去用人的主动权。

再次，宋代皇帝虽然握有用人决策权，但是，无论想以何种方式贯彻皇帝的意志，都必须通过中书宰相。皇帝的接触面、视野、精力都是有限的，在用人问题上许多时候只是起象征性的决策作用，主要依赖的还是臣下的推荐或决断。二府宰辅是皇帝身边的辅佐大臣，是皇帝依赖的主要对象，所以，宋代帝王往往是将用人权委诸宰辅。中央用人权，时常体现出宰辅的用人意向。宰辅用人具体表现为"堂除"、"部注"两种方式。"堂除"就是宰相直接的除授；"部注"则是通过人事主管部门吏部经办的除授，同样置于宰辅的领导之下。其中"堂除"是更直接体现宰辅的用人意志的一种方式。一直到南宋年间，"京官知县并堂除"。(《宋史》卷二十六)

其二，机构重叠，官员职权相互牵制。

宋代或由于官与差遣的分离，或为了方便皇帝专权，许多机构或其机构的部分职能都被虚化，机构设置重叠。如，吏部之外另设审官东院和审官西院，刑部之外另设审刑院，秘书省之外另设三馆秘阁，太常寺之外另设太常礼院，等等。部门之间的职能纠缠不清，造成权力的相互制约，最后汇总到帝王一人手中，独裁专断。

从官与差遣分离的角度出发，虽然宋代中央政府保留了原有的三省六部制度，但是其职能事实上是被虚化了的。中央另设差遣名目以及与该名目相对应的机构管理具体事务，使其发挥真正的职能作用。差遣制度，起源于唐朝，在当时是一种临时性的制度。差遣取代原有的职官职权，是一个渐变的过程。在这个逐渐取代的过程中，原来的职官与后来的临时差遣之间就会出现职权重叠的现象。这种现象在北宋初年尤其突出。例如，宋代尚书省六部基本上是虚设、没有职能的机构，但在宋初却不可一概而论。宋初沿袭唐五代制度，尚书省六部与后来设置的差遣重叠并行，官制设置比较紊乱，六部也仍保留一定的行政职能。例如：宋太祖建隆三年（公元962年）三月，控鹤右厢都指挥使尹勋擅斩部属，兵部尚书李涛“因病卧家”，却带病向朝廷上书，要求将尹勋斩首。家人劝他不要过问，李涛回答说：“我身为兵部尚书，得知军校无故杀人，岂能不发表意见？”（《续资治通鉴长编》卷三）又，同年同月，宋太祖下令说：“各地斩首的大案，要专门向朝廷奏报，委托刑部详细复查。”（同前）这两个实例，都说明六部仍是具有一定行政职能的部门，只是随着北宋社会的逐渐稳定和差遣制度的逐渐完善，六部的行政职能才渐渐被完全剥夺，机构完全虚化。

中央政府机构设置重叠，行政效率低下，宋人对此早有清楚的认识。所以，在宋人的变革主张中，始终有一个热门话题：合并职权，废除重叠的政府机构设置。具体做法是：废除后来陆续设置的诸多行政部门，恢复尚书省、中书省、门下省三省制度，恢复三省下属各部门的实际职权。宋太宗端拱元年（公元988年）十二月，著作郎罗处约上书讨论三司制度时，认为机构重叠而导致“冗泛之司”，官员人浮于事，“虽有其官，不举其职”。因此，罗处约要求全面恢复尚书省二十四司制度，既名正言顺，又“省其冗员”，“省其经费”。（详见《续资治通鉴长编》卷二十九）宋太宗淳化二年（公元991年）九月，御史中丞王化基献《澄清略》言五事，首言“复尚书省”，就是要求废除多余机构和职官。（详见《续资治通鉴长编》卷三十二）宋仁宗嘉祐三年（公元1058年）十二月，知制诰刘敞等上条奏，针对“尚书二十四司既为虚名，所以官冗员众，蠹财害政”的现象，要求“改正官制”。如：“大理寺决天下狱，刑部复之，于事已足，又加审刑院，则为骈衍。”类似的重叠机构，一律裁减，废罢审刑院、审官院、群牧司、提举司、纠察司之类。（详见《续资治通鉴长编》卷一百八十八）宋真宗对宰辅们言及尚书省制度时也说：“屡屡有大臣建议朝廷恢复尚书省二十四司制度。”（详见《续资治通鉴长编》卷八十六）可以说，要求裁减中央重叠机构，恢复尚书省制度的想法，在宋神宗改制之前，几乎已在朝野达成普遍共识。

宋神宗锐意变革，从元丰三年至五年间（公元1080—1082年），朝廷对官制实行系列改革。宋神宗改制以后，大臣们的建议得到采纳，尚书省六曹二十四司转为职能单位，大量重叠设置的机构被撤销，“官”与“差遣”分离的局面得到了纠正。然而，元丰改制并不是对官制全面的变革，机构重叠设置的弊病也没有彻底改变。出于诸多因素的考虑，宋神宗有意保留了一些重叠设置的机构。如，宋代在尚书省兵部以外，另设枢密院管理军政。宋人要求兼并机构，多次提议撤销枢密院制度。宋神宗变革官制前，郭逢原特意上《议当去枢府书》，建议“废去枢府，并归中书”（详见《续资治通鉴长编》卷二百三十五）。这一类的建议遭到了宋神宗的否决，宋神宗表态说：“祖宗不以兵柄归有司，故专命官以统之，互相维制，何可废也？”（《宋史》卷一百六十二《职官志》）宋神宗一语道中枢密院设置的实质，即“互相维制”。宋代对军人的防备最为严厉，所以，宋神宗官改革制时，特意保留枢密院，使其继续发挥相互牵制的作用。经宋神宗的分析和对于官制变革的反复分析，以后的臣僚就没有再提废除枢密院事的了。如，苏轼元祐七年（公元1092年）任兵部尚书，就是一个虚衔。军政方面，机构重叠、人浮于事的弊病一如其旧。南宋章如愚曾经归纳说：枢密院“无事之时，清谈有余；纷扰之际，一无所用矣。”（《山堂考索续集》卷三十二《官制门·密院虚设》）

宋代地方职官设置也贯彻了职权重叠、相互牵制的宗旨，最典型的事例是“通判”差遣的设立。“通判”作为差遣官是宋太祖乾德元年（公元963年）设立，完全是宋代官制中的“新鲜事物”。宋太祖汲取五代藩镇割据的经验教训，为了更好地控制地方权力，防止“尾大不掉”局面的形成，在平定湖南后便设立了“通判”官。地方官员，从理论上来说都应该由地方长官来管辖。但是，“通判”最初设立时，不受地方长官的管辖，而是负责监视地方长官的言行举止，可以直接向中央政府报告地方情况或长官言行，称“监州”或“监郡”。朝廷发现：长官与通判牵制过度，会影响地方行政效率，于是对通判的职权予以限制。宋太祖乾德四年（公元966年），诏令通判不可以单独签署文件，必须与长官连署，文件才能得以生效。

后来，“通判”成为地方长官的副手，负责“兵民、钱谷、户口、赋役、狱讼听断之事”。“时大郡置二员，余置一员，州不及万户不置。武臣知州，小郡亦特置焉。”不过，仍兼有“所部官有善否及职事修废，得刺举以闻”（以上所引，均见《宋史》卷一百六十七《职官志》）的职责。像这种职官和职权的相互牵制，便造成了地方长官与“通判”的普遍矛盾。地方长官行使权力时，“举动必为所制”。（《续资治通鉴长编》卷七）欧阳修《归田录》卷下记载一件趣事：杭州人钱昆喜欢吃螃蟹，在他即将被任命为地方长官时，有人问他愿意到何地为官，钱昆回答说：“有螃蟹无通判处则可矣。”

其三，中央宰辅集体领导制。

宋代帝王选择士大夫政治势力作为合作对象的同时，又采用了宰辅集体领导的制度形式，以防止个人势力的膨胀，避免因宰相权重而走向失控。这种集体领导制度，也是对唐人“政事堂”制度的继承。然而，唐朝由于没有解决好各种政治势力相互平衡、对后妃和宦官势力加以约束等一系列问题，集体领导制已遭破坏无遗。宋人的集体领导制是在唐人的经验教训基础上，加以重建和完善的。

宋代宰辅集体领导班子中，包括宰相（昭文相、史馆相、集贤相）、参知政事（副宰相）和枢密院正副长官。宋太祖从孤儿寡母手中夺取到的政权，内部存在着新旧政权交替、稳定政局的难题，外部又必须面对北汉、南唐、契丹等强敌环伺的危难局面，百废待兴。在这多事存亡之秋，所采用的手段也是临时性的应急措施，宰辅集体领导制等规范化的制度，还不在考虑的范畴。

首先，太祖为了保持从周室合法获取皇位的正统继承形象，保留了周世宗时期的三位宰相范质、王溥、魏仁浦，却将真正的中枢权力操纵在自己和个别心腹（如赵普）手中。乾德二年（公元964年）正月，范、王、魏三相并罢，同月，赵普拜相。一直到宋太祖开宝六年（公元973年）八月，中书只有赵普独相，这段时间持续了将近十年。显然，在这一阶段，宰辅集体领导制并未建立，这仅仅是从唐五代到宋代的一个制度过渡期。

宰辅集体领导制的形成是以参知政事的设立为标志的。宋太祖乾德二年（公元964年）四月，太祖为赵普置副手，称参知政事。“不宣制、不押班、不知印、不升政事堂。”（《续资治通鉴长编》卷五）赵普恩宠衰替后，集体领导制也相应地发展健全起来。宋太祖开宝六年（973）六月，太祖连下数诏，使参知政事获得了与宰相共同议政、轮流执政的权力。赵普罢相后，朝廷以薛居正、沈义伦为相，以卢多逊为参知政事。至此，宰辅集体领导制正式确立。

宋代宰相常设二员，偶尔有设三相的时候。如，宋太宗于开宝九年（公元976年）十月登基，以薛居正为昭文相、沈义伦为史馆相、卢多逊为集贤相；薛居正去世后，又让赵普代替薛居正担任昭文相。三相并设的局面一直延续到太平兴国七年（公元982年）四月。到宋神宗改制，以左右仆射为宰相，后又更名为太宰和少宰、左右丞相等，宰相员数就再也没有超过二人。参知政事的员数则在二到四人之间。宋初曾一段时间维持一相（赵普）三参（薛居正、沈义伦、刘熙古）的局面；薛居正、沈义伦、卢多逊并相期间，又不设参知政事（三相无参政）；文彦博、李沆、富弼并相期间，只有程戡一位参知政事（三相一参）；宋太宗至道三年（公元997年）还出现一相（吕端）四参（温仲舒、王化基、李至、李沆）的情况。宋神宗改制后，以门下侍郎、中书侍郎、尚书左丞、尚书右丞取代参知政事，实际上是设置二相四参。南宋恢复参知政事名称后，员数又在一到三人之间摇摆。

宋代中书或三省宰辅的员数，最为常见的是二相二参。宋哲宗元祐二年（公元1087年）七月，右仆射吕公著说：“今三省职事，与旧日中书一般，中书宰相、参政，本以四员为额。”（《续资治通鉴长编》卷四百零三）如有多少变化，大概也保持在三到六人。

集体领导制大体贯彻两条原则：第一，宰辅集体议事制。国家重大事务皆由中书宰辅或二府大臣集体议定，然后奏报批准。第二，宰相“分日知印”、轮流当笔。这就使得每位宰相在处理日常政务时，彼此的权力是等同的。有时，参知政事也参与到这个行列之中，如《续资治通鉴长编》卷三百七十四载：中书省言，“尚书省文字，自来左右仆射轮日当笔”且“诏令左右丞权轮日主印当笔”。

集体领导制，必须避免两种不良倾向的出现，其一是二府宰辅朋比为奸，结党营私；其二是二府大臣政见相背、争吵不休、乃至钩心斗角。宋孝宗曾经设想过宰辅之间理想的合作关系，他取孔子“君子和而不同，小人同而不和”之意说：“执政于宰相，固当和而不同。”（《宋史》卷三百九十一《周必大传》）“和而不同”，也适用于宰相之间、参知政事之间、枢密院使副之间、中书与枢密院之间等等，即二府大臣之间都应该树立起“和而不同”的理念。“和而不同”的前提一定是一心为公、为国，这是“和”的基础，双方能协调工作，关系和睦，又能够各抒已见，不苟同附和，由皇帝居上调度、控制，这自然是最理想的宰辅之间的工作合作关系。

宰辅争吵不休、钩心斗角，朝廷就无法贯彻统一的施政方针，也无法落实朝廷的法规政令，势必会降低二府的工作效率，这也是皇帝所不愿意看到的。二府大臣之间出现不可调和的矛盾时，或者罢免双方，更换宰辅，或者做局部调整，以保证中书或枢密院小范围内的协调统一。宋真宗大中祥符七年（公元1014年）六月，枢密使王钦若、陈尧叟和枢密副使马知节都被罢免，原因是马知节鄙薄王钦若的为人，在皇帝面前“具斥其奸状”，“争于上前者数矣”。真宗认为枢密院使副“异常不和，事无大小，动辄争竞”，已无法正常工作，故俱罢之。（《续资治通鉴长编》卷八十二）宋仁宗景祐四年（公元1037年）四月，昭文相吕夷简、集贤相王曾、参知政事宋绶和蔡齐并罢，原因是吕夷简和王曾“论议多不合”，且相互攻击，“至交论帝前”，宋绶助吕夷简，蔡齐助王曾，中书分裂成两派，集体领导制就无法运作，故四人一起被罢免。（《续资治通鉴长编》卷一百二十）

“和而不同”的理想关系是很难实现的，两宋时期，偶尔二府也会出现类似的理想境况。吕中论及独相有“专权之私”，并相有“立党之患”时，评价说：“以赵中令（普）权专任重，而能与新进之吕蒙正共事；以毕士安德尊望隆，而能与使气之寇准共政，不惟无分朋植党之风，抑且尽同寅和衷之义。”（《续资治通鉴长编》卷四十七引《宋史全文》）这里列举的赵浦和吕蒙正、毕士安和寇准，都是宰相之间和谐合作的典范。最为典型的是宋仁宗庆历年间朝廷用杜衍为宰相，用范仲淹为参知政事，用韩琦和富弼为枢密副使，欧阳修评价说：“杜衍为人清审而谨守规矩，仲淹则恢廓自信而不疑，韩琦则纯正而质直，富弼则明敏而果锐。四人为性，既各不同，虽皆归于尽忠，而其所见各异，故于议事，多不相从。至如杜衍欲深罪滕宗谅，仲淹力争而宽之；仲淹谓契丹必攻河东，请急修边备，富弼料九事，力言契丹必不来；至如尹洙，亦号仲淹之党，及争水洛城事，韩琦则是尹洙而非刘沪，仲淹则是刘沪而非尹洙。”（《续资治通鉴长编》卷一百五十五）四人性格不同，各有所长。对如何处理滕宗谅、契丹是否入侵、修筑水洛城等问题，他们见解不同，争论激烈。但是，他们都尽心为公，同心协力，共同主持了“庆历革新”。

如上述这样二府关系真正“和谐共处”的时期也是非常短暂的。这样的关系多数时间有赖于皇帝的调节、二府大臣的矛盾制衡、权相的操纵等手段，保持二府班子的协调合作关系。

集体领导制意味着集体负责制，在这种制度下，有才能、有个性的宰辅往往因为受到保守集体的排斥而难以长久任职，如北宋的范仲淹和王安石、南宋的史浩等等。而大量的不求有功、只求无过的平庸官僚，却能尸居其位，碌碌度日。晏殊人称“太平宰相”，宦海生涯近五十年，晏殊在政坛上又有什么作为？晏殊就是宋代比较典型的平庸官僚。在集体领导制的施行下，庸常之徒的出现是很正常的事情。

北宋是集体领导制健全的时期，也是大量出庸常之辈的时期。李昉“在位循谨自守，临事多恕”（《隆平集》卷四《宰臣》）；孙沔批评宰相吕夷简“以姑息为安，以避谤为知”，吕夷简知道奏疏内容后，感慨说：“药石之言，但恨闻此迟十年尔”（《续资治通鉴长编》卷一百三十九）；宰相章得象在“庆历革新”期间“无所建明”，范仲淹、韩琦等被逼离开二府以后，章则“居位自若”（详见《续资治通鉴长编》卷一百五十五）；宋仁宗庆历八年（公元1048年）三月，御史中丞鱼周询说：现在的执政大臣，心中明确知道什么应该做，什么法规应该废除，但就是不去落实。只是“拱默自安，不肯为朝廷当事”。以至于文武大政，“因循弛废”（《续资治通鉴长编》卷一百六十三）；宋仁宗庆历八年（公元1048年）四月，参知政事丁度罢，御史何郯批评丁度“务保身而寡过，曾无经国之远图”（《长编》卷一百六十四）；宋神宗朝宰相吴充，“为相务安静，不遣使，不滋长法令”。（《续资治通鉴长编》卷三百零三）

真宗朝宰相李沆，虽然在宰相的位置上，却没有为国家做过任何事，只是“四方言利事者，未尝一施行，聊以此报国尔。”（《续资治通鉴长编》卷五十六）这样平庸的为相标准，居然能得到朝廷的认可，并被奉为至理名言。《涑水记闻》卷三载：吕夷简做宰相时，让参知政事宋绶编定《中书总例》。对人说：“有了这些定例，就是一位庸夫来贯彻执行，也可以做宰相。”吕夷简的话，确实道中宋代宰辅集体领导制的平庸实质。宋代朝野舆论一般也都是认可平庸守规矩者，而对决心有所作为的宰辅嗤之以鼻。南宋史学家吕中说：“我朝善守格例者，无若李沆、王旦、王曾、吕夷简、富弼、韩琦、司马光、吕公著之为相；破格例者，无若王安石、章子厚、蔡京、王黼、秦会之之为相。考其成效，验其用人，则破格例者诚不若用格例者为愈也。”（《宋大事记讲义》卷六）在这样的社会思潮、心理定势的包围之下，积极主动想要有所作为的宰辅也要被逐渐磨去棱角，或到处碰壁，折断翅膀，甚至身败名裂。所以，宋人趋于保守、平庸，与这种不负个人职责的集体领导制有着莫大的关系。

上述宋代职官设置的三个方面：官、职、差遣分离，机构和职权重叠且相互牵制，集体领导制度，共同造就了宋代多数官员的平庸和不负责任。宋代帝王独裁权得以保障，宋代成为了一个基本没有内乱的朝代，北宋学者邵雍称当代有五大超越前人的盛事，其一是“百年无心腹患”（《邵氏闻见录》卷十八），即没有其他的政治势力对赵宋皇位构成威胁。赵宋王朝是被一而再、再而三地外族入侵势力所颠覆，从王朝内部来说，横亘两宋三百多年时间，始终没有一股政治势力膨胀到足以威胁赵宋皇位的稳固。宋代从来没有皇帝被摒弃、其他政治势力成为国家主导力量的政变事件的发生，维系、支撑宋王朝的主要政治力量就是以宰相为代表的士大夫势力，然而带来更深的隐患的也正是这股势力。清人总结说：“昔宋人议论未定，兵已渡河。”（《钦定盛京通志》卷六十六）这是一针见血的史论。官员平庸，相互牵制，各自推卸责任，成为宋代亡国的主要原因之一。专制政体，永远无法合理地协调职权与权力之间的关系。这是宋代职官设置给后人留下的一条深刻的历史经验教训。

文章太守，挥毫万字，一饮千钟
宋人的基本国策：重文轻武

平山栏槛倚晴空，山色有无中。手种堂前垂柳，别来几度春风。文章太守，挥毫万字，一饮千钟。行乐直须年少，尊前看取衰翁。

欧阳修《朝中措》

这是欧阳修任扬州太守时创作的一首词。平山，指平山堂，在今扬州西北瘦西湖北蜀冈上。庆历八年（1048）欧阳修所建。因登览可以望见江南诸山，故以平山为名。这首词所描述的是诗人自己在扬州任上的豪纵情景。词人在作品中所流露的是非常爽朗、旷达的胸襟。与词人这种开阔澎湃的心胸相适应的，是眼前的一望无际的“晴空”，遥望可见的“山色”。“文章太守”的“挥毫万字”、“一饮千钟”之豪情，是一种极度自信的表现，是宋代文人士大夫不计较个人得失的乐观精神的体现。“衰翁”云云，隐含着不服老的倔强意志。其表现在词中的个人品格，与《醉翁亭记》气脉相通。后来，苏轼过平山堂，有感而发，写了一首《西江月》，说“欲吊文章太守，仍歌杨柳春风”就表现了其对欧阳修的豁达乐观仰慕不已。

古代文人以饮酒和作文章自夸，比较常见。然而，将文学和事业连在一起，豪气满怀地自称“文章太守”，却非常少见。它所体现的是宋代士大夫的一种特殊的精神风貌，这与宋代帝王所推行的“重文轻武”的基本国策密切相关。

宋代皇帝擅长历史反思，时时以史为鉴。宋朝开国之前，中国封建社会已经经历了上千年的发展，积累了丰富的国家盛衰兴亡之经验教训。历代明智的帝王皆懂得“以史为鉴”，制定切实可行的建国、治国方针政策。唐太宗言“以古为鉴，可知兴替”(《旧唐书》卷九十七《魏征传》)就是这种意识的概括。

帝王们“以史为鉴”，总是对时间距离最近的一个朝代的历史记忆最深。宋代统治者面对的是曾经有过强盛繁荣、疆域辽阔的大唐帝国，这个帝国后期又曾经陷入战火遍野、四分五裂的局面。绵延至五代十国，更是政权更换频仍，“乱哄哄你方唱罢我登场”。究其原因，无非是其武人跋扈、拥兵自重、争权夺利、割据一方，宋太祖就是依靠兵变黄袍加身。个中原由，宋代统治者心中如同明镜一般清楚。

宋代的建国、治国方针政策，几乎都是针对唐五代的历史经验教训而建立和制定的，以至后来沿袭为“祖宗家法”。宋初所面临的第一个大问题就是武人为非作歹，不顾国家法纪，势力恶性膨胀。铁骑左厢都指挥使王彦升，居然在某一夜跑到宰相王溥的私邸寻求财物，太祖知道后十分厌恶；龙捷左厢都指挥使马仁瑀，向知贡举薛居正私自推荐人选，被拒绝后，竟在闻喜宴日，“携所属士漫骂居正”(《续资治通鉴长编》卷四)；权侍卫步军司事王继勋“纵令部下掠人子女，里巷为之纷扰。”(《续资治通鉴长编》卷六)这些武人往往没有文化，为官素质极差，太祖曾对赵普说："五代地方割据势力残暴，百姓深受其害。我现在选派能做事的儒臣一百多人，分别出任各大地方长官。这些文官即使都贪赃污浊，所造成的祸害恐怕加起来还赶不上一个武臣。"即：太祖认为，最次的文臣也要优于武臣，一百个贪赃枉法的文官对国家造成的危害还不如一位武将。所以，太祖一再强调"宰相须用读书人"。(《续资治通鉴长编》卷七)显然，太祖是将信任给予了文人士大夫。

宋代开国帝王因为对武人深具警惕之心，于是采取了一系列防范措施，最根本的一条就是"以文抑武"，充分信任文人士大夫，在各种岗位上委文人士大夫以重任，甚至地方统率之职责与中央军事首脑枢密院长官也都由文人士大夫充任。枢密院分管军政，按理说枢密院长官应该是武人多于文官，然而在后来崛起于白水黑山之间的金国之中，枢密院长官就全用武人。宋代枢密院的领导班子组成，却正好颠倒过来，枢密院的长官以文人士大夫为主，除非有所变动，或者是特殊时期的特殊情况，才会选择任用武人。《朝野杂记》乙集卷八载："枢密使至签书枢密院"，宋人旧制，"文武通除"，金人"则专用武臣"。宋人"文武通除"的情况，多数发生在战争年代、和平时期，其重文轻武的倾向展露无疑。用文官为枢密院长官，即能获得朝廷舆论的认可；如起用武人，必定会遭到大臣们的反对，任职者也最终不安于位，被迫离职而去。

枢密院长官偏重文职的倾向，后周时期就已经初露端倪。后周的三位宰相范质、王溥、魏仁浦，皆兼枢密院之职。入宋以后，三人虽然很快被免去枢密院的兼职，但"重文轻武"已逐渐发展成为宋人的一项基本国策，枢密院的班子组成方面的表现尤为明显。

北宋初期，战马倥偬，枢密院班子“文武通除”，不过，掌握枢密院大权的赵普，却是文吏出身。其他枢密使，也大都不是一介武夫，如吴延祚，就“少颇读书”，“好学，聚书万余卷”。（《宋史》卷二百五十七《吴延祚传》）

太宗太平兴国六年（公元981年）九月，进士出身的石熙载任枢密使，“用文资正官充枢密使，自熙载始也。”（《续资治通鉴长编》卷二十二）尔后，遂成制度。枢密院长官“或以武臣为之，亦异典也。”（《宋史》卷一百六十二《职官志》）宋真宗大中祥符五年（公元1012年）九月，“以吏部尚书、知枢密院事王钦若，户部尚书、知枢密院事陈尧叟，并以前官加检校太傅、同平章事，充枢密院使……儒臣领枢密兼使相，自钦若、尧叟始。”（《续资治通鉴长编》卷七十八）儒臣在枢密院的地位越来越稳固。

北宋和平时期，任用武人为枢密使，已经成为一种反常情况，会招致朝野的种种猜疑和攻击。宋仁宗景祐三年（公元1036年）十二月，武将王德用被任命为知枢密院事，翰林学士苏仪甫密疏以为王德用“宅枕乾冈，貌类艺祖”，舆论又认为他“得士心，不宜久典机密”，台谏议论纷纷。王德用的罪状有三条：第一，住宅房基的风水太旺，有帝王气；第二，外貌像宋太祖赵匡胤；第三，得到军人的拥戴。这些理由或荒诞不经，或是王德用的优点，在当时却被作为反面教材使用。宋仁宗宝元二年（公元1039年）五月，王德用因此被罢职。为避嫌疑，王德用甚至将自己的住宅也捐献出去。罢枢密使知随州期间，王德用辞谢宾客，也不与地方长官来往，在家也不和家人说话。这种状况一直保持了许多年，朝廷起用他知曹州，王德用才重新与人交谈。当时评价王德用的这些做法为“善处谤也”。（详见《石林燕语》卷七）王德用如此谨小慎微，可见武人任枢密使之职要承受多大的舆论压力以及因此产生的后遗症有多么严重。

北宋另一位名将狄青的遭遇更能说明问题。狄青因赫赫战功，宋仁宗皇祐四年（公元1052年）六月被任命为枢密副使，台谏立即纷纷表示反对。言狄青“出兵伍为执政，本朝所无”；这样的任命“不守祖宗之成规，而自比五季丧乱之政”等。（详见《续资治通鉴长编》卷一百七十二）仁宗仍执意用之。次年五月，狄青因平岭南之功，仁宗欲用其为枢密使，遭到了以宰相庞籍为首的大臣们激烈的反对。仁宗的意志虽然得以贯彻，反对的意见却一直未绝，以至谣言四起，说狄青“家数有光怪，且姓合谶书”（《石林燕语》卷七）；又说狄青“家犬生角”；狄青得京城百姓爱戴，“青每出，辄聚观之，至瘫路不得行”；狄青避水相国寺，“行坐殿上，都下喧然”等等。宋仁宗嘉祐元年（公元1056年）八月，狄青终于被这些“莫须有”的罪名排挤出枢密院（详见《续资治通鉴长编》卷一百八十三）。韩琦代之为枢密使，继续打击狄青，第二年二月，狄青便在忧虑中去世，年仅49岁。

王德用，“习知军中情伪，善以恩抚下，故多得士心”。平日谦让大度，以德报怨，荣辱不惊，用为枢密使，连契丹也知道朝廷“得人”。（皆见《宋史》卷二百七十八《王德用传》）狄青，“为人谨密寡言”，行军打战一向谋定而后动。部队出发作战，赏罚分明，与士兵同甘共苦。即使遭遇敌军突然袭击，也没有一位士兵想过逃跑，所以，屡战屡胜；又喜欢将功劳退让给手下将佐。（详见《续资治通鉴长编》卷一百八十五）二人是北宋难得的将帅之材。在北宋外忧不断的年月里，极其需要这样的人才，然他们的遭遇却是如此的相似、凄惨，宋人的“重文轻武”，已经走到了一种极端的地步。

宋代武人因此不敢居枢密院长官之职。王德用始擢枢密副使之职，推辞说：“臣武人，幸得以驰驱自效，赖陛下威灵，待罪行间足矣。且臣不学，不足以当大任。”（《续资治通鉴长编》卷一百十二）或者即使任职枢密长官，也不敢自视过高，懂得自我抑敛。王德用后升任枢密使，有推荐馆职者，王德用立即推辞说：“以君进士登科，所荐应合格矣。然某武人，素不阅书，若奉荐，则色叫矣。”（《麈史》卷中）事态发展的必然结果是枢密院长官的班子全部由文臣组成。宋英宗治平三年（公元1066年）四月，宰相韩琦因此上言“西府当用一武臣”，“西府久不用武臣矣，宜稍复故事”，提拔名将郭逵为同签书枢密院事，这次任命依然遭到朝廷舆论的反对。（《续资治通鉴长编》卷二百零八）

对于文资与武资任职枢密院长官之事，梁天锡先生做过一个统计，他说：“两宋18朝共724员次：文资659，占91%；武资65，占9%。”具体地说：“北宋太祖开国，武资任枢密长贰较文资为重。太宗、真宗后，国家统一，文资已有超越武资之势。仁、英、神三朝，文资已显较武资为多。哲宗时，全属文资。徽、钦、高各朝，虽略用武资，光宗以后，又全为文资所垄断。”（《宋枢密院制度》第13页）

即使枢密院其他高层官员，也由“旧皆武臣”逐渐改为“文武互用”。如枢密院都承旨，为枢密院属官之首，宋初专用武臣，“熙宁中，王荆公（安石）怒李评，罢去，命曾令绰为都承旨。自是方文武互用矣”。（《挥麈前录》卷二）

南宋时期，朝廷始终笼罩在战争的阴影之下，国家需要将帅出来承担保家卫国的重任，武将出任枢密院长官之事才变得容易接受，众多将帅皆历任枢密院长官职务，如韩世忠、张俊、岳飞、赵葵等。宋孝宗曾手诏宰相虞允文说："朕方欲武臣为枢密"（《宋史》卷三百八十三《虞允文传》），表明了时代的一种需求。然南宋多以宰相兼枢密院之职，二府决策班子渐渐合为一套，在枢密院领导班子中，仍然是文臣占据上风。

此外，武臣为枢密使时，常常被二府同僚所蔑视。天圣年间张耆为枢密使，太后刘氏不用吕夷简为相，宰相王曾对太后说："太后不用夷简为宰相，就是不想让夷简位置在枢密使张耆之上。张耆只是一个赤足健儿，怎么可以这样！"（《续资治通鉴长编》卷一百零七）；宋仁宗语气轻蔑至极。宋仁宗嘉祐元年（公元1056年）七月，首相文彦博与次相富弼等一起商议皇位继承人的问题，就不让枢密院参与讨论。枢密使王德用既无奈又生气，"合掌加额"，自我解嘲说："置此一尊菩萨何地？"翰林学士欧阳修听说后，却轻蔑地说："老衙官何所知。"（《续资治通鉴长编》卷一百八十三）而后，宰相韩琦议论太后还政，未与枢密使富弼商议，便遭到舆论的抨击。朝野舆论前后明显不同，就是因为是以武人出任枢密使，还是以文职出任枢密使。

总之，宋太宗以后，逐渐形成以文臣任统兵官、督率武将的定例。宋哲宗时大臣刘挚更将其归纳为"祖宗之法"，他说："祖宗之法，不以武人为大帅，专制一道。必以文臣为经略，以总制之。武人为总管，领兵马，号将官，受节制，出入战守，唯所指挥。国家承平百有二十余年，内外无事，以其制御边臣得其道也。"（《历代名臣奏议》卷二百三十八《任将》）就是说，宋代"祖宗之法"便是不让武人掌握一方全部的权力，一定要配置文官来掣肘。甚至到了南宋初年戎马倥偬的岁月，宰相李纲仍然要求“于沿河、沿淮、沿江置帅府，以文臣为安抚使带马步军都总管，武臣一员为之副，许便宜行事。”(《宋史》卷一百六十七《职官志》)

“以文抑武”基本国策的贯彻实施，在宋代培养起一种轻蔑武人的观念。南宋光宗为太子时，其太子妃李氏与太子左右争吵，以至诉于高宗、孝宗两宫，李氏出身于武将之家，高宗因此轻蔑地说“终是将种”。(详见《四朝闻见录》乙集)

换一个角度观察，宋代帝王做出“与士大夫治天下”的决策，与封建专制政体的权力结构方式密切相关。封建专制政体的权力结构呈金字塔型，皇帝便处于金字塔的塔尖，由他支配权力并操纵权力的运转。但是，作为个体，皇帝的能力、精力、时间都是有限的，他必须要依赖某一政治群体或某几个政治群体，委托他们共同治理国事，共同组成权力中心。历史上，皇帝或信任亲近内臣，或依靠同姓宗亲，或倚仗外姓国戚，中央权力机构中分别出现宦官、宗室、外戚擅权的局面。

宋代开国帝王，深刻反思历史的经验教训，特别是唐朝兴衰盛亡的历史经验教训。宋代之前，上述政治势力都曾经在政坛上独领风骚，并给中央政治造成极大的危害，甚至直接导致一个王朝的最终覆灭。汉代一开始就有吕后专权、吕氏外戚跋扈的动乱，绵延至东汉，宦官和外戚交替把持朝廷大政，外戚又依仗后妃的势力兴风作浪。西晋则亡于皇族宗室的“八王之乱”。在被宋人直接借鉴的大唐王朝中，上述四种政治势力都曾经兴风作浪过。论宗室之祸，兄弟、父子相残或反目成仇之事屡见不鲜，如唐太宗兄弟、唐玄宗父子、唐顺宗父子等等；论后妃之祸，武后、韦后的专权几乎颠覆李唐王朝；论外戚之祸，杨国忠曾成为“安史之乱”的直接导火索；论宦官之祸，唐后期帝王的拥立、生杀大权皆操纵在宦官手中，他们也是唐朝灭亡的直接原因之一。所以，宋代帝王对这四种政治势力深具警惕之心，采取极力抑制的方针策略。这种抑制的结果，就造成了士大夫势力的一枝独秀。

首先，是对后妃的抑制。后妃是与皇帝最亲近的一个群体，也是最靠近政治权力中心的一个群体，她们最容易卷入政治旋涡，代替皇帝发号施令。尤其在母子之间，依据封建伦理“孝”道，便存在上下等级的区别。宋代允许在皇帝年幼、病废等特殊情况下，由其母后垂帘听政，以弥补一姓家天下皇位继承过程中产生的问题。但由于宋代对后妃政治势力的有效控制，使得即使她们当政，也不过是皇权的一种补充，无法威胁到皇权的稳固。从制度方面，宋代“女子之防尤严”（《玉海》卷一百三十《官制·戚里》），正常情况下决不允许后妃干政。仁宗与二府大臣商量立嗣之事，曾说：“此岂可使妇人知之，只中书行可也。”（《续资治通鉴长编》卷一百九十五）个别得宠后妃，恃宠干政，皇帝一旦发现，也予以严裁。高宗妃刘婉仪，“恃恩招权”，高宗觉察后，“大怒，托以他故废之”。（《宋史》卷二百四十三《后妃传》）

宋代能抑制后妃势力的大部分是以宰相为代表的士大夫阶层。太后垂帘听政，皇帝或年幼或病废，都失去自主能力，唯一能与后妃抗争的政治势力就是士大夫阶层。宋代帝王施行“与士大夫治天下”的基本国策，赋予士大夫阶层很大的权力，使他们在关键时刻发挥极其重要的作用，抑制住后妃势力的膨胀，让权力回归到正常的轨道上来。

在皇帝正常行使权力的情况下，宋代宰相的权力极大，可以插手宫中的一切事务，宋人将其称之为“以外统内”、“以内属外”。士大夫阶层对后妃势力的抑制主要表现在两个方面。第一，对垂帘听政的太后的决策实行监督，并及时驳正其错误。尤其是太后欲违制擅权时，总是被士大夫们无情地驳回。如，北宋第一位垂帘听政的章献太后刘氏，垂帘最久，最有野心，士大夫屡屡与太后发生矛盾。章献太后临终之时仍然不肯退出政治舞台，遗制庄惠太后杨氏继续垂帘听政，“同议军国事”，就是在士大夫们的坚决反对之下，此事才未付诸实施，政权才顺利回归到仁宗手中。富弼后来回顾这段历史说：“昔庄献临朝，陛下受制，事体太弱。而庄献不敢行武后故事者，盖赖一二忠臣救护之，使庄献不得纵其欲，陛下可以保其位，实忠臣之力也。”（《续资治通鉴长编》卷一百十三）第二，太后垂帘期间，一旦皇帝成年或身体康复，大臣们便时时敦促太后还政，让皇帝早日亲政。如宋英宗患病期间，曹太后垂帘听政。皇帝痊愈之后，宰相韩琦故意声称自己想退休，逼迫太后撤帘还政。征得太后同意以后，韩琦厉声命令仪鸾司撤帘，匆忙之间还能看见太后摆动的后衣。（详见《续资治通鉴长编》卷二百零一）

其次，是对外戚的抑制。前朝帝王，鉴于外戚乱政的历史教训，也曾制定防范外戚的制度措施，如东汉时，“后宫之家，不得封侯与政”。（《后汉书·明帝纪》）但是，这些制度在现实中总是不能得到很好的落实，甚至变为一纸空文。唯独宋代，十分有效地抑制了后妃势力的膨胀，外戚的势力自然也无法得以扩张。宋代使用外戚，设置了许多的限制来防微杜渐、防患于未然。如宋代为皇帝选皇后，故意“选于衰旧之门，庶免他日或挠圣政”。（《续资治通鉴长编》卷一百零二）南宋时吏部侍郎彭龟年上书说：“祖宗待外戚之法，远鉴前辙，最为周密：不令预政，不令管军，不许通宫禁，不许接宾客。不惟防禁之，使不害吾治，亦所以保全之，使全吾之恩也。”（《止堂集》卷五《论韩侂胄干预政事疏》）

上述的限制当然不能说被完全严格地执行，在“人治”的社会里永远不能排除人为的因素。但是，即使破例，也有大概规律可寻。首先，地位越高、职权越重的官职，对外戚的限制也就越严格，从“文资”、侍从官到二府大臣，外戚破例的任职者依次减少。其次，与皇室比较疏远或难以与宫廷结成势力的姻亲，比较容易获得朝廷的宽容。皇帝对待至亲外戚的另外一种经常性的措施，就是予以高官厚禄，却不给予实际职权，所谓“崇爵厚禄，不畀事权”。

再次，是对宗室的抑制。宋代对宗室干政的控制，最为严厉。宗室作为血缘同族，是最容易在不知不觉中篡夺皇位，导致内乱的。宋代“宗王襁褓即裂土而爵之，然名存实亡”。（《宋史》卷二百四十四《宗室传》）他们所获得的是“高爵厚禄”，没有任何实权。宋代官与差遣分离，官只是用来“寓禄秩、叙位著”，差遣才是实权官职。宗室可以授官，且在朝廷的各种庆典中不断升迁，升迁速度极快，“近属自初除小将军，七迁为节度使，遂为定制”。（《梦溪笔谈》卷二）但是，宗室不得差遣，因此就与实际事权无关。为了断绝宗室掌握实权的可能，宋代甚至规定宗室不许参加科举考试。

北宋中期以后，宗室人数大量增加，且许多已是五服以外的宗亲，关系十分疏远。朝廷为了减轻奉养宗室的财政负担，仁宗以后开始放宽对宗室的限制，神宗时则允许“亲尽无服者”参加科举考试，除授各种实职差遣。《挥麈前录》卷一称：神宗登基后，“(赵)令铄进士及第，为本朝宗室登科第一。”与外戚相比，宗室除授差遣时限制更多，他们不得任边缘地区官职，不可出任“差试官”，不得为二府大臣等等。这些规定虽然执行起来仍有例外，但要比对待外戚严格多了。尤其是宰辅之职，宗室绝少除授的。宋高宗解释这种做法的原因时说：“乃所以安全之也。”(《续两朝纲目备要》卷三)把限制宗室的意图说得一清二楚。

复次，是对宦官的抑制。宦官是侍候皇帝日常生活起居的一大群仆役，他们与皇帝的交往最为频繁，被皇帝视为家奴，特别容易获得皇帝的信赖。他们的言论常常对皇帝产生潜移默化的影响，他们也时常从皇帝的最高权力中分得一杯羹，进而操纵皇帝，口含天宪，将皇帝的决策权转移到自己手中。另一方面，宦官出身卑微，文化层次低下，身体的残缺又使得他们的心态容易发生变化。所以，宦官弄权，多数时间给朝廷带来的只有混乱、黑暗。宋人有鉴于前代宦官乱政的教训，得出“宦官、宫女，左右使令之人，往往小人也”(《续资治通鉴长编》卷一百八十四)的绝对结论，因此，对宦官的限制十分严格。

宋代对宦官的抑制主要体现在三个方面：其一，以外统内。这是宋代抑制宦官势力膨胀的最关键、也是最有效的措施，外廷宰辅，有权过问内廷事务，参议宦官之任用或升迁，而内侍则不允许干涉朝政。吕中言：“我朝所以无内朝之患，以外朝之除拜，在内不得而知；内廷之请谒，在外可得而抑之也。”(《续资治通鉴长编》卷一百九十三)宋代帝王三令五申，“中官只令承受宫禁中事，不许预闻他事”。(《宋史》卷一百六十六《职官志》)为了“制之于渐”，宋代还严令禁止宦官与外臣联络，“严前后省使臣与兵将官往来之禁，著内侍官不许出谒及接见宾客之令。”（同前）将内臣的作用真正限制在宫廷之内。

宋代君臣认为宦官“人多则党盛”，所以严格限定宦官人数。宋太祖时规定：“掖廷给事不过五十人”。（《宋史》卷失败六十六《宦者传》）而后，宫廷规模逐渐扩大，宦官人数也日益增多，继任君主始终注意这个问题。宋仁宗皇祐五年（公元1053年）闰七月，诏：内廷宦官“以一百八十人为额”。（《续资治通鉴长编》卷一百七十五）北宋末年，徽宗宠信宦官，宦官人数才大大增加，“至宣、政间，动以千数矣。”（《燕翼詒谋录》卷五）南渡初因战乱宦官人数骤然减少，孝宗时最终“定以二百人为额焉”，（《朝野杂记》甲集卷十）后因侍奉太上皇的需要又增加了五十名。

宋代帝王摒除了其他一切政治势力干政的可能，只剩下士大夫与其共活天下。所以，宋代文臣的权力空前加重，文臣的地位空前提高。北宋蔡襄说：“今世用人，大率以文词进。大臣，文士也；近侍之臣，文士也；钱谷之司，文士也；边防大帅，文士也；天下转运使，文士也；知州，文士也。”（《端明集》卷二十二《国论要目》）

宋代帝王倚重文臣，以文治国，便有一系列的尊崇文人士大夫的措施出台。首先，宋代统治者改革科举制度，拓宽文人的发展道路。宋代科举彻底取消了门第限制，社会各阶层的优秀子弟都被允许应试入仕。同时废除“公荐”制度，推行弥封、誊录之法来把考试制度严格化，最大限度地防止了考场内外的徇私舞弊活动，保证了科举考试中“一切以程文为去留”的公平竞争原则的实施，其录取名额也大量增加。

其二，宋代统治者宽厚待士。宋太祖曾立下誓言，不杀士大夫和上书言事者。北宋没有诛杀大臣之事。南宋权力之争开始复杂化，出现权臣独断、宫廷政变等白刃化的权力争夺事件，然诛杀大臣之事依然极少。宋代还将有才华的文学之士选入馆阁，侍奉于皇帝左右，“高以备顾问，其次与议论，点校雠，得之为荣。”（《宋史》卷一百六十二《职官志》）

其三，宋代统治者所依赖的是位于权力核心的中枢大臣，因此这些大臣的俸禄十分丰厚，为官收入名目繁多，有正俸（包括俸钱、衣赐、禄粟），加俸（包括职钱、傔人、衣粮、傔人餐钱、茶酒厨料、薪蒿炭盐、各种添支、及爵勋供给），职田等。所以，清人赵翼有“宋制禄之厚”、“恩逮于百官惟恐其不足”之说。

宋太祖、太宗出身行伍，早年缺少必要的文化教育。作为一代开国君主，他们确实具有较为远大的目光，深知“马上得天下，马下治天下”的道理，把建立赵宋稳固江山、治国平天下的热望寄托于文人士大夫的身上。太祖“晚好读书”，甚至期待“欲武臣尽读书以通治道”。（《宋史》卷三《太祖本纪》）太宗即位后，大量扩充科举录取名额，太宗解释此举意图时说：“吾欲科场中广求俊彦，但十得一二，亦可以致治。”（《石林燕语》卷五）并以三馆新修书院为崇文院，集中才学之士所修纂的《太平广记》、《太平御览》、《文苑英华》等大型类书，弘扬文化。自太宗朝开始，进士出身的文人士大夫便迅速获得朝廷重用，大量进入二府中枢机构，成为执掌朝政的主要政治力量。宋代第三位皇帝真宗“崇尚文儒，留心学术，故武毅之臣无不自化。”（《续资治通鉴长编》卷六十）真宗还作《劝学文》说：“书中自有千钟粟”、“书中自有黄金屋”、“书中车马多如簇”、“书中有女颜如玉”(《古文真宝》卷首)。这一切并不是空头许诺,是实实在在的现实。宋代儿童发蒙念的《神童诗》开篇就说:“天子重英豪,文章教尔曹。万般皆下品,唯有读书高。”

太祖、太宗对文人士大夫的渴望,对读书的崇尚,以及对武人的防范,逐渐形成了“重文轻武”的基本国策,演化为宋人“以文为贵”的思想意识,并形成一种心理上的仰慕和追求。宋人求学读书之风甚盛,“为父兄者,以其子与弟不文为咎;为母妻者,以其子与夫不学为辱。”(《容斋随笔》四笔卷五)历年参加贡举的人数不断增加,太宗即位的第一次贡举(公元977年),已有5300人;真宗即位的第一次贡举(公元998年),激增到二万人。北宋晁冲之《夜行》诗说:“孤村到晓犹灯火,知有人家夜读书”。风气之盛,便是如此。宋人因此以能文自夸,这就是欧阳修非常自豪地以“文章太守”自夸的历史背景。

梦魂惯得无拘检，又踏杨花过谢桥

宋人的恋情相思与身世感伤

小令尊前见玉箫，银灯一曲太妖娆。歌中醉倒谁能恨，唱罢归来酒未消。　春悄悄，夜迢迢，碧云天共楚宫遥。梦魂惯得无拘检，又踏杨花过谢桥。

晏几道《鹧鸪天》

这首词中所叙情节十分简单，不过是词人在酒宴上见到一位歌女，聆听了她的婉转歌喉，便怦然心动，刻骨难忘，以至分手后日夜思念，终于通过梦境短暂地满足了再度相见乃至相爱的故事。然而，由于词人极富激情的个性化表述，使得历代读者对这首词爱不释手。词的上片追忆相见时情景。一次普通的酒宴，有“玉箫”唱“小令”侑酒，在一片旖旎绮丽的风光中两人相见了。由于人与歌同样“妖娆”，故而一见钟情。面对这样的美女、歌声，词人今夜唯有放纵酒色声乐，在风月场中一醉方休。下片写相思情怀。欢乐只是短暂的一夜，这位歌女愈出色，词人就愈难忘，相思的痛苦也就愈强烈。在长久的两地思恋而不得见面的苦痛中，词人最擅长的就是借助于梦寐，以求一晤。梦里的无拘无束暂时地解决了词人相思的苦恼。相传宋代著名道学家程颐竟也非常欣赏结尾两句："伊川闻诵晏叔原'梦魂惯得无拘检，又踏杨花过谢桥'长短句，笑曰：'鬼语也'！意亦赏之。"（《邵氏闻见后录》卷十九）

宋词是配乐演唱的歌词，是配合歌舞酒宴间的音乐演唱的。在灯红酒绿的宴席上，由十七八岁的娇艳歌伎，手拿"红牙板"之类的乐器伴奏，唱相思恋情小曲以调节气氛、劝酒助兴，是最为常见的情景。宋代词人当筵填词，或者平日创作，大都抒写相思恋情，也是因为宋词的这种特殊性能。宋词中，有非常多的写相思恋情的名篇佳句。如，"天不老，情难绝，心似双丝网，中有千千结"（张先《千秋岁》）；"昨夜西风凋碧树，独上高楼，望尽天涯路"（晏殊《蝶恋花》）；"夜月一帘幽梦，春风十里柔情"（秦观《八六子》）等等。

宋代士大夫对歌伎的真实感情如何，其歌词所抒写的相思恋情应该如何评估，完全取决于词人们对歌伎的态度。在那个以男性为中心的男尊女卑的封建社会里，若以常情常理揆度，面对妇女阶层中最卑贱的歌伎，男性词人的高高居上、丝毫不将对方作为一个人来看待的态度，是十分正常的，也是极其普遍的。宋代正是理学形成并走向昌盛的时代，思想的禁锢性很强。所以，宋代恋情词中情感传递的男女双方，并不处于同一层面，女性只是男性玩弄的对象，随时可以抛弃。宋人笔记里有很多这方面的记载。庞元英《谈薮》记载：南宋文人谢直在京城临安与一位歌伎过往甚密，谢直的老师陆九渊责备他说："士君子每天早晚都与低贱的歌伎来往，难道不有愧于儒家的教导吗？"谢直口头认错，行为却从来不改，甚至变本加厉，还为这位女子建造了一座鸳鸯楼。某天，谢直正在歌伎家，突然思念家乡，便立即不告而别。那位歌伎追送到江边，流泪不已，恋恋难舍。谢直拿来领巾，在上面填一首《卜算子》词给歌伎说："双桨浪花平，隔岸青山锁。你自归家我自回，说着如何过？　我断不思量，你莫思量我。将你从前于我心，付于傍人可。"陆九渊的劝戒，代表了当时士大夫的普遍看法。谢直的果断，在当时更是一种备受赞赏的勇于改过的行为，所谓知错能改，善莫大焉。谢直能将情感斩断得如此干净利落，且能超脱到劝对方移情别恋，可以说词人本身就没有真正付出情感，只是一度耽于淫乐而已。词人此处幡然醒悟，断然离去，难保他日不再二次缱绻，因为"天涯何处无芳草"！此次不辞而别之绝情，大约是欢场喜新厌旧的常态，是供词人茶余饭后闲谈的一段艳事。相比之下，那位追送到江边"泣涕涟涟"的歌伎，显得可笑、可怜，又可贵。

翻开宋人笔记，骂妓、殴妓、侮妓的事情时时可见，这在当时是十分正常的，不触犯任何伦理道德条律。具有这样"妇女观"的文人士大夫，在特定的环境中受欲望的刺激而迸发出来的创作激情，很难被称之为"真情实感"。离别之后的相思恋情，当然也要大打折扣。往往是脱离了这种特定环境，情绪就随之消失；改变了这种特定环境，情感就随之转移。因此，宋词人都是"蝶恋花"式的多情恋爱，见一个爱一个，处处留情，主宰他们的主要是一种逢场作戏的娱乐之情。胡仔《苕溪渔隐丛话》前集卷五十七引《冷斋夜话》说：苏轼任杭州地方长官的时候，曾经带着歌伎去拜见大通禅师，禅师正怒形于色，苏轼便当场填写一首《南柯子》，让那位歌伎演唱。歌词说："师唱谁家曲，嗣风宗阿谁？借君拍板与门槌，我也逢场作戏莫相疑。　溪女方偷眼，山僧莫皱眉。却嫌弥勒下生迟，不见阿婆三五少年时。”这首《南柯子》所流露的戏谑语调和词中的自白，都清清楚楚地说明了词人与歌伎厮混时所持的态度与所付出的情感。

宋人这种游戏人间的态度，还表现在歌伎在酒宴上乞求填写新词、敷衍成篇的时候。在酒宴上，词人甚至不需要创作激情的驱动，只是依照一定的成规，就可以应酬填写。《绿窗新话》卷上引《古今词话》说：黄庭坚路过泸南，当地长官设宴席招待。酒宴上有一位官妓盼盼，聪明贤慧，地方长官十分宠爱盼盼。黄庭坚当场填《浣溪沙》词说：“脚上鞋儿四寸罗，唇边朱麝一樱多。见人无语但回波。料得有心怜宋玉，只应无奈楚襄何。今生有分共伊么？”黄庭坚以细腻的笔法描绘了盼盼的绝色容貌及风情万种。宋词中有大量的即席应歌之作，或本事记载，或序言小传，都能够清楚地说明词人的游戏态度。

如果将宋代文人士大夫的有关相思恋情的词加以归纳分析，就会发现他们在游戏创作中大约遵循着这样的游戏规则：夸耀歌伎的容貌艳丽与技艺出众，以及这位色艺双绝的女子对自己的温柔多情。其隐藏于这种游戏规则背后的心理成因则是：以自己在众多女性心目中的崇高地位来反向证明自己的才学与地位，从而获得心灵上的自我抚慰。他们根据环境、人物的不同，以熟练的技巧将类似的内容加以变化组合，作品中流动着的是词人刹那间由对方容貌或技艺刺激而引发的激情，以至分手多年后仍然难以忘怀。归根结底，宋词人所抒发的是一种享乐、乃至淫乐的感情。试以周邦彦的《瑞龙吟》为例：

章台路。还见褪粉梅梢，试花桃树。愔愔坊陌人家，定巢燕子，归来旧处。　黯凝伫。因念个人痴小，乍窥门户。侵晨浅约宫黄，障风映袖，盈盈笑语。　前度刘郎重到，访邻寻里，同时歌舞。唯有旧家秋娘，声价如故。吟笺赋笔，犹记燕台句。知谁伴，名园饮露，东城闲步。事与孤鸿去。探春尽是，伤离意绪。官柳低金缕。归骑晚，纤纤池塘飞雨。断肠院落，一帘风絮。

这首词写故地重游的恋旧伤离愁绪，表明了词人对当年的一位歌伎眷恋不已的思想感情。男性抒情主人公故地重游时，清晰地回忆起当年在此地艳游的经历，尤其是那位与他曾经有过一段缠绵之情的青楼坊陌风尘女子。“个人痴小”，说那位歌伎娇小天真，玲珑可爱。“乍窥门户”，既指她初涉风月场，依然有清新之感；又指其半掩门户、欲藏还露的招徕客人的高明手段，给人以“犹抱琵琶半遮面”的羞涩感与朦胧美感，这是最能逗引客人神魂荡漾的地方。“浅约宫黄”，写她薄施脂粉，不掩天生丽质。“障风映袖，盈盈笑语”，写其略解风情，倚门卖笑，这是职业训练的结果。当然，上述这一切，对特定的词人来说，都似乎是向他一人展示、奉献、买弄的。歌伎的职业表现，在词人的幻觉中都是多情的证据。所以，“吟笺赋笔，犹记燕台句”。李商隐的《燕台诗》写的就是一位洛阳女子柳枝闻之遂起爱慕之心的故事，写这位女子与知音赏诗的故事。于是，一切都解释得合情合理，原来这位歌伎对词人如此脉脉多情，是因为迷恋上词人的才华出众，诗名远播。这样一位既美丽又多情的歌伎，词人自然也是爱慕不已，别后则常常思恋，重来时就有了物是人非的“伤离情绪”。这首词，都是“夫子自道”，包括女性心理的揣摩。自然，词中的主动示爱者也是那位女子。整首词的叙述模式，正符合上述的“游戏规则”。

古人诗词中的这种以为天下异性都愿意对他投怀送抱的自我良好感觉，其可信程度很低。唐李商隐的《杂纂》叙古代人情世态，特将“说风尘有情”立为“谩人语”，即说“歌伎对自已有感情”是骗人的话。这就是对文人士大夫这种感觉良好、以自我为叙述中心的一种推翻。古人的“说风尘有情”是一种普遍社会现象，其进入到诗词创作的领域也是很自然的一件事情。其实，在《瑞龙吟》里，已经透露出一些端倪。“旧家秋娘，声价如故”，便讲述了伊人移情别恋的现况，以及词人被冷落遗弃之后的辛酸苦涩。或者，根本称不上“移情”，风月场中送往迎来，有何情可言？至多是词人的自作多情。

柳永这一类作品更多。他浪迹江湖，随处留情，视歌伎为消愁解闷的玩物。他向往“是处王孙，几多游妓，往往携素手”（《笛家弄》）的艳冶生活，期待“更阑烛影花阴下，少年人、往往奇遇”（《迎新春》）的意外艳遇，总是以江湖浪子“邪狎”的目光炯炯地盯着众多女性。其《斗百花》说：

> 满搦宫腰纤细，年纪方当笄岁。刚被风流沾惹，与合垂杨双髻。初学严妆，如描似削身材，怯雨羞云情意。举措多娇媚。　争耐心性，未会先怜佳婿。长是夜深，不肯便入鸳被。与解罗裳，盈盈背立银缸，却道你但先睡。

柳永此度赏玩的也是一位“年纪方当笄岁，刚被风流沾惹”

的歌伎。她宫腰纤细，双髻下垂，初学严妆，娇媚羞涩，一身的风流。词人的目光是带着淫亵味的，他已经自然地联想到男女“云雨”的美事。这样既解风情、又不失清新的歌伎，最得狎客欢心。从上阕的叙述描写中就知道词人已酥了半身。下阕词人用似怨实怜的语气，所表达的仅仅是个人欲望。偏偏这样一位可心佳人“不肯便入鸳被”，柳永无所顾忌地用俚言俗语将自己的“猴急”心态赤裸裸地表现出来。这种狎妓病态心理在当时的病态社会里，反而显得十分正常，被众人、乃至社会文化所认可。民间流传了众多柳永狎妓的故事，都是用津津乐道、羡慕不已的口吻叙述着的。“众名妓春风吊柳七”，故事里甚至将这种病态心理与幻觉延续到辞世之后。

绝大多数宋恋情词，都摆脱不了这种创作心态和叙述模式，都遵循上述的“游戏规则”。依照“游戏规则”，进入词人视野的歌伎都是那么美丽，“燕燕轻盈，莺莺娇软”（姜夔《踏莎行》），“眼波回盼处，芳艳流水。素骨凝冰，柔葱蘸雪”（吴文英《齐天乐》）。如果对方不美丽，词人还有什么面子？自我感觉良好的“自恋”幻觉又如何维系？这些女子不仅美丽，而且同样都是多情的。相聚时，“锦帐里低语偏浓”、“许伊偕老”（柳永《两同心》）；分别时，“执手相看泪眼，竟无语凝噎”（柳永《雨霖铃》）；分手后，“衣带渐宽终不悔，为伊消得人憔悴”（柳永《蝶恋花》）。这样一种程序，已经成为填词的“俗套”。

但是，一种幻觉的持续不断，往往会使幻觉者误入歧途，信以为真。也只有男性视角才会用这样的眼光观察女性世界。仕途的奔波飘零中，离多聚少，男性词人理所当然地推断：“想佳人、妆楼颙望，误几回、天涯识归舟”（柳永《八声甘州》）；“遥知新妆了，开朱户、应自待月西厢”（周邦彦《风流子》）。这种腐旧的男性中心的全景视角，是宋代相思恋情词的基调。周作人在《妾的故事》中曾赤裸裸地讽刺说：“旧时读书人凭借富贵，其次是才学，自己陶醉，以为女人皆愿为夫子妾。”秦楼楚馆偶然相逢，歌舞酒宴蓦然相见，便认为一切女子必然地要为自己的才学、风度、气质、地位、富贵所倾倒。于是，歌伎职业性的一笑一颦，一举手一投足，都为文人提供了无限绮丽遐想之细节依据。“记得小蘋初见，两重心字罗衣，琵琶弦上说相思”（晏几道《临江仙》）；“低鬟蝉影动，私语口脂香”（周邦彦《意难忘》）；“含羞整翠鬟，得意频相顾”（欧阳修《生查子》）等等。

在宋代文人士大夫看来，他们永远是女性心目中的白马王子。仕途失意、江湖落魄时，更需要在幻觉中维系自己“白马王子”的形象，以女性的奉献来证明自身存在的价值，以摆脱人生价值幻灭的失落，保持心理上的平衡。这是一种典型的“自恋”情结。周作人提及的“妾的故事”，正好发生在宋代，是一则很好的讽刺材料。王明清《挥麈后录》卷七载：苏轼因“乌台诗案”贬官黄州期间，黄州太守徐君猷对待苏轼非常友好，时常邀请苏轼参加家庭歌舞酒宴。徐君猷家歌伎非常多，最受宠爱的是一位叫“胜之”的女子。苏轼被赦免北归的时候，途中屡屡有地方官或友人设宴招待。某次宴席上，苏轼突然碰到胜之，发现她已经归他人所有。原来徐君猷去世后，胜之被转卖。苏轼不禁想起黄州艰难的岁月和徐太守对自己的友情，当筵掩面恸哭。胜之却认为苏轼这样的哭太搞笑了，止不住大笑起来。苏轼更加伤心，认为胜之无情，后来经常拿此事当例子，教育他人，劝诫他人不要宠爱或养小妾。苏轼谪居黄州时，最受东坡青睐的同样就是这位胜之。苏轼有《减字木兰花》来描写胜之舞后的娇姿，下阕云："曲穷力困，笑倚人傍香喘喷。老大逢欢，昏眼犹能仔细看。"胸中难免一丝绮念。岂知再度相逢，竟发觉这位多情女子"无情"的一面，不禁大为失落，失态到大声号恸。其实，"多情"才是虚象，是士大夫们的自我感觉太过良好。胜之的大笑是对文人士大夫性爱自我中心幻觉的一种粉碎，东坡的号恸和劝戒则是男性高高在上的价值观的流露。所以，周作人继续讽刺说："东坡十足显示出士大夫思想。以为玩弄女人，就永远属于他们……胜之的大笑却是更有意思，这笑率直而大胆。真胜过一篇猛烈的抗议文了。"

宋词人这种"自恋"心态之表现，有一个典型例子便是晏几道。晏几道字叔原，号小山，晏殊幼子，是北宋出色的小令作家，有《小山词》传世。他经历了一段由富转衰的生活大变化，其词的基本旋律是抒写生活巨变之后的失意与抑郁，这种情绪大都是通过对往事的回忆而完成的。进入词人脑海的又往往是昔日与多位歌伎缠绵多情的片段，当年灯红酒绿、歌舞寻欢的生活已经成为一种美好往事的积淀。延续到眼前，晏几道仍然念念不忘地从歌儿舞女那里寻求安慰。于是，相思恋情词成了《小山集》中的主要内容。这类词的抒情模式大致是这样的：描写某位歌伎对他的多情留恋或两人之间的深情交往，以至分别后难以忘怀、悲伤不已。晏几道是一位擅长在梦幻虚景中构筑自己情感世界的"内敛"式作家，所以，晏几道词所抒写的恋情，与其说是一种真实世界的真实情感，不如说是虚构情景的心理补偿。

首先，晏几道的相思恋情毫无例外都是属于"记得小蘋初见"式的一见钟情。《临江仙》说："梦后楼台高锁，酒醒帘幕低垂。去年春恨却来时。落花人独立，微雨燕双飞。 记得小蘋初见，两重心字罗衣。琵琶弦上说相思。当时明月在，曾照彩云归。”这里准确无误地告诉人们：词人初次在友人家看见“小蘋”，便为其“两重心字罗衣”所烘托出来的美貌以及“琵琶弦上说相思”的超群技艺所倾倒，全身心地迷恋上“小蘋”。此后，魂牵梦萦，“小蘋”屡屡浮现于词人的脑际。晏几道与这些女子的相逢相识大都是在歌舞酒宴的公开场合，他必然要顾忌在座的友人的心态与面子，不可随意流露情感。这样的环境决定了词人根本没有从容的时间与对方互道情愫、培养情感，更多的是凭借自己的猜测、想象。这种猜测、想象，又成为别后回忆的主要根据。晏几道后半生家道中落，四海飘零。他每到一地，都要经历诗酒歌舞、秦楼楚馆的应酬生活，因此结识了大量的江湖歌伎。这是晏几道爱恋的另一类对象。流落不定、四处飘荡的动荡生活，不容词人与某一异性逐渐地、长期地建立起情感的联系。晏几道曾经说：“狂花顷刻香，晚蝶缠绵意。天与短因缘，聚散常容易。”(《生查子》)聚散匆匆，就无法使感情得到牢固的建立与发展。酒宴间逢场作戏时，第一印象就尤其重要。词人总是根据对方的色艺决定取舍。遇上一位容貌出众、技艺超群的歌伎，词人就不免心醉神迷，一见钟情了。

其次，晏几道的相思恋情往往又是在自作多情。晏几道根本没有机会与莲、鸿、蘋、云等喜欢的歌伎互通心意，暗期偷约。他也无从了解对方的真实看法，只好凭自己的忖度、猜测来作词。他猜测的主要依据，是女方的神情与歌乐声。如“琵琶弦上说相思”、“泪粉偷匀、歌罢还颦”、“小莲未解论心素，狂似钿筝弦底柱”等。这种猜测分析，如果没有其他旁证，只能是晏几道的想入非非、一厢情愿。宋代歌儿舞女在酒宴上唱相思艳曲以娱乐主人、宾客，是十分正常的，大量产生于酒宴之间的宋代艳词便是最好的佐证。在演奏、歌唱这些乐曲时，歌伎们配以职业化的表情、动作，显得含情脉脉，动情时乃至潸然泪下，也是很正常的。观赏者因此心猿意马，浮想联翩，只能说是他的自作多情。与江湖上的歌伎交往，比之友人家侍妾，更加自由无拘束。歌伎不但用表情、歌声，也直接用言行向词人传情达意。然而，这仅仅是表面现象，不要忘记词人所迷恋的对象是歌伎。娇媚依人、慵柔情浓、慢声细语、殷勤留客，这是她们的谋生手段与方式。她们惯用“如弦”的语音，挑选“诗好似君能有几”等投合客人喜好的奉承话，留宿客人。她们中有严蕊那样渴望过正常生活的，但数量有限。大多数已经被环境侵蚀、腐化，习惯于送往迎来、投怀卖笑的生活。

最后，晏几道的相思恋情词实际上是指向自身，是身世不得意的落寞凄苦情绪的转移宣泄，是自我的心理安慰。晏几道出生于一个钟鸣鼎盛的荣华富贵之家，父亲晏殊为北宋的“太平宰相”。而且，由于家庭背景的原因晏几道在少年时还受到皇帝的赏识。早年的经历很好地培养出了晏几道对于生活的自信心和优越感。他总是自负“锦衣才子”、“少陵诗思”，处处以自我为中心，对前途抱有乐观地想法。同时，这也使得他不通世事，对周围的人与物抱有过于幼稚天真的看法。生活粗暴地结束了晏几道童年的梦幻，在他还没有充分心理准备的时候，便将他抛入社会，逼迫他向人生事业转移。说到底，晏几道的家庭环境和生活经历也使他不可能有充分的心理准备去面对现实生活。晏几道带着自己的美好设想踏入社会，却发现自己显得手足无措，处处碰壁。生活和心理危机便逐渐形成。

后期词人家境日衰，混迹官僚下层，又曾因郑侠案牵累入狱，历尽仕途风波。昔日亲朋好友或“疾废下世”，或弃之而去。“旧粉残香似当初，人情恨不如”（《阮郎归》），世态炎凉伤透了词人的心。晏几道性格偏于懦弱，他无力挽回颓境，无法应付现实，无能为自己命运而抗争，因此便从自信跌入自卑，心理失去了平衡。词人也因此很少回到现实世界。他更擅长在无形的精神世界里获得真正的稳定，为自己编织五彩的爱情般的梦幻。这些梦幻缓解了他紧张的精神状态，安慰了他因巨变而受伤的心灵，并支撑着他的优越感和自豪感，使他再度自尊、自爱，并再度感受到他人对自己的高度评价，心理上也因此得以补偿，从不平衡过渡到新的平衡。

宋代文人士大夫相思恋情词的另一大类是特定的环境中所产生的寄托者们。“学而优则仕”是中国古代文人所追求的唯一的人生价值。宋词人中有大量的仕途失意、价值幻灭者，他们放纵声色，以醇酒美女自慰，也以此来发泄愤恨和牢骚。柳永落第后高唱：“烟花巷陌，依约丹青屏幛。幸有意中人，堪寻访。且恁偎红翠，风流事，平生畅，青春都一饷。忍把浮名，换了浅斟低唱。”（《鹤冲天》）辛弃疾失意时也说：“倩何人，唤取红巾翠袖，揾英雄泪。”（《水龙吟》）这时候，文人士大夫把更多的注意力放在歌儿舞女上，有时也发出一些“同是天涯沦落人”的感慨。其意图是借他人之酒杯，浇自己之块垒。于是词人的失意便自觉或不自觉地渗透到恋情词中，其凭借歌伎之种种表现，发泄内心的怨气。柳永《凤栖梧》说：

帘下清歌帘外宴。虽爱新声，不见如花面。牙板数敲珠一串，梁尘暗落琉璃盏。 桐树花深孤凤怨，渐遏遥天，不放行云散。坐上少年听不惯，玉山未倒肠先断。

“坐上少年”善辨乐声，听出歌伎演奏的乐声中有怨愁之意，为之肠断，听者与演奏者获得一种心灵上的共识。然而，宋代歌伎在酒宴间演奏相思艳曲，诉说离愁别怨，以娱宾遣兴，是很常见的。“坐上少年”之所以能够引起这悲伤的情绪，其真正原因恐怕就是自身的遭遇。当词人处于痛苦之中的时候，周围的一切都能牵引出他的愁绪，无论是“萧萧落木”之秋日，还是“惨绿愁红”之春季，“一切景语皆情语”。所有的景物都为词人的情感而设置，歌伎的缠绵之情或坎坷生涯也是触动词人悲怀的一个重要因素。秦观作《水龙吟》寄营妓娄婉，下阕说：“玉佩丁东别后，怅佳期、参差难又。名缰利锁，天还知道，和天也瘦。花下重门，柳边深巷，不堪回首。念多情，但有当时皓月，照人依旧。”词写“不堪回首”的离别痛苦，却牵引出“名缰利锁”的牢骚，事实上是仕途不得志的反语。在作品中，歌伎的作用与其他外景外物一样，是词人借以宣泄痛苦的途径。

这种情绪更多地流露在羁旅相思的词作中。词人或为生计所迫，或因仕途挫折，长年累月奔波于旅途，滞留于他乡，劳顿困苦，风尘仆仆。于是，曾经拥有过的相对安定的生活就值得反复回忆、留恋，其作用便是反衬眼前的颠沛流离，强化抒情效果。美好的时光，往往由回味隽永的事件点缀、联结而成。词人的风流艳遇，或与某歌伎的一段往事，是最令人心驰神往，追慕不已的。旅途中当然会时时想起，咀嚼品味，以慰孤寂。秦观《望海潮》说：“长记误随车，正絮翻蝶舞，芳思交加。柳下桃蹊，乱分春色到人家。”这还算不上一次真正的艳遇，只不过是认错了人、跟错了车而已；或者是被对方美色所动，故意跟错车。对此，词人便常常回忆，连细节都十分清晰，因此又生发出许多温柔的遐想。这种遐想会随着词人处境的愈益艰难，而不断地给词人增加虚构安慰自己的幻觉成分。

在旅途之中，词人较深入地体验了人生的痛苦、不得志的苦闷与离别的相思，所以，其抒发的情感便显得十分真挚，名篇迭出。欧阳修《踏莎行》说："离愁渐远渐无穷，迢迢不断如春水。"柳永《雨霖铃》说："今宵酒醒何处？杨柳岸、晓风残月。此去经年，应是良辰好景虚设。便纵有千种风情，更与何人说！"姜夔《踏莎行》说："别后书辞，别时针线，离魂暗逐郎行远。淮南皓月冷千山，冥冥归去无人管。"这些词都脍炙人口，传播甚广。

但是，词人所抒发的情感仍紧紧围绕着自我，对某一次艳遇或某一位歌伎的留恋，究其深层原因便是不得志的转移与宣泄，哪怕是一种无意识的渗透。周济《宋四家词选》评秦观词说："将身世之感，打并入艳情，又是一法。"即：词人虽然在写艳情，写对某位女子的相思情怀，或假托女子在思恋着自己，实际上却是在抒发对自我身世的一种感伤。其实，这种方法的运用，在宋代文人士大夫的相思恋情词中极为常见，尤其是写羁旅行役之别离相思的作品。这种风格，在南唐冯延巳那里就已经开始，他的《鹊踏枝》说："几日行云何处去？忘了归来，不道春将暮。百草千花寒食路，香车系在谁家树？""屏上罗衣闲绣缕。一晌关情，忆遍江南路。夜夜梦魂休谩语，已知前事无寻处。"冯煦《阳春集序》里的评价："俯仰身世，所怀万端；缪悠其辞，若显若晦。"就认为冯延巳在词中非常隐约地寄托了家国身世的感伤之情。

于是，这种作风便在宋词的创作中形成一个源远流长的传统。有时词人抒写思恋之情，甚至完全是“伤心人别有怀抱”。辛弃疾《青玉案》下阕说：“娥儿雪柳黄金缕，笑语盈盈暗香去。众里寻它千百度，蓦然回首，那人却在，灯火阑珊处。”这位不慕荣华、自甘寂寞的意中人，仿佛就是词人孤高脱俗、清苦自任的自我形象的写照。即使那些际遇意义不太明显的羁旅行役之作，也可以让读者体会到词人所经历的险恶风波及其带给词人的苦涩之感。在这些作品中，“身世之感”是主要情绪，或者可以称之为情绪的心理背景，“艳情”则是表层次的描写。可以设想，假如词人再度春风得意，身世苦痛随般的消失，又有新的美酒娇娃相伴，必定是“一日看尽长安花”般的得意忘形，而不会总是对一段旧情眷眷不已。

此外，宋词人失意时所作的少量恋情词，包括其直接倾诉歌伎的新声，都备受称道。如果结合词人的遭遇和歌词的上下文，仍然能品味出词人的“别出心裁”。柳永《迷仙引》下阕说：“已受君恩顾，好与花为主。万里丹霄，何妨携手归去。永弃却，烟花伴侣。免教人见妾，朝云暮雨。”回到原文就能明白，这段剖白的心事是由“已受君恩顾，好与花为主”引发出来的，是用来烘托男性主人公的，就是词人科举落第时所痛苦叫喊的“幸有意中人，堪寻访”，在思想和叙述方式上都是属于“周公”式的。又如晏几道的《浣溪沙》说：“日日双眉斗画长，行云飞絮共轻狂。不将心嫁冶游郎。溅酒滴残歌扇字，弄花熏得舞衣香。一春弹泪说凄凉。”刘永济先生的《唐五代两宋词简析》分析说：“作者自身亦具有此种矛盾之痛苦，亦同有此舞女之个性，故能体认真切。此舞台，直可认为作者己身之写照。”

我欲乘风归去，又恐琼楼玉宇，高处不胜寒

宋代知识分子的精神风貌

明月几时有？把酒问青天。不知天上宫阙，今夕是何年？我欲乘风归去，又恐琼楼玉宇，高处不胜寒。起舞弄清影，何似在人间！转朱阁，低绮户，照无眠。不应有恨，何事长向别时圆？人有悲欢离合，月有阴晴圆缺，此事古难全。但愿人长久，千里共婵娟。

苏轼《水调歌头》

这首词是宋神宗熙宁九年（公元1076年）中秋苏轼在密州时所作。这一时期，苏轼因为与当权的变法者王安石等人政见不同，便自求外放，辗转各地为官。他曾经要求调任到离苏辙较近的地方为官，以求兄弟多多聚会。然而到密州后，他却发现这一愿望仍无法实现。这一年的中秋，皓月当空，银辉遍地，与胞弟苏辙分别之后，转眼已七年未得团聚了。此刻，词人面对一轮明月，心潮起伏，于是乘酒兴正酣，挥笔写下了这首名篇。词前的小序交待了写词的过程："丙辰中秋，欢饮达旦，大醉。作此篇兼怀子由。"很明显，这首词反映了作者复杂而又矛盾的思想感情。一方面，说明作者怀有

远大的政治抱负，当时虽已41岁，并且身处远离京都的密州，政治上很不得意，但他对现实、对理想仍充满了信心；另一方面，由于政治失意，理想不能实现，才能不得施展，便对现实怀有一种强烈的不满，产生了消极避世的思想感情。不过，贯穿始终的却是词中所表现出的那种热爱生活与积极向上的乐观精神。

这首词上片写中秋赏月，因月而引发出对天上仙境的奇想。起句奇崛异常，词人用李白“青天有月来几时，我今停杯一问之”(《把酒问月》)的诗意，用一个问句把读者引入时间、空间这一带有哲理意味的广阔世界。词人的提问，似乎是在追溯明月的起源、宇宙的伊始，又好像是在赞叹中秋的美景、造化的巧妙。其中蕴涵了词人对明月的赞美和向往之情。苏轼将青天作为朋友，把酒相问，显示了其豪放的性格与不凡的气魄。“不知”二句承前设疑，引导读者对宇宙人生这一类大问题进行思考。“天上宫阙”承“明月”，“今夕是何年”承“几时有”，针线细密。设问、思考而又不得其解，于是又产生了“我欲乘风归去”的遐想。李白被称为“谪仙”，苏轼也被人称之为“坡仙”。词人至此突发奇想，打算回到“天上”老家，一探这时空千古的奥秘。苏轼生平自视甚高，以“谪仙”自居，所以他当然能御风回家，看看人间“今夕”又是天上的何年？仙境是否胜过人间？词人之所以有这种脱离人世、超越自然的奇想，一方面来自他对宇宙奥秘的好奇，另一方面是来自对现实人间的不满。人世间有如此多的不称心、不如意之事，迫使词人幻想摆脱这人世烦恼，到琼楼玉宇中去过逍遥自在的神仙生活。苏轼后来贬官到黄州，时时有类似的奇想，所谓“小舟从此逝，江海寄余生”，以及《前赤壁赋》中描写自已在月下泛舟时那种飘然欲仙的感觉，皆产生于共同的思想基础。然而，在词中这仅仅是一种打算，未及展开，便被另一种相反的思想打断："又恐琼楼玉宇，高处不胜寒"。这两句急转直下，天上的"琼楼玉宇"虽然富丽堂皇，美好非凡，但那里高寒难耐，不可久居。词人故意找出天上的不足，来坚定自己留在人间的决心。一正一反，更表露出词人对人间生活的热爱。这一转折，写出词人既留恋人间又向往天上的矛盾心理。这种矛盾能够更深刻地说明词人留恋人世、热爱生活的思想感情，显示了词人开阔的心胸与超远的志向，因此为歌词带来一种旷达的文风。"高处不胜寒"并非作者不愿归去的根本原因，"起舞弄清影，何似在人间"才是其根本所在。与其飞往高寒的月宫，还不如留在人间，在月光下起舞，最起码还可以与自己清影为伴。从"我欲"到"又恐"至"何似"的心理转折开阖中，我们能看到苏轼情感中的波澜起伏。他终于从幻象回到现实，在出世与入世的矛盾纠葛中，入世思想最终占了上风。"何似在人间"是毫无疑问的肯定，雄健的笔力表现了情感的强烈。

下片写望月怀人，兼怀子由，同时感念人生的离合无常。由中秋的圆月联想到人间的离别。夜深月移，月光穿过"朱阁"，照近"绮户"，照到了房中迟迟未能入睡之人。这里既指自己怀念弟弟的深情，又可以泛指那些中秋佳节因不能与亲人团圆以至难以入眠的所有离人。月圆人不圆是多么令人遗憾啊！词人便无理埋怨圆月："不应有恨，何事长向别时圆？"相形之下，更加重了离人的愁苦。无理的语气进一步衬托出词人思念胞弟的手足深情，同时又含蓄地表达了其对不幸离人的同情。词人毕竟是旷达的，他随即想到月亮也是无辜的，便转而为明月开脱："人有悲欢离合，月有阴晴圆缺，此事古难全。"既然如此，又何必为暂时的离别而忧伤呢？这三句从人到月、从古到今都做了高度的概括。从语气上，好像是代明月回答前面的提问；从结构上，又是推开一层，从人、月对立过渡到人、月融合。为月亮开脱，实质上还是为了强调对人世的豁达，同时寄托对未来的希望。因为，月有圆时，人也有相聚之时。故结尾“但愿”便推出了美好的祝愿。“但愿人长久”是要突破时间的局限，“千里共婵娟”是要突破空间的阻隔，让爱把彼此分离的人结合在一起。这两句并非一般的自慰和共勉，而是表现了作者处理时间、空间以及人生这样一些重大问题时所持的态度，充分显示出词人精神境界的丰富。张九龄《望月怀远》说：“海上生明月，天涯共此时”；许浑《秋霁寄远》说：“唯应待明月，千里与君同”，苏轼就是把前人的诗意化解到自己的作品中，熔铸成对天下离人的美好祝愿。

全词设景清丽雄阔，如月光下广袤的清寒世界和天上、人间来回驰骋的开阔境界。将此背景与词人超越一己之喜乐哀愁的豁达胸襟、乐观情调相结合，便体现出苏词清雄旷达的经典风格。

晚唐五代以来，士风败坏，知识分子寡廉鲜耻。他们只追逐个人私利，少有道义的追求或道德的自我约束。士大夫群体中也少有讲究气节或名节者。以五代入宋的大臣为例：宰相范质，五代时历仕后唐、后晋、后汉、后周四朝，入宋为相，宋太宗评说其“欠世宗一死”。（《宋史》本传）宋太祖朝名宦陶穀，历仕后晋、后汉、后周三朝。宋太祖将受禅，仓促期间还没有预备“受禅文”，陶穀从怀中掏出文稿说：“已经写好了。”宋太祖虽然得到陶穀关键性的帮助，心中却依然十分瞧不起陶穀的为人。最典型的是自称“长乐老”的冯道，曾经“更事四姓及契丹”。五代帝王和朝代更替频繁，冯道却辗转于各个皇帝和朝代之间，是一位名副其实的不倒翁。契丹入侵中原时，冯道在耶律德光面前自称“无才无德痴顽老子”，耶律德光问他说：“现在怎么救天下百姓？”冯道阿谀奉承说：“此时佛出救不得，唯皇帝救得。”其民族气节荡然无存。在北宋初年冯道去世时，“时人皆共称叹，以谓与孔子同寿”。（《新五代史》本传）欧阳修因此感慨说：“予读冯道《长乐老叙》，见其自述以为荣，其可谓无廉耻者矣，则天下国家可从而知也。”（同前）北宋田况也感慨说：“文武大臣朝比肩，暮北面，忠义之风荡然矣。”（《儒林公议》卷上）

赵宋代周而起，除了军事统一南北、恢复国内经济、重建国家制度等要务以外，弘扬士德，改变士风，也是当务之急。宋代帝王“与士大夫治天下”，士风盛衰，直接关系到国家的前途命运。所以，宋代从君王到士大夫都致力于士风的建设，最终形成了宋代知识分子新的精神风貌。北宋士风转变，经历了一段漫长时间。大约在太祖、太宗、真宗三朝，新的士风皆在形成之中。至仁宗朝，这一转变过程大致完成。范仲淹活跃于政坛，出将入相，逐渐成长为当时知识分子的领袖人物，而这也是其转变过程完成的重要标志。《宋史·范仲淹传》言范仲淹“每感激论天下事，奋不顾身，一时士大夫矫厉尚风节，自仲淹倡之”。

宋代知识分子风气的转变，与统治者的治国方略和基本措施密切相关。宋代开国帝王，深刻反思历史，特别是唐朝兴衰盛亡的历史经验教训。他们对宗室、后妃、外戚、宦官等四种政治势力深具警惕之心。宋代帝王对这几种政治势力采取极力抑制的方针策略。这种抑制的结果，就造成了士大夫势力的一枝独秀。换句话说，宋代统治者做出了“与士大夫治天下”的选择，将士大夫群体作为唯一可信赖依托的对象。这种治国基本方针，固定为“祖宗家法”，为历朝皇帝所遵循。

宋代统治者做出“与士大夫治天下”的决策，还基于对士大夫阶层本质的认识。这种认识使他们坚信士大夫阶层的可靠性，这个政治群体只能依附皇室，发挥他们的政治作用。皇帝信任这个阶层，因为可以使权力收纵自如，无尾大不掉之虞。宋代士大夫阶层的组成部分，与前代相比，已经有了根本性的改变。士大夫的主要组成部分来自科举考试。宋代科举彻底取消了门第限制，社会各阶层的优秀子弟都被允许应试入仕。同时废除“公荐”制度，推行弥封、誊录之法以严格考试制度，最大限度地防止了考场内外的徇私舞弊行为，以保证科举考试中“一切以程文为去留”的公平竞争原则的实施。通过科举取士，帝王也有意识地让下层知识分子走仕途，发挥其在国家政治生活中的作用。走了仕途后，这些来自下层的知识分子也成为文人士大夫阶层的主体部分。如太宗时的宰相张齐贤，“孤贫力学，有远志”；名臣王禹偁“世为农家，九岁能文”；真宗、仁宗时的宰相王曾“少孤，鞠于仲父宗元，从学于里人张震，善为文辞”；名臣范仲淹“二岁而孤，母更适长山朱氏”；欧阳修“家贫，至以荻画地学书。幼敏悟过人，读书辄成诵”。（均见诸人《宋史》本传）这些人都依赖科举进入官场，位至显赫，成为宋室的腹心大臣，宋代统治者所信任和能托付国事的就是这个阶层的文人士大夫。

特别关键的一点是这些文人士大夫出身寒微，没有身家势力作为社会背景，所以也没有深厚的社会根基。他们的荣辱盛衰都掌握在帝王手中，即使位极人臣，也不会对赵宋王朝构成潜在的威胁。布衣卿相的仕宦经历使他们对赵宋王朝的忠心耿耿，对皇室的依附性极强。他们一旦被罢免，就不再对朝政产生影响，如果不是皇帝对老臣的恩惠，他们甚至无法在朝廷中留下太多的政治根基。如英宗即位初，因病废事，国家大事皆经由二府大臣做出决策，此时宰辅们的权力不可谓不大，然当时的参知政事（副宰相）欧阳修对太后说："我们宰相班子论出身只不过是五六个穷书生，我们的举动如果不是遵从仁宗的遗意，天下有谁肯听从我们的指令？"(《长编》卷一百九十九）元祐初年，司马光推荐文彦博重新出任宰相，有人认为文彦博有"震主之威"，司马光辩护说："文彦博只不过是一介书生，没有兵权或死党，有什么可怕的？即使让他出任宰相，只要皇帝想要罢免他，一纸诏令发出即可。有什么难以控制的？"(《长编》卷三百六十八）

宋代帝王所贯彻实施的特殊的治国方略，逐渐对社会各阶层产生深远的影响，并逐步改变着知识分子的精神风貌。到了宋仁宗年间，北宋立国已经近百年，新一代知识分子的风貌最终形成。宋代知识分子中的精英人物，有着执着的入世立场，无论是身处顺境还是逆境，总是忧国忧民。他们心胸豁达，眼界开阔，不以个人得失为怀。宋仁宗庆历六年（公元1046年），58岁的范仲淹出知邓州，在此写出闻名遐迩的《岳阳楼记》，说："嗟夫！予尝求古仁人之心，或异二者之为。何哉？不以物喜，不以己悲。居庙堂之高，则忧其民；处江湖之远，则忧其君。是进亦忧，退亦忧，然则何时而乐耶？其必曰：先天下之忧而忧，后天下之乐而乐乎！"这种以天下为己任的"先忧后乐"精神，是范仲淹品德自我完善的最高境界，是范仲淹报国利民追求中的完美体现，也是范仲淹一生言行的精炼总结，更是北宋知识分子新的精神风貌的凝练表达。

范仲淹是忠实的儒家信徒。儒家注重个人品德的自我修养和完善。《礼记·大学》要求人人“皆以修身为本”。《礼记·中庸》同样强调：“修身以道，修道以仁”。因此，范仲淹最重视士人的品德修养。从道德自我完善的“修身”角度出发，范仲淹把儒家圣贤作为自己的行为典范。宋仁宗景祐三年（公元1036年），范仲淹因直谏被贬饶州，作《灵乌赋》，表明“宁鸣而死，不默而生”的无所畏惧态度，文中引为榜样的就是孔子和孟子，说：“君不见仲尼之云兮，‘予欲无言’。累累四方，曾不得而已鸣焉。又不见孟轲之志兮，养其浩然之气。”儒家前贤有自己的行为道德准则，且能付诸行动，在逆境中不改素志。范仲淹一生都是这样实践着的。

范仲淹在其诗文创作中，反复强调士人的自我道德修养。《四民诗·士》是专门讨论士人品德的。诗中，范仲淹认为：现实社会士风败坏，“善恶”不辨，圣人之道“日以疏”，以至于“学者忽其本，仕者浮于职。节义为空言，功名思苟得”。范仲淹对此有深深的忧虑，有愤怒的指斥。士风的败坏，将导致“天下无所劝，赏罚几乎息”，黑白混淆，人们的行为就会失去准则。“六经无光辉，反如日月蚀。大道岂复兴，此弊何时抑？末路竞驰骋，浇风扬羽翼。”诸如此类的现实现象，应该给世人以充分的警示。世人将士风的堕落“归诸命与天”，以天意来推诿自身责任，以至于“听幽不听明，言命不言德”。范仲淹显然不能赞同。范仲淹此诗意图警戒士人，要求他们“以德为先”，恢复“道从仁义广，名由忠孝全”的儒家伦理道德规范。这是对现实的批判和对士人的要求，当然也是对自己的勉励。

宋仁宗景祐元年（公元1034年）六月，范仲淹回到故乡苏州任地方长官。苏州有范仲淹先人故居，范仲淹重新修缮，为其西斋起名为“岁寒堂”，名堂前两颗松树为“君子树”，名松旁小阁为“松风阁”，作《岁寒堂三题》诗。其二《君子树》托物寓意，以松树写自我的品格和志向。松树日常与“清风”为伴，身姿“天矫”挺拔；松树不屑“桃李”妖冶的姿色，向往“兰菊”清纯的品德；在万木摇落凋零的岁寒时节，松树青翠如故，独自面对“天地”的严威酷寒；松树声涛如江河，气势磅礴；松树内心如金璧，坚贞完美。通过这一系列的勾勒，松树之清丽脱俗、纯正浑厚、桀骜不逊、坚强刚武等品德被形象地呈现在读者面前，松树是当之无愧的“君子材”。松树的这一切吸引着范仲淹，使他“对之每前席”，时时欲亲近松树。在诗歌的小序中，范仲淹更是有过清楚的表达，说：“持松之清，远耻辱矣；执松之劲，无柔邪矣；禀松之色，义不变矣；扬松之声，名彰闻矣；有松之心，德可长矣。”“化为补天石”，是松树的最终用途，更是范仲淹对自己的期许。所有的性格磨砺和道德完善都是为了它的终极目标——“补天”。

范仲淹出守睦州时作《严先生祠堂记》，极其推崇东汉严子陵，其歌曰：“云山苍苍，江水泱泱，先生之风，山高水长。”范仲淹执着于社会政治的现实追求，是坚定的入世者。终其一生，没有改变。所以，他在文章中不歌颂严子陵的隐逸避世，而是歌颂其不追逐名利的清高品德。正如文中所言：严子陵的作为，“使贪夫廉、懦夫立，是有大功于名教焉”。同时，范仲淹又有《钓台诗》，云：“汉包六合罔英豪，一个冥鸿惜羽毛。世祖功臣三十六，云台争似钓台高。”严子陵被推崇到一个至高无上的地位，甚至超过东汉开国的所有元勋。范仲淹认为严子陵爱惜羽毛，品德高尚，不与世俗争夺名利，足为世人垂范。范仲淹在清廉高洁的方面推尊隐士，将他们立为品德自我完善的榜样。范仲淹早年与隐居西湖孤山的林逋来往，称颂林逋“风俗因君厚”（《寄赠林逋处士》），其出发点是相同的。

范仲淹从“修身”的立场出发，最终要求自己在现实中有所作为，利国利民。进士中第之前，范仲淹的个人愿望是：或为良相，或为良医。即：或者利国，或者利民（详见吴曾《能改斋漫录》卷十三“文正公愿为良医”条）。宋真宗大中祥符八年（1015），27岁的范仲淹进士及第。一直到64岁去世，范仲淹仕宦经历共37年。其间，无论是在朝为官，还是外放任职，或者是西北守边，范仲淹始终耿介正直，敢说敢做，恪尽职守，积极行动来有所作为。范仲淹因此建立了不朽的功勋，成为北宋士大夫学习的榜样。范仲淹劝导帝王“不以己欲为欲，而以众心为心”（《用天下心为心赋》），自己则“观民患，不忍自安”（《上吕相公并呈中丞咨目》），即使是在母丧大悲之际，也“不以一心之戚而忘天下之忧”。（《上执政书》）

范仲淹在一生的仕宦经历中就是这么实践的。宋真宗天禧五年（公元1021年），范仲淹调监泰州西溪镇盐仓，任职时建议修复地方海塘，且一度主持工程。堤成，百姓得以安居。宋仁宗天圣七年（公元1029年），范仲淹任秘阁校理，上书言仁宗不应当率百官为皇太后上寿，又请皇太后还政，贬官，出通判河中府。宋仁宗明道二年（公元1033年），范仲淹回京任右司谏，谏废皇后郭氏，贬官，出知睦州。宋仁宗景祐三年（公元1036年），范仲淹权知开封府，上《百官图》，斥责宰相吕夷简在公事上徇私，贬官饶州。面对这三次贬谪，范仲淹处之泰然，丝毫没有悔恨，“一入谏诤司，鸿毛忽其身。可负万乘主，甘为三黜人。”（《酬叶道卿学士见寄》）宋仁宗康定元年（1040），范仲淹复天章阁待制、知永兴军，改陕西都转运使。这一年，范仲淹与韩琦并为陕西经略安抚副使，共同负责西北军事防务。在西北边塞四年，边疆形势转危为安，当地百姓歌颂说："军中有一范，西贼闻之惊破胆。"宋仁宗庆历三年（公元1043年），范仲淹奉调回京，担任参知政事，主持"庆历革新"，着手整顿吏治，改革朝政。变革未成，范仲淹历任地方长官职务，报国利民志向不变。

宋仁宗朝以来，知识分子的言行明显受到范仲淹的影响。范仲淹之所以能在当时士大夫中成为典范性的人物，原因有三：第一，性格刚毅，坚定执着。范仲淹一生都有着明确的政治理想，早年表达为追求"良相"的愿望，晚年可归纳为向"古仁人"看齐的人生境界。为了贯彻和实施自己的政治理想，范仲淹敢作敢当，完全不怕触怒权贵与帝王。刚毅坚定的个性，在仕途上就表现为特立独行。他卓然于时俗之上，堪称当代的表率。第二，政绩显赫，功在当代。难能可贵的是，范仲淹一直身体力行，把自己的政治理想和道德准则落实到现实社会中。无论担任什么职位，都能对当时的国家、社会、朝廷、民众做出突出的贡献。古代士大夫所渴求的"出将入相"的人生最高理想目标，在范仲淹身上得到了体现，士大夫群体因此以范仲淹为学习榜样。第三，历任要职，出将入相。由于范仲淹个性突出、才干过人，也由于当时社会和政治环境相对清明，范仲淹便脱颖而出，在地方或中央，担任一系列重要职位。甚至遭受贬谪的时候，朝廷对他的青睐依然如故。范仲淹自言："薄责落善地"（《酬叶道卿学士见寄》）、"谪官却得神仙境"（《和葛闳寺丞接花歌》），便是对朝廷这份善意的体会。到庆历年间，范仲淹成为政治集团的核心人物，也成为众人效仿的对象。

受范仲淹影响又能身体力行的士大夫，以欧阳修最为突出。欧阳修在仕途上与范仲淹荣辱与共，是范仲淹的坚定道友。欧阳修曾多次上书朝廷，举荐范仲淹。欧阳修对范仲淹“进退皆忧”、“先忧后乐”的精神有深刻的领会和极高的推崇，范仲淹移知苏州，他写信称其“每顾事是非，不顾自身安危，则虽有东南之乐，岂能为有忧天下之心者乐哉！”(《与范希文书》)欧阳修自己也是“天资刚劲，见义勇为，虽机井在前，触发之不顾。”(《宋史》本传)无论得志在朝还是贬官外邑，欧阳修都以朝廷、百姓忧乐为己之忧乐。以欧阳修两次身处逆境为例。宋仁宗景祐三年(公元1036年)，欧阳修因支持范仲淹的政见贬官夷陵，时30岁。在夷陵期间，作《戏答元珍》诗。说：“春风疑不到天涯，二月山城未见花。残雪压枝犹有桔，冻雷惊笋欲抽芽。夜闻归雁生乡思，病入新年感物华。曾为洛阳花下客，野芳虽晚不须嗟。”诗歌中虽有因贬官而带来的牢骚，或一时的彷徨苦闷，但主调是昂扬奋发的。诗人对未来充满了期待，对自己的政治前途也充满了信心。诗歌结尾两句颇有“冬天来了，春天还会遥远吗”的意思。宋仁宗庆历五年(公元1045年),39岁的欧阳修再次贬官滁州。在滁州期间，欧阳修创作了《丰乐亭记》、《醉翁亭记》等，仍然对仕途抱有充分的信心。如《醉翁亭记》说：“至于负者歌于途，行者休于树，前者呼，后者应，伛偻提携，往来而不绝者，滁人游也。”文章描述了一幅当地百姓安居乐业的太平盛景。阡陌上人来人往，熙熙攘攘，或歌唱，或休憩，老幼提携，民风纯朴，纷纷寻幽探胜，与太守同乐。这幅图景充分说明了地方官的政绩，地方官却正是“庐陵欧阳修也”。读者可以从文章中反复体会欧阳修的乐观豁达，以及政治自信。

又如富弼，年轻时即被范仲淹誉为“王佐才也”，政治上是范仲淹的积极追随者。庆历时出使辽国，“以死拒之”，将个人安危置之度外。后又与范仲淹共同主持“庆历新政”。其为人“好善嫉恶”（均见《宋史》本传），耿直刚强。

仁宗朝士风，可以以范仲淹上《百官图》被贬时朝臣的表现为例。当时，权倾朝野的宰相吕夷简“诉仲淹越职言事，荐引朋党，离间君臣”，仁宗听信其言，“治朋党方急”。秘书丞、集贤校理余靖却毫不畏惧，为范仲淹抗辩，说：“陛下亲政以来，三次贬谪驱逐言事的谏官，恐怕不是太平之政。”余靖因此被贬，监筠州酒税。太子中允、馆阁校勘尹洙就此自求贬谪，说：“我认为范仲淹直谅不回，我与范仲淹亦师亦友。范仲淹既然以朋党得罪，那我也应该连坐。”于是，尹洙被贬为崇信军节度掌书记，监郢州酒税。当时，右司谏高若讷认为朝廷贬谪范仲淹的举措得当，镇南节度掌书记、馆阁校勘欧阳修为此事写信给高若讷，痛斥其“不复知人间有羞耻事耳”。（欧阳修《与高司谏书》）欧阳修于是贬官夷陵县令。西京留守推官仙游蔡襄特地为这一政治事件作《四贤一不肖》诗，其诗在全国各地得到广泛传播。“四贤”指范仲淹、余靖、尹洙、欧阳修，“不肖”斥责高若讷。泗州通判陈恢阿谀朝廷，上书请求追究蔡襄作诗之罪。左司谏韩琦弹劾陈恢越职言事，妄图得朝廷重赏。为了杜绝奸谀，应该对陈恢加重处罚。光禄寺主簿苏舜钦继续为此事上疏仁宗，要求皇帝改正错误。（详见《续资治通鉴长编》卷一百十八）

从当时诸多朝廷官员的表现来看，不畏权势、正直磊落已经成为士大夫的一种群体行为，仁宗也在某种程度上予以默认。所以，蔡襄虽然作《四贤一不肖》诗，却没有受到进一步的追究。庆历年间，范仲淹等大臣敢为天下先，再度推动朝政革新，一时朝廷面貌焕然一新。太子中允、国子监直讲石介作《庆历圣德》诗歌颂之，诗歌传颂全国。苏轼元祐四年四月作《范文正公文集叙》，回忆说：自己刚入学时，听到老师在诵读石介的《庆历圣德诗》，在一旁也跟着默记诵读。又向老师提问，诗歌中说颂扬的是一些什么人？老师说："小孩子知道什么呀？"苏轼说："如果这些都是天人，我就不敢知道了；如果也是普通人，有什么不可以学习的！"老师非常赞赏苏轼的言论，于是将庆历大臣的事迹详细地告诉了苏轼，并且说："韩琦、范仲淹、富弼、欧阳修，这四个人是人中豪杰。"所以，苏轼从小就以这四人为学习榜样。宋仁宗朝以范仲淹为代表的群臣言行，对时人产生了深远的影响，苏轼的记载真实地再现了当时的历史风貌。

宋代士大夫对国计民生关切的热情，超过了以往任何时代的士大夫。苏轼入仕之初，向宋仁宗上《进策》25篇，提出一系列富国强兵的方案。苏轼胸襟之豁达，非常人所能及。他贬官黄州时，有《定风波》词，说："莫听穿林打叶声，何妨吟啸且徐行。竹杖芒鞋轻胜马，谁怕！一蓑烟雨任平生。　料峭春风吹酒醒，微冷，山头斜照却相迎。回首向来萧瑟处，归去，也无风雨也无晴。"从词序言的介绍来看，这首词写的不过是途中遇雨时所持的态度和所得的感受。然而，词人却是在借此表达自己的人生态度，展示自己的宽阔胸襟。面对突如其来的风雨，词人在风雨之中"竹杖芒鞋"，"吟啸徐行"，另得一番乐趣。骤雨泼身，可以置之度外；"穿林打叶"之声，可以充耳不闻。自然界的风风雨雨是再正常不过的了，遇上了便只需坦然面对。无论是仕途还是人生之旅，都免不了有坎坎坷坷，而这种坦然的态度能令你安之若素。词人被贬期间，形同罪犯，而他却能把失意置之度外，寄希望于未来："山头斜照却相迎"。"春风"吹面，既吹醒了酒意，又吹散了风雨，"山头斜照"再次露出笑脸。自然界如此，人生旅途何尝不是这样？只要坦然面对，就没有什么过不去的难关。词人所期望的未来果然出现在现实之中："回首向来萧瑟处，归去，也无风雨也无晴。"雨过天晴，回首往事，这些挫折坎坷都算不了什么。这首词所表现出来的精神风貌，与"何似在人间"的执着入世态度相同，与范仲淹"先忧后乐"的思想一致。苏辙应制策之试，同样极言直谏。这种对现实政治的热情，正是王安石积极从事变法革新的社会思想基础。王安石是这样理解儒家精神的："所谓儒者，用于君则忧君之忧，食于民则患民之患。"（《临川文集》卷六十四《子贡》）这一切，完全是范仲淹"先忧后乐"精神的继承。

宋代各种思想流派对"义"的一致肯定，是对五代"礼乐崩坏"的反拨。这与宋朝鉴于五代以来士大夫风气颓废败坏而在官僚中倡导"名节"是相一致的，理学家更是极端强调"饿死事极小，失节事极大"。（《河南程氏遗书》卷二十二）宋代士大夫可贵的不仅仅是观念上的转变，更是行为上的实践。在宋朝君臣的倡导下，当理学思想逐渐传播并显得越来越重要时，讲求名节也慢慢地成为一种社会风气。两宋期间存在着复杂的民族矛盾。当面对异族入侵、家国沦亡之时，讲求名节就成为一种坚贞不屈的民族气节。这也是宋人"贵义贱利"的最典型的行为表现。《宋史·忠义传》对这种社会风气的转变过程有如下的总结：

> 士大夫忠义之气，至于五季，变化殆尽。宋之初兴，范质、王溥犹有余憾，况其他哉！艺祖首褒韩通，次表卫融，足示意向。厥后西北疆场之臣勇于死敌，往往无惧。真、仁之世，田锡、王禹偁、范仲淹、欧阳修、唐介诸贤，以直言谠论倡于朝，于是中外缙绅知以名节相高、廉耻相尚，尽去五季之陋矣。故靖康之变，志士投袂，起而勤王，临难不屈，所在有之。及宋之亡，忠节相望，班班可书。匡直辅翼之功，盖非一日之积也。

两宋时期，前有金人灭北宋、后有元人灭南宋，在这两次重大的民族斗争、政权更迭过程中，大量的可歌可泣、青史留名的有民族气节的英雄人物开始出现，宋代士大夫重“节义”的道德观在此时表现得最为丰富。北宋末年，金兵长驱直入，攻陷汴京，俘获徽、钦二帝。由于皇帝的腐败与朝廷的无能，致使国土沦丧，但是，英雄志士在家国危难之际表现出来的民族气节，却被永远地留在了历史史册之上。吏部侍郎李若水随皇帝被拘留，叱金人为狗辈，骂不绝口，金人“挝破其唇，噀血骂愈切，至以刃裂颈断舌而死”，宋高宗称赞他“忠义之节，无与伦比”。(《宋史·李若水传》)兵部员外郎傅察宣和末出使金国，知金人叛盟出兵却仍毅然赴险。在金营中威武不屈，金人强令他跪拜，“白刃如林，或捽之伏地，衣袂颠倒，愈植立不顾”(《宋史·傅察传》)，最终被害。这样以气节为重、大义凛然的事例不胜枚举，《宋史·忠义传》列靖康前后死节者约二十余人，还不包括那些未进入正史的英雄义士。

南宋理宗时，理学一度得到朝廷的推崇，如真德秀等当代理学大家便纷纷入参朝政。他们在政治上无所作为，却在弘扬民族气节、讲究道义方面影响深远。南宋能在军事条件处于劣势的情况下苦苦支撑数十年，完全依赖忠义之士的拼死搏杀。文天祥就是理学思想哺育出来的杰出英雄。文天祥早年师从吉州名儒欧阳守道，而欧阳则是朱熹的再传弟子。据记载，欧阳守道是一个“忧道不忧贫”的地道儒者，毕生以“仁义道德”教人。在他的熏陶下，文天祥应进士试时就为人慷慨，肝胆照人。及江上告急，朝廷下诏勤王，文天祥“尽以家赀为军费”（《宋史·文天祥传》），起兵赴难。及至兵败被俘，坚决拒绝投降，在狱中顽强抗争四年，视死如归。他的千古名句“人生自古谁无死？留取丹心照汗青”，已成为那一时代民族气节的写照，也成为后代爱国志士的行为楷模。南宋末年民族气节的弘扬，甚至冲击了千余年的“忠君”观念。仁人志士以社稷为重，以民族大节为重，断然拒绝接受谢太后与恭帝的谕降诏书。如坚守扬州的李庭芝就回答说：“奉诏守城，未闻有诏谕降也。”（《宋史·李庭芝传》）文天祥回答元人的诘难时也说：“德祐失国，二王在南中，立以存宗庙社稷，岂为不忠？”（《宋遗民录》）这种以民族气节为支撑的“忠义”观，是对“愚忠”的超越。南宋末年壮烈殉国的人数之多前所未有，除《宋史·忠义传》所载部分人物外，后人多有专书传录，如元人赵景良的《忠义集》、明人程敏政的《昭忠录》、清人万斯同的《宋季忠义录》等。据《宋季忠义录》校订凡例所述，南宋末年抗元死节英雄竟有五百人之多，还不包括大量默默无闻的无名英雄。与唐末五代相比，真是天壤之别。

两宋时期，外患接连不断。在这样风雨动荡的年代里，宋代仁人志士的言行，展现了范仲淹“先忧后乐”的宗旨，体现出宋代知识分子全新的精神风貌。南渡初年，忠臣义士慷慨激愤，李纲、宗泽等人成为抗战派的主要代表。李纲在北宋末年主持抗金，因受排斥而饮恨江北。南宋初他出任宰相，积极为高宗筹划重振朝纲、抗金复国的方略。他颁布新军制21条，严申赏罚制度；在沿江、沿淮、沿河地区建置帅府，训练水军，分兵防守；并发动两河军民，共同抗金。宗泽则留守开封，团结义兵，安定人心，组成了抗金的第一道防线。在抗战的硝烟烽火中，先后涌现出岳飞、辛弃疾等英雄。岳飞出身行伍，作战英勇，屡建奇功，高宗亲赐“精忠岳飞”的军旗。宋高宗绍兴四年（公元1134年）到绍兴十年（公元1140年）之间，岳家军屡破金兵，使金人闻风丧胆。岳飞的南征北战，并不是为了追求个人的高官厚禄，而是为了洗涤民族的耻辱：“靖康恨，犹未雪；臣子恨，何时灭”，这是岳飞精忠报国的现实动力。而他最终要实现的宏图是“待从头，收拾旧河山，朝天阙”。（《满江红》）辛弃疾出生在金人占领的北方，22岁便率军二千余人起义，后渡江到了南方。在南方，他献《美芹十论》、《九议》，为朝廷谋划北伐大计，且利用数次在沿江前线为军中统帅的机会，积极备战。直至临终，辛弃疾尚“大呼杀贼数声”！（《康熙济南府志·稼轩传》）岳飞、辛弃疾等英雄志士，一生以气节自负，以功业自许，他们辉煌的实践经历全面体现了“以天下为已任”的社会责任观与对国家的使命感。在南宋如此献身抗金事业的仁人志士比比皆是，如上书请求斩秦桧之头以谢天下的胡铨、临终还不忘记嘱咐子女“王师北定中原日，家祭无忘告乃翁”的陆游等等。

两宋社会处于内忧外患的煎熬之中，虽风雨飘摇，却能支撑三百余年，士大夫“进退皆忧”、“先忧后乐”的“以天下为己任”精神发挥了巨大的凝聚作用。

大江东去，浪淘尽、千古风流人物
新旧党争与“乌台诗案”

大江东去，浪淘尽、千古风流人物。故垒西边，人道是，三国周郎赤壁。乱石穿空，惊涛拍岸，卷起千堆雪。江山如画，一时多少豪杰。　遥想公瑾当年，小乔初嫁了，雄姿英发。羽扇纶巾，谈笑间，樯橹灰飞烟灭。故国神游，多情应笑我，早生华发。人间如梦，一尊还酹江月。

苏轼《念奴娇》

这首词写于宋神宗元丰五年（公元1082年）七月。当时作者已47岁，被贬为黄州团练副使已两年多了。词人在政治上遭到了“乌台诗案”的严重打击，思想异常苦闷，因此，他常常在登山临水和凭吊古迹上寻求解脱。但是，他无法完全忘情政治，有时外界事物的刺激和诱发会使他无法保持内心暂时的平静。他的热情，他的理想，他的牢骚与不平，往往要通过文学这一喷火口，以火山爆发的方式喷涌而出。他的著名散文前后《赤壁赋》以及其他许多著名诗词都是这种思想感情冲击下的产物。《念奴娇》正是这一时期传诵最广的名篇，也是苏轼词中的代表作。

这首词描绘了赤壁附近的壮阔景物，通过对古代英雄人物的赞美，抒发了诗人的理想抱负以及郁郁不得志的感叹。开篇“大江东去”二句，大气包举，笼罩全篇，反映出词的主导思想：历史上的“风流人物”都免不了要被浪花“淘尽”，更何况湮没无音的碌碌凡夫！由此便产生了无穷的兴亡感慨。次二句以精炼的笔墨点出时代、人物、地点，为英雄人物的出场做好铺垫。“人道是”三字，既烘托出古代战场家喻户晓、世代相传的声名，同时又暗中交待这个“赤壁”并非当年真正鏖战之地，只是人们的传说而已。“乱石穿空”三句是词人目击的惊险场景：穿空的乱石、拍岸的惊涛、如雪的浪花，似乎是在向后代显示着当时壮烈的场面，诉说着当年“风流人物”所建立的丰功伟绩。全词只这三句正面描写赤壁景色，但却写得意态纵横，精神饱满，古战场的声势被和盘托出，渗透到全篇的每一角落，只待人物出场。“江山如画”这两句，承上启下，自然地把古代战场过渡到古代英雄人物身上去。

下片可分两段。从“遥想”到“灰飞烟灭”，刻画周瑜少年英俊，从容对敌的雄姿，抒写作者赞赏与向往之情。词人抓住儒雅名将周瑜的某些典型的性格行为特征，“小乔初嫁”以衬托其“雄姿英发”，“羽扇纶巾”体现其举止风雅，“谈笑间”以显示其谋略智慧，寥寥几笔，就把人物写得栩栩如生。从“故国神游”到结尾是又一层。这五句表现出作者对理想境界的“神游”。就全篇而言，贯穿始终的并不是“人间如梦”，而是对“风流人物”的赞美，对远大理想的追求，以及因政治失意而产生的牢骚和愤慨。瑰丽雄奇的自然风光，雄姿英发的英雄人物，对人生理想的追求，这三者有机地交织在一起，使这首诗最终形成了高旷豪迈的风格。它那永世不衰、激动人心的艺术力量也由此而来。

苏轼之所以贬官黄州、有《念奴娇》一类的文学创作，都与宋神宗以来朝廷逐渐形成新旧两党、两党纷争不休的现实政治有关。新旧两党，形成于宋神宗熙宁、元丰年间，一直持续到北宋末年，成为改变朝廷政治格局、改变朝廷施政方针的主导因素。这场新旧党争，几乎将北宋神宗以来所有著名的文人士大夫都席卷其中，其范围之广、时间之长、影响之深，在中国古代发展史上，都称得上首屈一指。这种政治局面的形成，与宋代社会的两种现实背景相关：第一，宋代帝王与文人士大夫共治天下，将更多的信任和权力托付给文人士大夫。因此，宋代涌现出一大批以天下为己任的仁人志士。他们积极参与朝政变革，纷纷提出自己的政治变革主张。一方面，不同的政治变革主张相互碰撞；另一方面，独裁体制下培养出来的士大夫都有刚愎自用的性格特征，尤其是他们掌权当政的时候。所以，宋神宗年间新旧两党政治变革主张的宗旨虽然一样，都是出于忧国忧民的博大情怀，一心为公。但是，却难以相互包容，终成水火之势。第二，宋代帝王以史为鉴的意识非常强烈，他们对唐代的“党争”深恶痛绝，对朝野政治党争问题异常敏感。如此一来，朝廷政敌之间的相互攻讦，便是常常喜欢指责对方为“朋党”，陷人以罪。如，宋仁宗景祐年间，当政者指责范仲淹等为朋党，旧党到宋哲宗元祐年间也有洛党、蜀党的彼此指责。宋代帝王对党争问题的敏感，政敌相互攻讦喜用朋党罪名，这两项因素反而强化了宋人的党派意识，对当时朝廷的诸多党争起到推波助澜的作用，加重了宋代政治方面的危机。

北宋新旧党争的形成，与王安石进入仕途、提出变法主张、在政坛地位逐步上升、最终主持全国大政、全面推行新法这一完整过程密切相关。所谓新党，就是以王安石为首的一批拥护且积极贯彻实施熙宁、元丰新法的文人士大夫；所谓旧党，就是反对王安石等人的变法的一大批文人士大夫。正如前文所言，宋代帝王信任、重用文人士大夫，文人士大夫便有了坚定的入世从政的人生目标。他们关心民生疾苦，关心社会现实，关心朝廷政治。如此博大的胸怀，发展为“先天下之忧而忧”的全新精神风貌。所以，宋代文人士大夫热情参与现实政治活动，积极提出自己的政改主张，并在为官当任时努力推行自己的政治主张。在王安石之前，最为著名的就是范仲淹、富弼、韩琦、欧阳修等人主持或参与的“庆历革新”。宋仁宗嘉祐六年（公元1061年），进入仕途不久的苏轼应“直言极谏”制科考试，考试前上50篇《策论》，同样全面提出了自己的整改主张。王安石变法主张的酝酿、成熟，是以这样的历史现实为背景的。

王安石（1021—1086），字介甫，抚州临川（今江西抚州）人。宋仁宗庆历二年（公元1042年）进士，授签书淮南判官。后历任扬州、鄞县、舒州、常州、饶州等处地方州县官，前后长达十六七年之久。因政绩卓著，为人恬退，颇有名声。朝廷政要文彦博、欧阳修等都交口称赞王安石，士大夫以结识王安石为荣。宋仁宗嘉祐三年（公元1058年），王安石奉调入京，出任三司度支判官。王安石有敏锐的政治头脑，对朝廷和社会现实问题有入木三分的深刻认识，多年的地方官经历使他积累了丰富的经验。来到朝廷中央任职，王安石认为自己有责任将自己的政治变革主张提供给最高统治者，以推动朝政的革新。于是，王安石上万言书给仁宗，“极陈当世之务”，提出自己全面应对现实问题的主张。这次上书，虽然没有被皇帝及执政大臣采纳，但是，王安石的政治才华却得到更加全面地展现，也因此在政坛上获得越来越多的称誉。朝廷重臣逐渐形成一致的观点：王安石有“辅相之才”。

宋神宗即位数月，王安石召为翰林学士兼侍讲。宋神宗锐意变革，早就听说王安石在政治变革方面的志向和才华，特意召见王安石，询问当今治世要务。王安石除了在皇帝面前口述自己的政治主张外，又再度上书朝廷，重申自己的政治变革意见。宋神宗完全同意王安石的政治观点，也非常赞赏王安石的政治才干，决定托付王安石主持朝政变革。宋神宗熙宁二年（公元1069年）二月，王安石出任参知政事，设制置三司条例司，“掌经画邦计，议变旧法，以通天下之利。”（《宋世纪事本末》卷三十七）即：筹划国家大计，更变旧法，为国家理财。王安石后引志同道合的吕惠卿加入该部门，具体变法方案都经吕惠卿手起草制定。此外，与王安石政见相同的章惇、曾布等人，也脱颖而出，进入制置三司条例司工作。王安石、吕惠卿、章惇、曾布等人，成为熙宁年间变法革新的核心人物。

当时，三司条例司制定或修改的新法有：农田水利法、青苗法、均输法、免役法、市易法、方田均税法、保甲法、将兵法、保马法等。分条详细叙述如下：

第一，农田水利法。针对历年河道变更、水利工程及周边田地荒废的现状，王安石要求各地官吏因地制宜，或疏通陂湖河港，或修复堤堰沟渠，或兴修水利工程，或招募耕种荒田。工程浩大、所需款项如有缺口，工程受益人可以向政府低息借贷，事后分两次或三次还清贷款即可。如果官府资金不够，可以由官府主持向民间借贷，官府监督乃至催还贷款。此法的宗旨是筹集各种资金，兴修水利工程，促进农业生产，贯彻落实王安石“理财以农事为急”的思想。此法的推广实施，形成“人人争言水利”（《宋史》卷九十五）的局面，朝廷和百姓都获得好处。如《宋史》卷九十五记载的治理汴河、八丈沟、古淳河、漳河、淮水等，都是新法推动下的举措。“数年间，诸路凡得废田万七百九十三处，三十六万一千一百七十八顷有奇。”（《宋史纪事本末》卷三十七）

第二，青苗法。青苗法是对旧有的“常平仓法”的变革，所以，又被称为“常平新法”。宋神宗以前，朝廷在各地设立常平仓，调节农业丰收和歉收的平衡关系。朝廷规定：凡丰收之年，为防止“谷贱伤农”，各州县官府酌情提高收购价格，大量收籴粮食；凡灾荒之年，官府为照顾灾民，低价粜卖存粮。然而，到宋神宗时，常平仓名存实亡，已经不再发挥作用。王安石任鄞县长官时，曾尝试“贷谷与民，立息以偿”的做法，取得良好效果。又，李参官陕西路转运使时，官仓存粮甚少。李参便在粮食种植的季节，让资金匮乏的百姓自己估计种粮的赢利，事先向官府贷款，谷熟时还贷，号“青苗钱”。经过几年的经营，官仓充实。王安石便是根据自己在鄞县的施政经验，参照李参在陕西的做法，制定“青苗法”。

变法者认为：青黄不接的时候，一方面，“兼并之家”乘机发放高利贷，盘剥百姓；另一方面，官府常平仓的存粮得不到充分利用。制置三司条例司提出：全国各地常平和广惠仓所存的钱谷大约有一千五百万以上，因为发放和收取都不得当，所以国家没有获得利益。现在应该“遇贵量减市价粜，遇贱量增市价籴”。即：粮食价高时官府低价粜买存粮，粮食价低时官府增价收籴粮食，平抑物价。具体做法可以“依陕西青苗钱例”，百姓自愿向官府预借，纳税时一起缴纳借贷的粮食，分夏收和秋收两次缴纳。如果百姓愿意，“纳钱者，皆从其便”。如果遇到灾伤等凶荒年月，同意百姓推迟到下一年度还贷。这样，“兼并不得乘其急”，常平仓能够起到“贵发贱敛，以广蓄积，平物价”的作用，国家和百姓双方都受益。（皆见《宋史》卷一百七十六）朝廷又规定：百姓须五户结成一保领取“青苗钱”，依据各户的田产发放不同额度的“青苗钱”，还贷时需交三分或二分息钱。

第三，均输法。京师用度，即所谓军需国用，依赖各地输送。朝廷以往只是硬性规定各地上贡的物品和数量，既不管京师库藏，也不管某地物产或生产季节。这样刻板的规定，带来多重不良后果。或者，某种物资大量聚集到京师，库藏过剩，只得低价抛售，白白耗费输送该物资之地的钱财；或者，某地缺乏某物资，若不是生产某物资的季节，该地只能高价购买，转而输送京城。各地官府也只知道按照常数上贡，“丰年便道，可以多致而不能赢；年俭物贵，难于供亿而不敢不足。远方有倍蓰之输，中都有半价之鬻。徒使富商大贾乘公私之急，以擅轻重敛散之权。”即：丰收年月或输送方便时，不敢过多购置而有所赢余；歉收年月、物价昂贵、难以上贡时，也不敢不足量供应京师。远方各地高价购买物品输送京城，到京城后却因过剩而半价抛售。商人们乘机渔利，从朝廷那儿获取巨大利润。所有的负担，则都分摊在各地百姓身上。

均输法实施后，朝廷派遣薛向为江南东路、江南西路、浙江路、荆湖南路、荆湖北路、淮南路六路发运使，统筹六路的诸项收入和财赋输送情况，了解各地的生产情况和京师的库存所需。朝廷从国库中调拨五百万贯现钱和三百万石粮米，作为发运司的籴本。发运司预先获知京师今年的用度，根据“徙贵就贱，用近易远”的原则，主动在丰收和价贱地区购买可以“从便变易蓄买”的物资。发运司尽量在物资生产地和路程较近的生产地区购买朝廷所需，以降低购买价格、节省运输费用。对于非生产地的百姓，朝廷不再强征实物，可以改交税款。遇某地荒年歉收，则可以与丰收地区相互调剂。通过上述“均输”举措，变法者希望“稍收轻重敛散之权归之公上，而制其有无；以便转输，省劳费，去重敛，宽农民。”（以上所引均见《宋史》卷一百八十六）即：发运司掌握物资的调拨权，相互调剂，省去长途运输等费用，减轻税收，减轻农民的负担。

第四，免役法。朝廷以往实施差役法，百姓除缴纳赋税以外，还必须定期在官府服差役。朝廷将纳税百姓分为九等，下五等户一律免役，上四等户根据家产而分配轻重差役。其中，官宦、僧道、女户、单丁、商贾、都市居民都免役。所以，各种差役就集中到部分中等和一般富裕户身上。差役扰民，已经形成严重的社会问题。如“衙前”差役，主管运送官物和看管府库粮仓。运送和看管过程中的伤耗损失，一律要“衙前”照数赔偿，而且还要承受库吏等的勒索盘剥。承担此役的人家，最终往往都倾家荡产。又如“里正”差役，督催乡里缴纳赋税。如遇无力缴纳赋税或税户逃亡的情况，里正便只能代交赋税。服此役者也往往“倾家而不能给”。如此以来，人们千方百计逃避种种差役，或将自己的田产隐寄于官绅人家，冒充佃户；或减少生产规模，以降低户等；或干脆让田园荒芜，流亡异乡。

针对上述弊病，制置三司条例司依照全国各地土俗不同、州县人口疏密、贫富差距等情况，制定各地差役轻重。大致变革如下：其一，不再由上四等户轮流承担差役，改为雇募第三等以上税户充当，且根据差役的轻重规定禄钱；其二，上四等户不再服役，要根据自己土地的数量，随夏秋二税缴纳“免役钱”；其三，女户、单丁户、未成丁户、僧道、城市上五等户等，要按照自己田产数量减半出钱，称“助役钱”；其四，免除“衙前”运送官物、主管官库的责任，改由“军员”负责，官府每月给食钱三千文左右；其五，户长等仍由第一二等户充任，负责一甲内征收赋税诸事，一年轮换一次，免纳役钱十五贯；其六，壮丁由不纳役钱的下等户充任；其七，根据本地的财力和费用，预算一年的差役钱额，由上四等民户分摊，另外多收取百分之二十的“免役宽乘钱”，以备荒年所用。

第五，市易法。该项法规直到宋神宗熙宁五年（公元1072年）才得以制定实施。此前，秦凤路经略司主管机宜文字王韶曾经建议朝廷：秦凤路境外民族与汉族百姓每年贸易额“几百千万”，利润尽归民间。如果官府设立市易司，借官钱作为本钱参与贸易，也能为国家获利。朝廷采纳王韶建议，在陇西古渭寨（今甘肃陇西县境内）设立市易务，掌握了当地蕃、汉贸易之权。借鉴王韶的成功经验，王安石等变法人士决定在京师设立市易务，并从内藏库调拨一百万贯现钱作为市易务的本钱。该部门机构应该发挥下列作用：“通有无，权贵贱”，平抑物价，抑制兼并。就是说，官府控制物价的涨落，稳定市场，抑制豪商富贾的暴利垄断贸易，保护百姓和中小商人的利益。具体做法是：市易务招募懂行情的“牙人”，由牙人与商家共同议定物价。市易务用钱购买商人货物，或用市易务已有物资交换。物价低廉时官府平价收购。各行商贩在自愿的前提下，结保并以一定财产为抵押，向市易务赊购货物，半年或一年以后交利息二分或一分还款给市易务。某些商品，没有商贩愿意购销而又是百姓生活所需要的，市易务可以经营销售，然必须“随时价出卖，不得过取利息”。汴京市易务设立后，经营范围不断扩大，甚至有“尽收天下之货，自作经营”（《续资治通鉴长编》卷二百三十六）的垄断趋势。

第六，方田均税法。隐瞒田产，逃避赋税，是非常普遍的社会问题。北宋建国以来，“田制不立”，“田亩转易、丁口隐漏、兼并伪冒”等现象非常严重，以至“赋入之利视古为薄”（均见《文献通考》卷四）。即：宋神宗变法之前，国家赋税收入比不上前代。而且，各地赋税轻重不等，有二十税一，有三十税二，非常混乱。宋仁宗时期，朝廷为了改变这样的现状，曾经在某些地区以方田法“括定”民田，平均赋税。即：用方田丈量的方式重新测定民田亩数，按亩数分摊赋税。依据宋仁宗年间的某些经验，王安石等人于宋神宗熙宁五年（公元1072年）八月颁布《方田均税条约》。方田法规定：“以东西南北各千步，当四十一顷六十六亩一百六十步，为一方。”以此方式丈量田亩，各方田之角立土植树为标志。再依据山坡、平原、土色等区分土地肥瘠，分为五等，确定赋税额度。各县方田之后收取的赋税总额以最初定额为限。丈量确定之后，向百姓公示，一个季度没有诉讼的，便可以成为征收赋税的新依据。

第七，保甲法。此法首先是针对地方治安的，要求百姓结保自治，对付盗贼等刑事犯罪，建立起严密的地方治安网。熙宁三年（公元1070年）十二月，朝廷颁布《畿县保甲条约》，规定：凡十家为一保，五十家为一大保，十大保为一都保；主客户两丁以上，选一人为保丁；保丁可以置备弓箭等武器，练习武艺；每大保逐夜轮派五人巡警，遇盗贼报警，同保人户共同追捕，捕获者有赏钱；同保内有刑事犯罪者，需立即举报；都保捕获盗贼或治安成绩卓著的，保正可以授官，等等。

实施“保甲法”的另一个目的，是为了帮助雇佣兵制向征兵制的过渡。“冗兵”是北宋政治的一大弊端，宋神宗变革前，北宋招募豢养的军队已经达到一百四十万，战斗力却十分低下。王安石认为雇佣兵多“无赖奸猾”之徒，不可信赖，应该恢复古代兵与民不分离的征兵制度。凡雇佣兵死伤逃亡，一律不再招募补充，逐渐减少雇佣兵数量。同时训练保丁，需要时可以征集入伍，逐步实现从雇佣兵制到征兵制的转移。这种变革，既可以节省朝廷的军政开支，又可以提高军队战斗力。

此外，还有保马法、将兵法等，都是为了提高军队战斗力的。宋神宗熙宁五年（公元1072年）五月实施“保马法”。即：将军队的战马给百姓饲养。百姓自愿养马的，每户一匹；或者官府给饲养的马匹，或者官府给马钱，让百姓自己购买；官府每年检查一次马匹的肥瘦饲养情况，马匹死亡或得病的，养马户需要赔偿。这样，既可以减少军费支出，又能为养马百姓带来一定利益。“将兵法”则是朝廷选用有军事经验的将官，专门负责对某一地区驻军的军事训练。此法在熙宁六年（公元1073年）夏季开始。

朝廷派遣提举官四十多人到全国各地，具体推行并监督新法的实施。熙宁三年（公元1070年）十二月，王安石升任宰相，全国变法工作全面展开。神宗在位、王安石罢相期间，韩绛、吕惠卿、章惇、蔡确等先后主持朝政，继续推行新法。变法者又通过科举考试等手段，选拔政见相同的后辈人才。宋神宗熙宁、元丰年间，锐意朝政变革、坚定推行新法的人们，逐渐形成稳固的政治群体，被时人称为“新党”。

宋神宗信赖王安石，托付以变革大任，然而刚一开始就遭到守旧官僚们的反对。宋神宗即位初期，面对如何任用王安石这个问题，朝中大臣就有两种完全不同的意见。韩维、吕公著兄弟等都极力推举王安石，宰相曾公亮肯定王安石“真辅相才”。反之，参知政事吴奎则认为王安石“迂阔，万一用之，必紊纲纪”。首相韩琦退休时，特别告诫神宗：“安石为翰林学士则有余，处辅弼之地则不可。”熙宁二年（公元1069年），神宗欲任命王安石为参知政事，时任参知政事的唐介立即表示反对，他认为王安石“泥古”、“迂阔”，会大刀阔斧地“更变”现行政策。翰林侍读孙固也认为王安石心胸不够开阔，不可以为相。

在王安石参与朝政决策、影响逐渐增强时，朝廷里反对的声音也在逐渐增大。反对派中，司马光是其领袖。司马光认为：王安石所说的为国家理财，无非是进一步搜刮平民百姓，王安石所说的“不加赋而国用足”是一句空话。新法推行后，反对派的意见如汹涌浪潮般席卷而来。在变革中枢机构“制置三司条例司”工作的苏辙，坚决反对“免役法”，认为“圣人旧法，良有深意”，不可以变更。御史中丞吕诲率先弹劾王安石，评价王安石“大奸似忠，大诈似信”。知谏院范纯仁奏言说：“王安石变祖宗法度，掊克财利，民心不宁。”侍御史知杂事刘述则率同属下谏官，共同弹劾王安石，认为“先朝所立制度，自宜世守勿失”，指王安石为“奸诈专权之人”。时任河北安抚使的韩琦也上书反对“青苗法”。直史馆苏轼同样反对变法，但观点稍有变通。苏轼认为宋神宗“求治太急，听言太广，进人太锐”，应该等待事物的自然变化，所谓“待物之来，然后应之”。苏轼所见，则书生气太浓。一味等待，与守旧无异。

在众多反对的声音中，翰林兼侍读学士司马光再度成为核心人物。司马光认为：只要遵守“禹、汤、文、武之法”，政权就可以世代长存。司马光一再强调“祖宗之法不可变也”。并当神宗面就新法实施问题多次与吕惠卿进行争辩。熙宁三年（公元1070年）二月，神宗欲任命司马光为枢密副使，司马光坚持废除新法，然而他认为这比他个人的任命更重要，前后九次给神宗上书。在这之前，司马光还曾给王安石写过一封信，全面抨击新法。司马光曾经与王安石私交不错，随着变法的展开，关系完全破裂。与之相类似的是，朝廷一批政要，一开始推崇王安石的才干，新法实施以后，他们逐渐与王安石反目，并与司马光等守旧人物结成政治群体。如御史中丞吕公著、知审官院孙觉、参知政事赵抃、知开封府韩维等。

以上提到反对变法的诸多人物，或外放，或贬谪，或罢官，结果不外是被驱逐出朝廷。如：出司马光知永兴军，出文彦博判大明府，出吕诲知邓州，出范纯仁知和州，出苏辙为河南府推官，出孙觉知广德军，出赵抃知杭州，出吕公著知颍州，出苏轼通判杭州，出韩维知襄州，出杨绘知郑州。其他因反对变法或反对王安石而被罢免的朝廷官员还有：知制诰宋敏求、苏颂、李大临，监察御史里行程颢、张戬、刘挚，右正言李常等等。一批反对变法的老臣，则以退休的方式离开朝廷，如宰相富弼、翰林学士范镇等。反对变法的官员也相应地结成政治群体，当时称为“旧党”。（以上引文及叙述皆参见《宋史纪事本末》卷三十七《王安石变法》）

围绕着宋神宗以来有关变法、守旧等运动展开的一系列斗争，在朝廷等地方随处可见，最终形成了北宋政治上最大的纷争：新旧党争。

苏轼自熙宁四年（公元1071年）六月离开朝廷、通判杭州，辗转各地为官，曾知密州、徐州。宋神宗元丰二年（公元1079年）三月，苏轼从徐州迁知湖州（今属浙江），这一年苏轼44岁。苏轼到湖州当任仅仅三个月，却突然被朝廷派的人逮捕。新法实施以来，弊端只多不少。特别是在执行的过程中，若遇贪官污吏，利民之法往往演变为盘剥百姓之法。王安石性格固执，喜欢被阿谀奉承。因此，新党中聚集了不少见风使舵、拍马奉上的小人。苏轼任地方官以来，对实施新法而带来的骚扰百姓的种种现象有切实的观察，时而行诸歌咏。新党成员对此早已不满。苏轼到湖州任后，上《湖州谢表》，其中讥讽朝廷新贵为“新进”、“生事”（“知其愚不适时，难以追陪新进；察其老不生事，或能牧养小民”），再度惹怒新党人士。此时，谏官系统已经彻底为新党把持，且多谄媚之徒。他们连章弹劾，群起攻击苏轼。御史中丞李定，监察御史里行舒亶、何正臣等，弹劾苏轼诽谤朝廷、怨恨君王、鼓动流俗、阻挠新法、不知悔改。舒亶更是从苏轼的诗歌中罗织罪名，认为苏轼的诗歌处处讥刺诽谤，陷苏轼于“文字狱”。如，舒亶说：陛下发钱以资助贫民，苏轼诗称：“赢得儿童语音好，一年强半在城中”；陛下明示法规来课试群吏，苏轼诗称：“读书万卷不读律，致君尧舜知无术”；陛下兴修水利，苏轼诗称：“东海若知明主意，应教斥卤变桑田”；陛下申明盐禁，苏轼诗称：“岂是闻韶解忘味，尔来三月食无盐”，还上苏轼印行的诗歌三卷给朝廷，作为罪证。

当时形势非常紧张，新党中部分险恶歹毒者妄图置苏轼于死地。苏轼在被逮捕入京的途中、以及在京城狱中，数次想自杀，以免牵累他人。苏轼还曾经在狱中写下两首诀别诗，托狱卒设法转交给苏辙。可见当时环境之险恶恐怖。审讯过程中，部分新党人士继续罗织罪名。如，苏轼有诗说："根到九泉无曲处，世间惟有蛰龙知。"（《王复秀才说居双桧》）原意是咏桧树的，宰相王珪却别有用心地上纲上线，对神宗说："飞龙在天，轼以为不知己，而求之地下之蛰龙，非不臣而何？"（《续资治通鉴长编》卷三百四十二）这样的污蔑，神宗也觉得不可容忍，回答说："怎么可以这样讨论诗人的创作。苏轼只是在咏桧，与我有什么关系？"新党的中坚人物章惇也为苏轼辩护说："不仅君王称龙，人臣也有称龙的。"神宗立即自己举例说："古代人臣称龙的很多，如荀氏八龙、孔明卧龙等，难道说的都是君王？"

苏轼被审理期间，朝廷内外众多臣僚出面营救。首先，旧党的一批退休老臣，给神宗上奏章，声辩苏轼无罪，如张方平、范镇等。其次，新党中耿直者也不赞同如此诬陷苏轼的行径，如章惇等。退居金陵的新党领袖王安石，也上书神宗说："安有圣世而杀才士乎？"再次，朝廷当政的大臣中，政见与新党有距离者，同样为苏轼辩护，如宰相吴充、王安石的弟弟王安礼等。苏辙义不容辞地上书为兄长说话，并要求用自己的官职为苏轼赎罪。甚至，连太皇太后曹氏也出面为苏轼讲清。归根结底，神宗本人私下也比较欣赏苏轼，并没有穷治苏轼、置苏轼于死地之心。宋神宗元丰二年（公元1079年）十二月二十九日结案：祠部员外郎、直史馆苏轼责授检校水部员外郎、黄州（今湖北黄冈）团练副使，不得签署公事。

受此案牵累遭到处分的名单如下：王诜追两官勒停，苏辙贬监筠州盐酒税务，王巩贬监宾州盐酒务，张方平和李清臣罚铜三十斤，司马光、范镇、钱藻、陈襄、刘攽、李常、孙觉、曾巩、王汾、刘挚、黄庭坚、戚秉道、吴琯、盛侨、王安上、周邠、杜子方、颜复、陈珪、钱世雄各罚铜二十斤。

这一场文字狱牵涉甚广，震动朝野，成为北宋范围内最大的一场文字狱。据记载：西汉御史府中多柏树，有野乌数千只栖息在树上，所以，后人称御史府为“乌台”或“乌府”。这次文字狱由御史们策动，并在其中不断推波助澜，因此，史称“乌台诗案”。

平生个里愿杯深，去国十年老尽少年心
徽宗年间党争与“元祐党人”碑

天涯也有江南信，梅破知春近。夜阑风细得香迟，不道晓来开遍向南枝。　玉台弄粉花应妒，飘到眉心住。平生个里愿杯深，去国十年老尽少年心。

黄庭坚《虞美人》

宋徽宗崇宁二年（公元1103年），名列“元祐党籍”的黄庭坚再度遭受政敌打击。这次的政治迫害，与黄庭坚以往的贬谪相比，显得更为严重。黄庭坚这次受到了朝廷除名的惩罚，羁管宜州（今广西宜山）。这一年，黄庭坚已经59岁。两年以后，黄庭坚死于羁管地宜州。这首词有个小标题：“宜州见梅作。”黄庭坚崇宁三年（公元1104年）夏季到达羁管地宜州，崇宁四年（公元1105年）九月在宜州去世。所以，这首词肯定作于崇宁四年（公元1105年）初春。晚年再度受到贬谪，黄庭坚内心的痛苦愤懑可想而知。在这首词里，词人不是直接地将被贬的愁苦宣泄出来，而是通过外界景致的变化，一层一层地表达。被贬之人，都有“春风疑不到天涯”的共

同心理，一旦看到梅花含苞欲放，乃至一觉醒来，已经“开遍向南枝”，都会在心灵上有很大的触动。自然界的春天已经来临，而词人的艰难处境却没有丝毫的改变。因此下片很自然地转为身世的感慨。相传南朝宋武帝刘裕之女寿阳公主白天睡觉，有梅花飘落到她前额上，拂之不去。后来宫女竞相模仿，就有了“梅花妆”。这里用“梅妆”的典故，是在隐喻自己遭受小人的妒忌和迫害。无奈之中，只得借助酒杯来表达。“老尽少年心”，是词人晚年的真实心态。词人深知自己在政治上已经没有翻身的可能，果然，七八个月后黄庭坚就去世了。

黄庭坚这次遭受如此残酷的政治迫害，与黄庭坚作为苏轼门生而卷入“新旧党争”相关。只是宋徽宗年间的新旧党争，已经完全变味，变为奸诈小人的争权夺利，变为对政敌的无情打击，甚至演变为以消灭政敌为目的的人身迫害。

论及北宋党争，《宋史全文讲议》有一句点睛之笔：“熙宁之争新法，犹出于公；元祐之自为党，皆出于私也。”（转引自《长编》卷四百七十一）宋徽宗年间的党争，表面上看来是熙宁、元丰年间新旧党争的延续，实则是新党对旧党新一轮残酷的大规模政治迫害，此时新党的领袖都是王安石的门生。如果深究一层，便能发现：此时的新旧党争，与其说是出于政治变革目的，不如说是出于小集团的私利。“变法”只是幌子，排斥并迫害政敌才是目的。换句话说，徽宗年间的新旧党争与神宗年间的新旧党争内容已经完全不同。新旧党争的变质始于元祐年间，元祐诸公改“出于公”为“出于私”。元祐年间，旧党得势。他们出于私利，无情打击乃至迫害新党。宋哲宗亲政之后，新党再度得势，他们承继元祐年间旧党的做法，而且变本加厉。到了宋徽宗年间，这种“出于私”的政治斗争已经登峰造极，其中以“元祐党人碑”为标志。

元祐以后新旧党争已完全变质，这里有一个典型案例。新党后起领袖章惇，与苏轼为同榜进士，早年私交甚好。元丰年间苏轼卷入“乌台诗案”，章惇便一直维护苏轼，在神宗面前极力为苏轼辩解。哲宗亲政后，章惇再度出任宰相，成为新党一号人物。此时，他对苏轼的迫害则毫不留情。宋哲宗绍圣元年（公元1094年）四月，苏轼被贬英州（今广东英德）。未到英州，再贬惠州（今广东惠州市）。在惠州，苏轼胸襟依然开阔，做人依然乐观。有《惠州一绝》说：“罗浮山下四时春，卢桔黄梅次第新。日啖荔枝三百棵，不辞长做岭南人。”苏轼又有《纵笔》诗：“白发萧散满霜风，小阁藤床寄病容。报道先生春睡美，道人轻打五更钟。”章惇读到这首诗时就说：“苏轼日子还是过得这么快活？”绍圣四年（公元1097年），苏轼因此再贬海南儋州（今海南岛儋县）。章惇对苏轼前后态度的完全改变，值得追究，更值得深思。这其实可以看成是神宗年间党争与哲宗、徽宗年间党争完全不同性质的一个缩影。

所以，讨论徽宗年间的新旧党争，必须从元祐时期开始梳理。

元丰八年（公元1085年）三月，宋神宗去世，宋哲宗继位，当时皇帝只有九岁，太皇太后高氏垂帘听政，政坛风云突变。高氏全面起用旧党，元祐元年（公元1086年）闰二月，高氏任用旧党领袖司马光为宰相，标志着旧党的全面得势。司马光逐渐掌握中央权力后，便在新旧党争方面做了三件事：第一，引荐旧党回到中央政府。如文彦博、吕公著、韩维、刘挚、傅尧俞、范纯仁、范祖禹、吕大防、苏轼、苏辙、王岩叟、范纯礼、朱光庭、程颐等，组成旧党一统天下的局面。第二，全部废除新法。如，元丰八年（公元1085年）七月罢保甲法，同年十一月罢方田法，同年十二月罢市易法和保马法；元祐元年（公元1086年）三月罢免役法，同年八月罢青苗法。至此，新法悉数废除。一个月以后，元祐元年（公元1086年）九月，司马光去世。在全部废除新法的过程中，旧党内部持有不同的意见。特别是在废除免役法、恢复差役法时，旧党内部分歧尤其大。苏轼、苏辙、范纯仁都反对废除免役法。苏轼甚至当面指责司马光说：当年司马光做谏官时，给宰相韩琦提意见无所畏惧，“今日作相，不许轼尽言耶？”这一场纷争，种下了苏轼与司马光门下分歧的祸根。苏轼在元祐年间的多数时间里都无法在朝廷立足，也与此事有一定的关系。第三，弹劾直至罢黜新党领袖人物。如元祐元年（公元1086年）闰二月罢黜蔡确、章惇，同年六月罢黜吕惠卿。其他被旧党攻击罢黜的大臣还有王安礼、安焘、李清臣、张璪、韩缜、吕嘉问、邓绾、李定等。

元祐年间旧党对新党领袖人物的政治打击和迫害，从来没有停止过。以章惇为例，《宋史》本传只是简单地记载他在元祐年间被罢黜后的经历，说：“七八年间，数为言者弹治。”大致罗列如下：元祐元年（公元1086年）闰二月，枢密院知院事章惇被贬知汝州（今河南临汝）；同年十月，因章惇父亲年龄将近九十，改知扬州，结果旧党群起反对，章惇依然留在汝州；同年十一月，同意章惇退闲请求，提举洞霄宫，改知邓州（今属河南）。元祐三年（公元1088年）二月，朝廷复章惇资政殿学士职，因谏官反对作罢，改知越州。（今浙江绍兴）当时，章惇父亲居住在苏州，章惇要求改知苏州，范纯仁从孝的角度为章惇力争，遂得朝廷同意。然章惇到苏州时，父亲已经去世。元祐四年（公元1089年）六月，章惇在苏州因“强买民田”的罪名受到“罚铜十斤”的处治；朝中旧党诸人依然就此事攻击不停，同年十二月，章惇因买田事降一官；提举杭州洞霄宫。元祐六年（公元1091年）八月，朝廷诏令：章惇受罚期满复官，因旧党反对而作罢。旧党对章惇的其他攻击，不一而足。

元祐年间旧党陷害新党，还体现在“车盖亭诗案”一事上。元祐四年（公元1089年）五月，被贬在安州（今河北安新）的新党领袖蔡确，游当地车盖亭，赋诗十首。阴险小人吴处厚牵强附会，认为蔡确诗歌中用到唐代郝处俊谏唐高宗传位武后的典故，是借唐朝历史诽谤垂帘听政的太后。太皇太后高氏盛怒，朝中旧党梁焘、刘安世、范祖禹、吴安诗等群起而攻之。只有范纯仁和王存认为不可以因为这样暧昧不明的语言文字陷人于罪，认为此做法非圣明君主所为。苏轼时在杭州，也有奏章讨论此事。苏轼认为：蔡确以诗诽谤，应该由皇帝下诏交有关部门“置狱”追究，太皇太后而后下诏不予追究，以示宽容。苏轼的奏章，是在曲意弥盖事实，力求文字狱不再扩大。但，苏轼也不敢指斥文字狱的荒唐无耻。蔡确最终被贬新州（今广东新兴）。其他反对这一场文字狱的御史中丞李常、中书舍人彭汝砺、侍御史盛陶都遭贬官处罚。

神宗熙宁、元丰年间，新党当政，旧党大多外放为官，很少遭受贬谪的处分。只是因政治主张不同，让旧党离开朝廷，以避免新政的实施遭受阻碍。即使苏轼遭受新党中部分小人的诬陷，也有诸多新党头面人物出来保护苏轼。当时新党对旧党并没有过多的政治迫害。反观元祐年间，旧党对新党的打击却是永无休止，手段更为残酷，已经演变为人身攻击，或以彻底消灭政敌的政治前途为目的。

一场“车盖亭诗案”，旧党中能说公道话的没有几个人，其中包括苏轼。两相对比，被贬新党内心所积累的怨恨可想而知。章惇对苏轼前后态度的截然不同，也可以在其中得到合理解释。

元祐八年（公元1093年）十月，哲宗亲政，朝廷政局再起重大变化。太皇太后高氏垂帘听政九年，从来不允许哲宗插手朝政，哲宗积怨已久。用哲宗的话说，在太皇太后垂帘听政九年的时间里，“朕只见臀肉”。（《铁围山丛谈》卷一）即：大臣奏事，哲宗只见大臣的屁股。因为讨论朝廷政务时，大臣都是面向太皇太后，屁股朝向皇帝。举一个例子，就可以看出哲宗对祖母高氏的仇恨。哲宗亲政初，用林希为中书舍人，贬黜元祐大臣的制词都是由林希起草。林希所起草的系列制词，都在对元祐大臣极尽诋毁，其中甚至用到“老奸擅国”的词句来暗暗斥责高氏。林希的制词明确体现了哲宗的意志，并且是以哲宗的名义发布的。斥祖母为“老奸”，仇怨毒深。还有一个事例也非常典型。元符二年（公元1099年）八月，宰相章惇等尽《新修敕令式》，章惇在哲宗前朗读，其中偶尔有元丰年间没有而取法于元祐的，哲宗立即问：“元祐亦有可取者乎？”章惇回答说：“取其善者。”（所引皆见《宋史纪事本末》卷四十六）从哲宗的问话中可以看出，哲宗认为元祐年间一无是处。

哲宗亲政的第二年，改元为“绍圣”。“绍圣”的意思，是要继承先圣的遗志。先圣，哲宗用来指去世的父亲神宗皇帝。至此，哲宗决心继承父亲遗愿，全面推行新法的意愿已经非常清楚。绍圣元年（公元1094年），哲宗先是完全调整了中央政府，陆续罢黜旧党大臣，一一起用新党人士。前后进入朝廷的新党大臣有：李清臣、邓润甫、曾布、章惇、蔡京等人。这一年的四月，哲宗用章惇作宰相，新党新一届中央政府基本组建完毕。章惇为相，认为“司马光奸邪，所当先辨，势无急于此”。在章惇的主持下，朝廷再度全面废除旧法，推行新法。被罢黜而赶出朝廷或在外受贬谪处分的旧党大臣有：范纯仁、吕大防、苏辙、范祖禹、刘挚、梁焘、苏轼、韩维等人，连去世的旧党领袖司马光、吕公著等也受到“追夺赠谥”、贬官降级的处罚。章惇原来还计划挖掘司马光、吕公著的坟冢，将两人破棺暴尸，因哲宗不同意而作罢。章惇最终将旧党重要人物都贬谪流放到岭南，甚至准备派遣吕升卿、董必到岭南察访，寻机诛杀被流放的旧党大臣，最终也是因为哲宗的反对而没有实施。元符二年（公元1099年）闰九月，朝廷专门设置详诉理局，收集编纂所谓元祐奸臣的言行，获罪者一共830家，“士大夫或千里会逮”。(《宋史纪事本末》卷四十六）党争为祸的残酷，已远远超过元祐时期。

元符三年（公元1100年）正月，哲宗英年早逝，在太后向氏与枢密院知院事曾布等人的极力主张下，端王赵佶登基，是为徽宗。宰相章惇坚决反对传位给赵佶，认为其为人“轻佻，不可以君天下”，后来被逼无奈只得放弃自己的意见。所以，徽宗作为哲宗的弟弟即位，其一开始的统治基础就不稳固。因此，徽宗即位初年，采取了一系列巩固自己地位的措施。其一，坚决请太后向氏垂帘听政，共同主持大局。向氏对二府大臣说：“皇帝已经成年，本来不需要垂帘听政。只因为皇帝再三坚决请求，所以勉强听从。不久，我就会还政给皇帝。”向太后果然在六个月后还政了。向氏政治立场倾向旧党，政局也因此发生了变化。其二，下诏求直言，打造政治清明的形象。臣僚所上之书中，往往有为元祐大臣鸣冤、攻击当政新党领袖的言论，徽宗则表示一切都称赏采纳。上书者因此受到朝廷奖赏。其三，赦免被远迁的元祐大臣，或者恢复他们的官职。苏轼就是因为这一次的赦免复官而回到中原的。其四，试图调和新旧党争，以稳定政局。徽宗即位次年，改元为“建中靖国”。建中靖国者，“本谓建大中之道，无熙宁、元祐之分也。”（曾敏行《独醒杂志》卷三）改元的目的，就是要调和新、旧两党，共同建设朝廷大政。

建中靖国元年（公元1101年）是北宋后期政坛最风平浪静的一年。徽宗意图在不触动新党既得利益的前提下，在一定程度上改变对待旧党的态度，消弭党派之争，维持政局和社会局面的安定团结。因此，朝中当政的新党大臣继续保留官位与权力，只有宰相章惇因反对徽宗入继大统而在徽宗继位的当年就被罢黜。继章惇为相的，是新旧两党都能够接受的韩忠彦。旧党中被贬谪出朝、流窜荒蛮的人士，纷纷获得赦免，被重新起用。对新党来说，一方面，旧党中的头面人物或去世或年老体衰，他们获不获得赦免无足轻重；而旧党中重新得到使用的那部分官员仅仅是受党争牵累的次要人物，不影响权力的总体分配，旧党对他们已经不构成威胁。另一方面，新党领袖中党派意识最强烈、对旧党没有丝毫通融余地的刚愎强硬的章惇，已经被赶出朝廷，取而代之的是另一位圆滑通融的宰相曾布。对旧党来说，多年的贬谪生活消磨了他们的斗志与健康，能够获赦回朝，他们已经心满意足，不敢再有其他要求。新旧两党和睦相处，这是从神宗变法以来所没有过的朝廷格局与政治局面。

建中靖国元年（公元1101年）正月，皇太后向氏去世。经过一年多时间的调整，徽宗也坐稳了皇帝的位置。此后，徽宗政治态度急剧转向，从不偏不倚、调和新旧两党，转为完全的新党政治立场。

徽宗政治态度的转变，在史料文献中并没有合理的解释，以往的历史学家也从不讨论这个问题。所以，只能做两点推测：第一，徽宗在接受教育的成长过程中，接受了新党的政治理念，本来的政治立场就是站在新党这一方面。即位初年，只是迫于形势，暂时采取调和两党的政治措施。第二，也有可能自哲宗亲政以来，中央政府班子完全由新党组成。这些新一代的新党领袖，擅长阿谀奉承，投君主之好。徽宗没有政治头脑，没有政治才能。在朝廷新党的包围引导下，政治立场完全摇摆到新党的立场上去了。如，此时宰相曾布，就暗中向徽宗陈说“绍述”之说。绍述者，就是要求徽宗继承父亲神宗变法的遗志，与“绍圣”之意相同。据说，当时起居郎邓洵武的一段话也非常打动徽宗。邓云：“陛下是神宗的儿子，现在的宰相韩忠彦是韩琦的儿子。神宗推行新法以利民，韩琦反对。现在韩忠彦更改神宗的法度，是韩忠彦作为大臣能够继承父亲的志向，陛下作为天子反而不能继承先帝志向。”邓洵武还编排《爱莫助之图》，将朝廷大臣全部按照元丰旧党、元祐新党分类，以提醒、警示徽宗。无论是哪一种理由，徽宗政治立场的改变是明确的。建中靖国元年十一月，徽宗下诏次年再度改元，改为“崇宁”。崇宁者，尊崇熙宁之意。徽宗的政治态度，通过改元非常明白地表达了出来。

建中靖国到崇宁仅一年时间，徽宗的政治态度改变了，朝廷的政治倾向也转移了。新党人士逐渐回到朝廷。蔡京作为徽宗年间新党中最关键的一位人物，此时已经回到朝廷，并且很快掌握了朝廷大权。蔡京（1047—1126），字元长，兴化仙游（今属福建）人。神宗熙宁三年，与弟蔡卞一起进士登第。神宗熙宁、元丰年间，朝廷当政者有意通过科举考试录取政见相同者，培养新党的后备人才。

因此，蔡京具有明确的新党政治立场。蔡京弟弟蔡卞，后来成为王安石的女婿，蔡氏兄弟与新党的关系更加密切。实际上，蔡京不过是一个心胸狭隘、唯利是图且无坚定政治理念追求的奸诈之徒。司马光执政初全面废除新法，其中废免役法而复差役法，以五天为期限，要求各地政府执行落实。朝廷诸多大臣都认为司马光所给的期限太短，蔡京时知开封府，却如期完成任务，并亲自向司马光禀告。司马光非常高兴地说："使人人奉法如君，何不可行之有！"蔡京此举骗得司马光的信任和赏识，却没有骗过其他旧党人士。以苏辙为首的旧党人士，一致攻击蔡京取媚司马光，故意扰民，蔡京被迫到外地任职。蔡京内心积蓄了对旧党无比怨毒的恨意。哲宗亲政时，章惇为相，又要恢复免役法。法规的反复改变，不知是否会一再扰民，朝廷形成争论。此时，蔡京已经回到朝廷任户部尚书。他对章惇说："按照熙宁的成法施行就是了，有什么好讨论的。"大得章惇欢心。哲宗绍圣、元符年间迫害旧党，蔡京都积极充当宰相章惇的打手。而后，新党另一领袖人物曾布忌惮蔡京上升势头过快，唯恐蔡京取代自己的位置，再度将蔡京排斥出京城。

徽宗即位以后，蔡京通过阿谀宦官童贯等宫廷内臣，寻找政治上飞黄腾达的机遇。当时，甚至到了"宫妾、宦官众口一词誉京"的地步。邓洵武等也劝说徽宗："如果要继承神宗遗志，推行新法，非用蔡京不可。"当时两位宰相韩忠彦和曾布之间矛盾尖锐，韩忠彦便想引蔡京回中央政府一起对抗曾布。在诸多因素的共同作用下，崇宁元年（公元1102年）三月，蔡京回朝廷任翰林学士承旨。同年六月，蔡京改任尚书左丞（副宰相），七月改任右仆射（宰相），崇宁二年（公元1103年）正月改任左仆射（首相）。即，蔡京回京城任职只有短短的十个月，却已经完全掌握了朝廷大权，成为新党的一号人物，成为徽宗年间残害旧党的元凶。

蔡京对旧党的戕害，不是以实现既定的政治目标为目的，而是要报个人仇怨，要宣泄元祐年间遭受排挤而积蓄的怨毒之情。徽宗又是一位没有政治才干且容易受人摆布的皇帝。所以，徽宗年间对旧党的全面迫害，来势更加凶猛，手段更加残酷。

任用蔡京为宰相时，徽宗明确对蔡京说："我想继承父亲神宗、兄长哲宗的遗志，因此特地任命你为宰相。"所以，崇宁元年（公元1102年）七月，蔡京刚被任命为宰相，朝廷便下令禁绝"元祐法"，即司马光所恢复的旧法。崇宁元年九月，朝廷在京城端礼门立"党人碑"，将所谓的奸党姓名都镌刻在石碑上，昭示天下。"奸党"包括两类人物：其一，元祐大臣，即旧党人物。曾任宰相、副宰相的，以司马光、文彦博为首；曾任待制以上官职的，以苏轼、范祖禹为首；两者共计得"奸党"120人。其二，元符末上书者。徽宗即位初年，下诏求直言。这些给朝廷提意见的人，都成了朝廷"阳谋"的牺牲者，这次也被一网打入"奸党"行列，大约五百余人。崇宁三年（公元1104年）六月，诏令："重定元祐、元符党人及上书邪等者，合为一籍，通三百九人，刻石于朝堂。"蔡京携个人仇怨，所列的"奸党"很多都已经不是旧党人士，其中包括新党中蔡京的政敌，如李清臣、陆佃、张商英等人。徽宗年间的党争，一定程度上模糊了新旧党派的界限，而仅仅是以蔡京个人仇怨为标准。

对所谓"奸党"的迫害，除了一般意义的贬官之外，徽宗年间还有变本加利的表现，如下：第一，以往对政敌大都是贬官处置，徽宗时干脆废罢政敌，把他们赶离官场。如，"苏门四学士"之一晁补之，此时就被罢免家居；苏轼的另一门生李之仪，则被逮捕入狱，经历了毒刑拷打，然后罢免回家。第二，禁绝元祐大臣的文集和他们的一切文字，他们以往在各地的题额也一概要求销毁。蔡京等当政者，懒得一一用“文字狱”对付政敌，干脆将政敌的文集和文字一律毁灭。如，崇宁二年（公元1103年）四月，诏毁范祖禹《唐鉴》及三苏、黄庭坚、秦观诸人文集，而且，“天下碑碣榜额，系东坡书撰者，并一例除毁。”（吴曾《能改斋漫录》卷十一）崇宁三年和宣和六年（1124），朝廷又两度重申除毁苏轼诸人文集的禁令。荒唐可笑的是，朝廷甚至将诗歌创作作为元祐的专利，禁止时人写诗。第三，被贬谪或罢免的“奸党”，不得在同一地方居住。加强了对政敌的防范。第四，列入“党人碑”的子女，不得在京城任职，不得在京城居住。朝廷对元祐党人的迫害，株连到子女的身上。崇宁元年八月，朝廷下诏说：元祐党人“子弟并毋得官京师”；崇宁二年三月，朝廷下诏说：“党人亲子弟毋得擅到阙下”；同年七月又下诏说：“责降人子弟，毋得仕在京及府界差遣”；崇宁三年四月，尚书省检查，要求“党人子弟不问有官无官，并令在外居住，不得擅到阙下”。（皆见《续资治通鉴》卷八十八）《宋史·蔡京传》也记载了蔡京立“党人碑”，“凡名在两籍者三百九人，皆锢其子孙，不得官京师及近甸。”第五，蔡京又亲自书写“奸党碑”，命令全国各郡县都刻石立碑，企图让“奸党”的观念深入人心。

徽宗年间的党禁，受到朝野的普遍抵制。以刻“党碑”为例。长安石刻工人安民就拒绝执行官府命令，说：“如司马相公，海内称其正直，今谓之奸邪，民不忍刻也。”在官府的逼迫下，安民只得屈从，但要求说：不要将“安民”二字刻在石碑末尾，“恐得罪后世”。《挥麈第三录》卷二亦记载说：江西九江有石碑刻工李仲宁，手艺出众。崇宁初，太守命其刻“党人碑”，仲宁说：“我家过去贫穷，只是因为刻苏轼、黄庭坚的诗文，才得到饱暖。现在以奸人之名将他们刻上石碑，我确实不忍下手。”当地太守暗中赞赏，赐其酒而从其请。在朝廷上层也存在这种情况。徽宗的宠信宦官高俅，出身苏轼家庭，“不忘苏氏”，苏轼子女路过京城，每每送礼问候，非常殷勤（见《挥麈后录》卷七），且对苏轼多有维护。徽宗年间另一权宦梁师成，干脆攀附苏氏，自言是苏轼的儿子，且为苏轼鸣冤，诉于徽宗说：“先臣何罪？”“自是，轼之文乃稍出”。（《宋史·梁师成传》）徽宗迷信道教，便有道士借鬼神进言。《贵耳集》卷上记载说：徽宗在宫殿内请道士作法，这位道士伏在地上很久才起来，徽宗问他原因，道士回答说：“我刚才到了天帝那里，正碰上二十八星宿中的奎宿奏事，所以等待这么长时间。”徽宗问道：“奎宿是何方神灵？”道士回答说：“就是本朝的苏轼。”徽宗大惊，从此以后就不太愿意听诋毁苏轼的言论。这位道士明显是苏轼的崇拜者，故而借机装神弄鬼，以改变徽宗的看法。大约就是受这样类似的影响，徽宗始终对禁绝元祐学术、立元祐党人碑之事惴惴不安。崇宁五年（1106）正月，彗星出西方。彗星俗称“扫帚星”，出现时据说人间就有灾难，表明朝廷的治理存在重大问题。徽宗因此下诏求直言“刘逵请碎元祐党人碑，宽上书邪籍之禁，帝从之。夜半遣黄门至朝堂毁石刻。”（《宋史纪事本末》卷四十九《蔡京擅国》）

禁绝元祐学术乃至禁止诗歌创作，都无法在现实得以落实。叶梦得《避暑录话》卷下记载说：徽宗政和年间诗歌作为“元祐学术”被禁绝。李彦章作为御史，阿谀皇帝，就上章讨论陶渊明、李白、杜甫以下诗人，一一贬斥。并且，极力诋毁“苏门四学士”。然而，某年冬天初次下雪，徽宗非常高兴，副宰相吴居厚作诗三首献给皇帝，徽宗也回赠了几首诗歌。从此，徽宗屡屡有诗歌创作，写诗的禁令自然被废除了。据朱弁《风月堂诗话》记载：徽宗崇宁、大观年间，苏轼在海南创作的诗歌在全国各地广为流传，以至于年轻一辈学习写诗时已不再提及欧阳修。当时，朝廷禁止苏轼诗歌，赏钱增加到八十万，也无人理睬。当时文人士大夫不会朗诵苏轼诗的人，就感觉到自己没有气质、没有文化，被时人称为“不韵”。“韵”为宋代俗语，指格调高。某次，京城守门士兵从一位书生怀中搜出苏轼诗集，就将他带去见长官。汴京知府看见苏轼诗集之后发现这位书生自题的一首七律，诗说：“文章落处天地泣，此老已亡吾道穷。才力谩超生仲达，功名犹忌死姚崇。人间便觉无清气，海内何曾识古风。平日万篇谁爱惜？六甲收拾上遥宫。”知府私下赞许，就将这位书生暗中释放了。（见《梁溪漫志》卷七）

徽宗年间的党争，就是如此错综复杂的局面。很难以新旧党争一概论定，又很难说清党禁措施的贯彻落实程度。与徽宗年间党争相关的歌词还有许多，如崇宁四年（公元1105年），黄庭坚重阳日于宜州城楼宴席间所作的《南乡子》，据说是其绝笔之作，词曰：

诸将说封侯，短笛长歌独倚楼。万事尽随风雨去，休休！戏马台南金络头。　催酒莫迟留，酒味今秋似去秋。花向老人头上笑，羞羞！白发簪花不解愁。

王暐《道山清话》载：“山谷之在宜州，其年乙酉，即崇宁四年也。重九日，登郡城之楼，听边人相语：‘今年当鏖战取封侯。’”黄庭坚曾经历过元祐年间的仕途通达，也经历过绍圣年间的被贬远去和作此词时的再度流落，听诸人在宴席间谈论功名，便有无限感慨。往日的抱负和对仕途的热望，都已尽随风雨飘摇而去，只剩得满腹的愤懑与牢骚，借“短笛长歌”来发泄。下阕词人故作通达，认定只有酒味与秋花依然如旧，因此不妨醉酒簪花。但是，最终还是不能排解一肚子的愁苦。苏轼被贬期间，通脱自解，并不沉湎于悲苦之中。其置身于“江上之清风与山间之明月”中时，欣然一笑，荣辱皆忘。黄庭坚个性方面有类似苏轼的地方，他也努力学习老师，欲以登高赏秋、簪花饮酒来缓解内心的苦痛。但是，黄庭坚此时的悲愤情绪过于强烈，他已经没有“老子平生，江南江北”的奔放，他的超脱更多的是故作姿态，并不能真正摆脱愁苦的缠绕，所以，这首词的结尾语意转为沉郁悲凉。以酒浇愁，恐怕是“愁更愁”。白发簪花，这又是多么强烈的反差，多么刺眼的不协调，也将词人的故作姿态展现得淋漓尽致。其实，词人是故意暴露自己故作姿态的样子，通过这种矛盾、不和谐的动作乃至心理的表现，抒发此刻内心的郁闷不平。

李之仪这一时期所作的词，其悲苦沉痛之情更为深切。其《千秋岁》用秦观词韵，说：

> 深秋庭院，残暑全消除。天幕迥，云容碎。地偏人罕到，风惨寒微带。初睡起，翩翩戏蝶飞成对。　叹息谁能会？犹记逢倾盖。情暂遣，心常在。沉沉音信断，冉冉光阴改。红日晚，仙山路隔空云海。

这首词上阕描写环境，以景物来烘托主观情感。比较独特的是词人描绘了两种情景差异很大的景物，用“欲说还休”的方式将内心的矛盾痛苦揭示出来。一种是此时此刻词人的真实感受：深秋季节，云淡风轻，地处偏远，寒风凄冷，被贬离去，与志同道合的友人音信难通，必须独自面对寒苦凄惨的环境，默默忍受着痛苦，是隐藏于这一段环境描写背后的心绪。上阕结句突然改变语气，词人似乎是以极悠闲的心境去赏识翩翩成对的戏蝶。这是被愁苦折磨得无路可走的词人的一次主观努力，他企图摆脱不堪忍受的心理苦痛。这种特意掩饰，恰好从反面衬托了词人的真实心境。况且，欢快的成双的戏蝶，是否会引出词人的孤独感和沉重感，再度令词人陷入难堪之中呢？果然，真实心境是无法掩饰的，下阕这种情绪就直接爆发出来。当隐藏于背后的愁苦被再度翻搅上来的时候，便化成一声声沉重的叹息。词人叹息的是“倾盖”故友的远隔，彼此音信的不通。而这种苦痛，又正是残酷的政治斗争所带来的。那么，这首词所包蕴的现实意义，就值得人们回味。经过一次次残酷的政治斗争与迫害，词人已经不再对前景抱有希望，“红日晚，仙山路隔空云海”，时不我有、抛掷永绝的悲痛溢于言表。

悲苦之余，李之仪只能借助人们常用的方式，举杯浇愁，以求解脱。《江神子》说：

今宵莫惜醉颜红，十分中，且从容。须信欢情，回首似旋风。流落天涯头白也，难得是，再相逢。　十年南北感征鸿，恨应同，苦重重。休把愁怀，容易便书空。只有琴樽堪寄老，除此外，尽蒿蓬。

这首词写流落天涯、十年阻隔之后与友人再次相逢的情景。用来表达“再相逢”的快乐，遮掩“流落天涯头白也”的愁苦，词人只有频频举杯相劝，即使“十分”醉酒，也在所不惜。其实，酒宴之间，友人难免要谈起彼此相同的“恨”与“苦”，诉说愁怀，词人在劝友的同时也是自劝。结尾归结到“琴樽寄老”，满目“蒿蓬”，读之令人唏嘘。词人与友人最终也没有摆脱苦恨的缠绕。

北宋绵延不断的党争，仿佛是一场慢性自杀，逐渐破坏了统治结构的稳定。北宋就是在这样不断的政局大动荡和交错复杂的频繁党争内耗中，消尽气力，奄奄一息，最终被金人灭掉。“始以党败人，终以党败国”（《宋史》卷三百五十六），史官之言，切中肯綮。

马滑霜浓，不如休去，直是少人行

徽宗放纵享受和北宋末年社会风气

并刀如水，吴盐胜雪，纤手破新橙。锦幄初温，兽香不断，相对坐调笙。　低声问："向谁行宿，城上已三更。马滑霜浓，不如休去，直是少人行。"

周邦彦《少年游》

周邦彦这首词写旖旎风流的恋情。上片烘托室内气氛，渲染室内的安恬静谧、纯净闲雅；下片换头"低声问"三字直贯篇终，即写对恋人的温柔体贴和婉言劝留。这首词的别致构思主要表现在场景的布置与细节的选择上。词人没有选取离别相思之类的场面，也没有选取别后重逢惊喜的一刹那，只是通过"并刀"、"吴盐"、"新橙""锦幄"、"兽香"这样一些比较简单的道具布置出一个安恬静谧的环境，然后再通过"破新橙"、"坐调笙"和"低声问"的动作以及"不如休去"的对话，表现爱恋与体贴之情。这样，就洗脱了浓脂腻粉、市尘儇薄的低俗趣味，境界也高了起来。这首词的精彩部分主要是靠动作和对话表现出来的。如果没有下片"低声问，向谁行宿”诸句，就不可能含蓄宛转地表现出旖旎风流与温柔体贴的恋情。正如清代谭献在《复堂词话》中评这首词所说：“丽极而清，清极而婉，然不可忽过‘马滑霜浓’四字。”这话是有道理的。正因为这首词是靠动作和对话来表情达意的，所以词的语言也有新的特点，即提炼口语，如话家常，纯用白描，到口即消。这样的语言特点跟他那些富艳精工、长于对句、善用动词、深谙音律的词作是截然不同的。

关于这首词，宋人有一个风流旖旎的故事记载。张端义《贵耳集》卷下：宋徽宗喜爱美女李师师，经常留宿李师师家。某次，偶然碰到周邦彦先在李师师家。周邦彦听说皇帝来了，慌忙躲到了李师师的床底下。徽宗这次带来云南刚刚运输到京城的新橙送给李师师，却与李师师切切情语，相互调笑。周邦彦在床底下听的非常清楚，并根据听到的写成这首《少年游》。李师师后来对着徽宗唱这首词，徽宗问是谁写的，师师回答说是周邦彦词。徽宗大怒，认为周邦彦暴露了他的隐私。第二天便要宰相蔡京寻找借口将周邦彦贬谪出京城。徽宗过几天再到李师师家，李师师不在家，询问李师师家人，知道李师师送别周邦彦去了。徽宗非常高兴将情敌周邦彦赶出了京城，便一直在李师师家等候。等到初更时刻，李师师才回家，而且是泪眼模糊、愁容满面。徽宗大怒，问道：“你到哪里去了？”李师师说：“臣妾罪该万死，送别周邦彦去了。不知道皇帝你会来。”徽宗问：“送别时，周邦彦有填词吗？”李师师说：“有《兰陵王》词。”徽宗说：“唱一遍给我听。”李师师唱完周邦彦的新词，徽宗听得非常开心，于是，又立即将周邦彦召回京城任职。

关于这一则故事的荒诞不经之处，后来的学者已经有很多辨析。然而，故事所描述的徽宗放纵糜烂的生活情景，却是非常真实的。

宋徽宗实际上是一位耽于声色之乐的纨绔子弟。他在位26年，尽情享乐，奢侈糜烂。作为帝王，他既无治国方略，昏庸无能；又好大喜功，愚昧自负，最终导致北宋政权的崩溃。徽宗所为，一改北宋历朝帝王的规制，同时带动世风的转变。

徽宗年间的社会财富之积累，达到令人羡慕的程度，朝野呈现出繁华似锦的假象。北宋自太祖开国，至徽宗朝已休养生息一百五十余年。虽然北宋社会内有“冗官”、“冗兵”之积弊，外有辽、夏“岁币”之支出，但是，社会经济仍在不断向前发展。宋真宗景德二年（公元1005年）十二月，宋、辽“澶渊之盟”订立，此后，北宋内外一直没有对其进行骚扰破坏的大战争。在相对稳定的环境中，人口迅速增长，“以史传考之，则古今户口之盛，无如崇宁、大观之间。”（《文献通考》卷十一《户口》）国库也日益充裕。朝廷在元丰、元祐库的基础上，增设了崇宁、大观、宣和等国库，储藏积累到的财富。当时仅京师一地，就有府库92座。金人攻陷汴京，派遣使臣检视宫廷内藏府库，共74座，“金银、锦绮、宝货，积累一百七十年，皆充满盈溢。”金人“役禁军搬三日不绝。”（皆见《三朝北盟会编》卷七十一）都市经济的繁荣，更是空前盛况，孟元老《东京梦华录序》概言徽宗崇宁年间京师的富丽昌盛说：儿童与老人，从未见过战争，只知道歌舞作乐。或元宵节赏灯，或七夕乞巧，或重阳节登高，或雪花纷飞时赏雪，或鲜花盛放时赏花，人们各寻欢乐。大路上看见来回奔驰的是雕镂精致的专车和宝物装饰的骏马。到处是“青楼画阁、绣户珠帘”，装潢得“金翠耀目”。而且，周边各国的使者和商人集中在这里。“集四海之珍奇，皆归市易；会寰区之异味，悉在庖厨。花光满路，何限春游；箫鼓喧空，几家夜宴？伎巧则惊人耳目，侈奢则长人精神。”张择端的《清明上河图》为孟元老的叙述作了形象的注释。这一幅幅生动具体的历史长画卷，再现了汴京都市风采。

徽宗即位之前，北宋皇帝对生活之享受大致采取双重政策与态度。北宋初年，太祖“杯酒释兵权”，劝石守信等臣下“多积金，市田宅，以遗子孙，歌儿舞女以终天年。”(《宋史》卷二百五十《石守信传》)因此，北宋君主并不限制臣僚的生活享乐。这是君主控制臣下的一种手段，以此化解上下矛盾。北宋多数帝王自身的生活则相对简朴，以保持励精图治的形象，维持国计民生，平衡财政收支。周辉《清波杂志》卷一载：宰相吕大防等对哲宗解说祖宗法：“本朝百三十年，中外无事，盖由祖宗家法最善。”祖宗家法之一就是：“前代宫室多尚华侈，本朝宫殿止用赤白，此尚俭之法也。”而且，“不好畋猎，不尚玩好，不用玉器，饮食不贵异味，御厨止用羊肉，此皆祖宗家法，所以至太平者。”即：皇帝要节俭。宋人史书、笔记多记载北宋多位皇帝俭朴的事情。李焘《续资治通鉴长编》卷七载：宋太祖“躬履俭约”，经常穿反复洗涤的衣服，所乘的车马也都很朴素。皇帝睡觉的寝殿用青布做帘子，宫殿里面没有华丽的装饰。卷二十四载：宋太宗没有穿过新衣。太宗俭朴的动机很明显，是希望可以常常挂念百姓劳作的辛苦，以达到“敦朴”、“为天下先”的目的。卷一百九十八载：宋仁宗内宫的帘幕、褥垫等都又旧又破，使用很久都不更换。《燕翼诒谋录》卷二载：宋真宗一再下诏，要求“宫院、苑囿等，止用丹白装饰，不得用五彩。”江少虞《宋朝事实类苑》卷四也说宋仁宗“器服简质，用素漆唾壶盂子，素瓷盏进药，御榻上衾褥皆黄袘，色已故暗。”等等。当然，这里有帝王作秀的成分，他们的生活仍然有很奢侈很享受的一面。但是，通过这些刻意倡导甚至作秀，北宋帝王的目的非常明确：企图以身作则，抑制社会享乐风气的过度蔓延。

徽宗的作为恰恰与此相反。北宋后期社会财富的积累和繁华的虚像，给统治者的纵情声色提供了充分的物质基础和一定的证据。在一片歌舞升平、阿谀奉承中，统治者失去了理智，文恬武嬉，朝野对日趋恶化的内外矛盾和危机并不敏感。徽宗年间，正色立朝、直言进谏之士，都被远远排斥出朝廷。徽宗听不到一点儿不同的意见，臣僚奏章中充斥着谀颂之辞，社会的繁华虚像也仿佛在证实着“圣王”业绩。因此，徽宗自我感觉良好，毫无愧色地认定自己可以追迹尧舜，治下乃太平盛世，国力异常强大。出现在这一时期文人诗词中最为频繁的词语就是“太平”、“升平”，如“歌太平睿藻”（万俟咏《雪明鳷鹊夜慢》）、“岁熙熙、且醉太平”（曹组《声声慢》）、“升平歌管趁飞觞”（王安中《鹧鸪天》）等等。于是，君臣生活奢靡，挥霍无度，放纵享乐。蔡京等奸佞也以享乐为手段，诱导徽宗不理朝政，沉湎于声色歌舞。宋太祖用来控制群臣的手段，被蔡京反过来用以控制徽宗。《九朝编年备要》卷二十六载：崇宁元年七月蔡京出任宰相，当时天下太平，国库充实，蔡京就倡导“丰亨豫大”之说。即：在财富充实的太平盛世里帝王应该放纵享乐。于是，朝廷风气发生改变，“视官爵、财物如粪土。累朝所蓄，大抵扫地矣。”据说，徽宗曾经拿出用玉制作的碗和酒杯，对宰辅们说：“我这些玉器制作出来很久了，怕人家说话，一直没有拿出来使用。”蔡京说："所做的事情只要合于情理，人家话多也不必害怕。陛下应当享受太平盛世的供奉，区区玉器，有什么好说的！"

宋徽宗最初也不敢有任性的所为，经蔡京等奸佞的怂恿和鼓励，以及为帝王奢靡享受所找出的理由，徽宗才日益放肆享受。宋徽宗有较高的艺术鉴赏趣味。从本质上说，宋徽宗是一位艺术家，而不适合做皇帝。徽宗喜欢造型奇特的竹、石、花、木，这样的喜好与"不尚玩好"的"祖宗家法"背道而驰。蔡京却为徽宗寻找理由说："陛下无声色犬马之奉，所尚者山林竹石，乃人之弃物。"（《续资治通鉴》卷九十二）这样，徽宗就可以放心大胆地搜罗天下的怪竹、奇花、异石、别树了。蔡京儿子蔡攸在徽宗当政后期也很得皇帝欢心，他对徽宗说："人主当以四海为家，太平为娱。岁月能几何？岂可徒自劳苦。"（同上，卷九十三）用人生短暂来奉劝皇帝及时行乐。这些言论都深得徽宗欢心。

于是，徽宗不以国家为己任，而是以四海天下供奉作为一己之享受。崇宁元年（公元1102年）三月，徽宗命宦官童贯特意在苏州、杭州设立应奉局，任务就是"造作器用。诸牙、角、犀、玉、金、银、竹、藤、装画、糊抹、雕刻、织绣之工，曲尽其巧"。（《宋史纪事本末》卷五十《花石纲之役》）局中所雇用的各种工匠达数千人。东南各地大量或精美、或奇形怪状的器物运输到京城，供徽宗享用，这就是所谓的"花石纲"。纲，指成群结队地运输货物。

崇宁四年（公元1105年）十一月，朝廷选派朱勔提举苏杭应奉局，负责搜罗东南珍奇异物。朱勔的出身也颇有故事色彩。据说蔡京当年在苏州的时候，打算建造一座佛阁，估计费资巨万。和尚说："要做成这件事，一定需要当地人朱冲。"蔡京立即将此事交给朱冲办理。过几天，朱冲请蔡京前去一起测算建造佛阁的用地，看见已经有数千棵大树木聚集在庭院之中。蔡京对朱冲这方面的办事能力大为赞服。蔡京回朝廷任职时，将朱冲和他的儿子朱勔一起带到京城，且将朱冲父子的姓名都造假到童贯的部队中，父子两人都因此得到了官职。换句话说，朱勔出身聚敛世家，其家学渊源或特长就是搜刮天下奇珍宝贝。徽宗喜欢奇花异石，蔡京就让朱冲搜罗江浙“珍异”，供奉宫廷。朱冲搜罗的物品，得到徽宗的欣赏，以后每年都会向皇帝进贡五六种。到了崇宁四年，输送的珍奇物品越来越多，“舳舻相衔于淮、汴，号‘花石纲’。”即：从淮河到汴京，一路上运输珍奇的船队前后相连，声势浩大。于是，应奉局便设在苏州，由朱勔负责。

朱勔负责应奉局事务后，竭尽心力搜刮民间宝物。无论是士绅家庭还是普通百姓家庭，家中只要有“一石一木”稍微好玩一点儿的东西，他便会立即带领士兵排门直入，做上标记，说这是皇帝御前用品，要好好保护。人家稍微保护不慎，就会被处以“大不恭罪”。等到朱勔来取该物品时，时而拆屋破墙而出。东南民间，骚乱不安。许多人家被逼得卖儿鬻女，乃至家破人亡。朱勔及其手下更是借“花石纲”的名义，盘剥地方，凌辱州县官员。甚至运送花石纲的船夫，也“倚势贪横”。当时，东南地方官员依附朱勔的就可以升官，否则就要被罢职而去，时称“东南小朝廷”。

宋徽宗政和七年（公元1117年）七月，徽宗为了运送南方各地的奇珍异物，专门成立“御前人船所”。运送到京城的物品有：“灵璧、太湖、慈溪、武康诸石，二浙奇竹、异花、海错，福建荔枝、橄榄、龙眼，南海椰实，登莱文石，湖湘文竹，四川佳果木”。奇花异木或有体积过大者，逢桥拆桥，逢墙毁墙。所以，树木运送到京城后都能栽种成活，果品送到京城后“色香未变”。

后愈演愈烈，政和七年（公元1117年）十二月，徽宗在京城模仿杭州凤凰山而筑艮岳，都人称万寿山，或万岁山。这项工程一直到宣和四年（公元1122年）十二月完成，前后费时五年。万岁山占地十余里，主峰高达90台阶，峰顶有介亭。分东、南二岭，山的东面有萼绿华堂、书馆、八仙馆、紫石岩、栖真嶝、览秀轩、龙吟堂等名胜建筑，山的南面又有寿山。东南两峰并峙，中间有雁池、噰噰亭。山的西面则有药寮、西庄、巢云亭、白龙沜、濯龙峡、蟠秀、练光、跨云亭、罗汉岩等名胜建筑。往西去有万松岭，半岭间建有倚翠楼。万岁山上下分设两关，关下有平地，在平地开凿大沼，沼中又作两洲。东洲建有芦渚和浮阳亭，西洲建有梅渚和雪浪亭。沼水向西流入凤池，向东流入雁池。东西洲上又分别有二馆，东为流碧馆，西为环山馆，还有巢凤阁、三秀堂等建筑。东池后面有挥雪厅，可以通过山间小石路一直到达介亭。介亭的左面又有极目亭和萧森亭，右面又有丽云亭。半山的北面可以俯看景龙江，并引江水流入山间。向西去是漱琼轩，继续行走在石路间，就能观赏炼丹凝观、圜山亭等。向下俯视景龙江边，便可以看见高阳酒肆和清澌阁。江北岸有胜筠庵、蹑云台、萧闲馆、飞岑亭等名胜。江水的支流处又分别建筑山庄，构成回溪。在南山以外又建造一座小山，横亘二里，称芙蓉城，穷极巧妙。万岁山建成时徽宗亲自作《艮岳记》，因为山京城的艮位而得名。南方运来的许多奇花、异木、珍禽，都点缀其间。到了北宋末年金人围困汴京，围城中物资匮乏，万岁山的奇花异木都被人们砍伐作柴火用。

“花石纲”为害良久，逼出了浙江的方腊造反。方腊家有漆园，苦于应奉“花石纲”，就以诛杀朱勔的名义聚众造反。数日之间，就聚集了数万人。朝廷派遣宦官童贯前去平乱，徽宗对童贯说：“如有急，即以御笔行之。”徽宗交付给童贯的，就是民间所谓的“先斩后奏”权。童贯到了当地，目睹“花石纲”扰民过甚，便马上以皇帝的名义下诏撤除苏杭应奉局，并且撤除一切制作“花石纲”的“场务”。当时臣僚弹劾朱勔父子、言“花石纲”之害的奏章非常多，如淮南转运使张根等。还在太学读书的邓肃，也写了十首诗歌讽谏徽宗，如说：“但愿君王安百姓，圃中何日不春风？”这十首诗歌流传甚广。徽宗为平息民怨，罢黜了朱勔父子及兄弟、子侄。这已经是徽宗宣和三年（公元1121年）正月的事情了，朱勔扰乱东南已超过二十一年。

然而，平定方腊后，同年闰五月，朝廷再度设立应奉司。当时的宰相王黼对徽宗说：“士大夫心怀奸谋，妄加诽谤，拿应奉一事攻击帝王。请求再设立应奉司，由我总领，以此来杜绝奸谋。”昏聩已极的徽宗立即听从此建议。宫外由王黼主持其事，宫内由宦官梁师成总领再度搜括全国的“珍异之物”，十分之一入宫廷，其余的都入王、梁两家。

宋徽宗政和四年（公元1114年），蔡京又要建造宫殿取媚徽宗，分别让童贯、杨戬、贾详、何䜣、蓝从熙五位宦官负责工程。他们选择在大内北面拱宸门外建造延福宫。五人“争以侈丽高广相夸尚”，比拼各自负责工程的奢侈华丽，互不相让。宫殿建造完毕后，号称“延福五位”。其间，殿阁亭台相互连接，“凿池为海，疏泉为湖”；奇花明木，依类分区栽种；宫殿内还圈养了鹤、鹿之类的珍奇动物，数量有数千之多；所构建的“怪石岩壑，幽胜宛若天成”。游览其中，类似神仙世界。后来又在里面建造“村舍野店”，中间点缀酒店，酒旗飘扬。不久，又跨旧城继续修建，号“延福第六位”，规模越来越豪华。每年冬至以后，一直到正月十五元宵灯节，徽宗便允许百姓通宵游乐，可以进入延福宫一定的区域赏灯，所谓“与民同乐”。这种提前赏灯游乐的行为，当时称为“先赏”。

徽宗夸耀盛世太平的赏灯活动，在宣和年间还发生过一件与歌词相关的“窃杯女子”趣事。据《宣和遗事》亨集记载：宣和年间，在某次“与民同乐”通宵游玩赏灯的过程中，徽宗在天快亮时传诏说：凡仍在宫殿内游玩的百姓，每人赐酒一杯。卫士回收金杯时，发现少了一只，发现是一位女子偷了金杯。该窃杯女子被带到徽宗前时，说自己偷金杯是有充足理由的，有《鹧鸪天》词为证。词说：“月满蓬壶灿烂灯，与郎携手至端门。贪观鹤降笙箫举，不觉鸳鸯失却群。　天渐晓，感皇恩，传宣赐酒脸生春。归家切恐公婆责，窃取金杯作照凭。”徽宗读词以后，非常高兴，要求该女子以金杯为题目，再填一首词。窃杯女子又当场填写《念奴娇》一阕，词说：“桂魄澄辉，禁城内、万盏华灯罗列。无限佳人穿绣径，几多妖艳奇绝。凤烛交光，银灯相射，奏箫韶初歇。鸣梢响处，万民瞻仰宫阙。妾自闺门给假，与夫携手，共赏元宵。误到玉皇金殿砌，赐酒金杯满设。量窄从来，红凝粉面，尊见无凭说。假王金盏，免公姑责罚臣妾。”徽宗大喜，将金杯赐给该女子，但不许后来学样。这个“窃杯女子”的故事确实发生过，徽宗御用词人万俟咏也有《凤皇枝令》词咏景龙门灯节，词上阕说：“人间天上，端楼龙凤灯先赏。倾城粉黛月明中，春思荡，醉金瓯仙酿。”该词自序中就提到窃杯女子之事。序中只是说女子自言："妾之夫性严，今带酒容，何以自明？怀此金瓯为证耳。"徽宗隔帘笑着说："与之。"窃杯女子的两首词，大约是好事之徒附会创作的。

在宫廷内，徽宗君臣放肆日夜享乐。《清波杂志》卷六记徽宗君臣宴乐说：宫中女子乐队数千人陈列在宫殿的南面，穿戴鲜艳华丽，队列严整。君臣饮酒的时候，歌乐声响起，"音节清亮"，舞女同时开始舞蹈，"声度闲美"。向东眺望艮岳，"松竹苍然"；向南俯视琳宫，"云烟绚烂"。从宰相到其他大臣，为了讨皇帝的欢心，甚至打扮自己粉墨登场。蔡攸得宠于徽宗，"与王黼得预宫中秘戏。或侍曲宴，则短袖窄裤，涂抹青红，杂倡优侏儒中，多道市井淫媟谑浪语，以献笑取悦。"（《续资治通鉴》卷九十二）王黼后来官至宰相。晁端礼有《鹧鸪天》词描述宫廷歌舞场景说：

日日仙韶度曲新，万机多暇宴游频。歌余兰麝生纨扇，舞罢珠玑落绣裀。 金屋暖，璧台春，意中情态掌中身。近来谁解辞同辇，似说昭阳第一人。

这首词写宫廷里日日新曲、夜夜歌舞、争奇斗胜之情景，丝毫没有夸张。徽宗保存至今的宫词中，就有二十余首专门写宫女之演奏、歌唱、舞姿的。如云："大晟重均律吕全，乐章谐协尽成编。宫中嫔御皆能按，欲显仪刑内治先。""乐章重制协升平，德冠宫闱万古名。嫔御尽能歌此曲，竞随钟鼓度新声。"等。徽宗的太平盛世都是由歌舞来点缀的，晁端礼这组《鹧鸪天》还有多处涉及歌舞的地方，如："乐章近与中声合，一片仙韶特地新"、"大晟箫韶九奏成"、"午夜笙歌淡荡风"、"竞翻玉管播朱弦"、"两阶羽舞三苗格"、"依稀曾听钧天奏"等等。宫廷淫乐已经不能满足徽宗，徽宗甚至多次轻车小辇，微服出行，出入狭邪，因此与名妓李师师之间便有了说不清、道不明的关系。

上行下效，徽宗年间奢侈成风。蔡京“以金橘戏弹，至数百丸”。（张知甫《张氏可书》）王黼“于寝室置一榻，用金玉为屏，翠绮为帐，围小榻数十，择美姬处之，名曰‘拥帐’”。（《清波别志》卷三）君臣朝歌暮嬉，酣玩岁月。徽宗年间世风趋于浮靡。

徽宗放纵声色尽情享乐，宫廷内外时常与歌舞娱乐作伴，结合这样的情形，徽宗年间淫俗谑浪、靡丽侧艳的歌词大为盛行也就不奇怪了。宣和间讨徽宗欢心的另一位宰相李邦彦，“本银工子也，俊爽美风姿，为文敏而工。然生长閭阎，习猥鄙事，应对便捷，善讴谑，能蹴鞠。每缀街市俚语为词曲，人争传之，自号‘李浪子’。”（《宋史》卷三百五十二《李邦彦传》）宰相率先作淫俗歌词，宫廷内外纷纷效仿。举大晟府御用文人的两首作品为例：

草草时间欢笑，厌厌别后情怀。留下一场烦恼去，今回不比前回。幸自一成休也，阿谁教你重来？　眠梦何曾安稳？身心没处安排。今世因缘如未断，终期他日重谐。但愿人心常在，到头天眼须开。

晁端礼《河满子》

几日来、真个醉。不知道，窗外乱红，已深半指。花影被风摇碎，拥春酲乍起。　有个人人、生得济楚。来向耳畔，问道今朝醒未？情性儿，慢腾腾地，恼得人又醉。

周邦彦《红窗迥》

晁端礼虽未到大晟府任职而卒，但他的词作早已随同流俗，且时时依据大晟府的要求从事创作。《河满子》写的是男女相思艳情的故事。当年聚散匆匆，别后烦恼无限。日日盼望重逢，嘴里却要强自支撑："阿谁教你重来。"这种种假意掩饰，最终被苦痛所冲破，下阕转为对天的祷告以及对重逢的期望。整首词都是由俗语组成，好似备受离别煎熬的市井歌伎脱口而出的肺腑诉说。与柳永词相比，这首词更少了一些文人化的修饰，平白朴实的口吻倾诉出满腹真情。其俚俗化程度更为彻底，将柳永的俚俗格调向民间推进了一层。

周邦彦的这首《红窗迥》具有时代典型意义。《红窗迥》是徽宗年间十分流行的、适合以俚俗语言与戏谑口吻叙事抒情的一个词调。王灼曾言及曹组有大量的《红窗迥》之作，但一首也没有流传下来，因此周邦彦的这一首词就变得弥足珍贵，它保存了当时词坛创作盛行的一种风貌。全词以浅俗口语组成，写的是与歌伎厮混的惬意感情。两情相悦，相守相伴，温馨和美，不关心窗外春已老去，"花影摇碎"，乱红满地。每日再伴之以醇酒，酒不醉人人自醉。伊人善解人意，娇语解颐。结尾更因伊人之调情弄俏，再度醉入温柔乡，全词有着浓厚的色情味。这首词口语化程度同样十分彻底，如喜用对话问语、民间俗语"济楚"、儿化音句式等等，平白如话。张炎批评清真词"淳厚日变成浇风"（《词源》卷下），刘熙载指责清真词"只是当不得一个'贞'字"（《艺概》卷四），王国维比较欧阳修、秦观和周邦彦说："便有淑女与娼妓之别"（《人间词话》），都是对周邦彦词风浅俗艳冶的不满。其实，当时之所以出现这样的文学创作，完全是为了迎合徽宗的口味。

大晟词人的俚俗词，大都写男女艳情。他们设想歌伎“翻思绣阁旧时，无一事，只管爱争闲气。及至恁地单栖，却千般追悔。”（晁端礼《玉胡蝶》）思念至极，便会转为怨恨，“别来不寄一行书。寻常相见了，犹道不如初。”（晁冲之《临江仙》）与情人相对时，又有了千种娇媚风情，“殢娇不易当，著意要得韩郎。”（万俟咏《钿带长中腔》）面对如此情深之佳丽，男方也不免“拚今生、对花对酒，为伊泪落。”（周邦彦《解连环》）这类题材和风格的词作，大晟词人写来总是那么细腻真切、自然感人。也有个别作品流于无聊恶俗。晁端礼《滴滴金》上阕说：“庞儿周正心儿得，眼儿单，鼻儿直。口儿香，发儿黑，脚儿一折。”其雕琢过分，已失去俗语的天然韵趣。这也是淫靡世风的极端表现。

徽宗君臣沉湎声色享受，带动北宋末年社会风气转向淫靡。北宋最终亡国，君臣的荒淫是重要原因之一。

花自飘零水自流，一种相思，两处闲愁
李清照的婚姻与宋代妇女生活

红藕香残玉簟秋，轻解罗裳，独上兰舟。云中谁寄锦书来？雁字回时，月满西楼。 花自飘零水自流，一种相思，两处闲愁。此情无计可消除，才下眉头，却上心头。

李清照《一剪梅》

李清照这首词抒发了对丈夫的深挚情感，吐露了不忍离别之情以及别后的相思之苦，将一位沉湎于夫妻恩爱中独守空闺备受相思折磨的妻子的心理刻画得细腻入微。

婚后，李清照与赵明诚志趣相投，相互爱慕，多年的婚姻生活使他们建立起深厚的夫妻感情。丈夫外出做官，分离是无可奈何的事情。但是，李清照还是无法忍受离别所带来的相思痛苦，她将这种情感淋漓尽至地倾吐到这首作品之中。起句“红藕香残玉簟秋”，就为相思怀人设置了一个凄艳哀婉的场景：色彩鲜艳、气味芳香的红色荷花已经凋零殆尽，坐在精美的竹席上可以感觉到秋的凉意。秋的萧瑟枯萎，使离人更难抵御相思愁绪的侵袭，这秋凉，甚至一

直穿透离人的心扉。“轻解罗裳，独上兰舟”，暗含对轻易别离、独自登程的怨苦之意。为生计、前程奔波，离家为官，这在普通夫妻之间都是十分平常的事情，而且还是一件为家庭带来光明前景的令人高兴的事情。对丈夫一腔深情的李清照却并不注重光宗耀祖或丈夫的前程，在乎的只是夫妻的恩爱。所以，她才会埋怨丈夫轻易离开，将自己独自留在家中。既然离别已经是必须面对的现实，李清照便只能盼望着早日重聚。“云中谁寄锦书来？雁字回时，月满西楼”三句，充满了热切的期待之情。自从夫妻分手之后，李清照经常翘首遥望“云中”。其间，或许也有“误几回、天际识归舟”之类的误会，有满怀的希望和时时的失望，但是，李清照坚信丈夫对自己的爱情，坚信丈夫牵挂自己就如同自己对他的思念一样。当“雁字回时，月满西楼”的时候，大雁会捎来丈夫的书信，夫妻团圆的日子便指日可待。这种期待与自信，是对丈夫的深情眷恋，是对美满婚姻的最好回味，是对未来生活的无限希望。

下片写别后的相思，脱口而出，自然感人。“花自飘零水自流”，写别离已成事实，令人深感无奈，就像春花不由自主地飘零、随着流水消逝而去一样。如花美眷，似水流年，词人感觉到一种“长恨此身非我有”的无法把握自己命运的悲苦。况且，时光转瞬即逝，人生又有多少如春花一般美好的时光呢？词人不禁为此长长叹息。李清照深刻理解丈夫对自己的思念也是相同的，所谓“一种相思，两处闲愁”。对丈夫的理解，更增添了思念之情。于是，这种恋情别思就再也没有办法排解了。“此情无计可消除，才下眉头，却上心头”，说明词人不堪相思的折磨，也曾做过多种努力，想把自己从痛苦中摆脱出来。然而，所有的努力都归于失败，表面上眉头虽然舒展开来了，但心头的愁结依然如故。相思之情从外在的“眉头”深入到内心深处，无论如何也无法解脱了。李清照注定要在相思愁中煎熬下去，一直等到丈夫归来的那一天。

在宋代妇女乃至中国古代妇女中，李清照与赵明诚的婚姻生活称得上幸福。而李清照中年以后的再婚与离异，又是极其不幸的。李清照的婚姻生活，可以从多个方面反映宋代妇女的生活状况。

宋徽宗建中靖国元年（公元1101年），18岁的李清照与21岁的赵明诚结为伉俪。李清照与赵明诚的婚姻，据元人伊世珍《琅嬛记》卷中记载，还有一段传奇经历。据说，赵明诚父将为赵明诚选择妻子的时候，某天，赵明诚白天睡觉，梦中诵读一卷书，醒来时只记得三句话：“言与司合，安上已脱，芝芙草拔。”便告诉了父亲。父亲为他解释说：“汝待得能文词妇也。‘言与司合’，是‘词’字；‘安上已脱’，是‘女’字；‘芝芙草拔’，是‘之夫’二字，非谓汝为‘词女之夫’乎？”京城里待字闺中、词名远播、门当户对的才女，无疑是既是同乡又是同僚的李格非之女李清照了。于是乎，赵挺之便托人到李家提亲，赵、李两家联姻，结为秦晋之好，便是情理之中的事了。这段传说，当然是后人格外羡慕李清照与赵明诚的美满婚姻因此附会出来的。传说虽然不可靠，但赵、李两家相互来往，乃至赵明诚与李清照之间也有一定的了解，以至两家最终为儿女确定婚姻，当在情理之中。

李清照与赵明诚结婚时，赵明诚还在太学读书，平日寄居在校舍，只有初一、十五等日子方可请假回家。受赵明诚的感染，李清照婚后也迅速喜欢上古代的金石碑刻。每逢假日赵明诚回家，夫妻二人就质典衣服，得到五百钱，结伴闲逛汴京相国寺集市，选中喜欢的金石碑文，量力购卖。回家后，两人相对观赏，考辨碑文的内容、年代等等。甜蜜的新婚生活，就在这样诗书、学术氛围非常浓厚的环境中度过。

从当时的太学制度和李清照所写的《金石录后序》来看，李清照与赵明诚新婚初期，相聚的时间很少，多数时间赵明诚寄居在太学斋舍。太学的学习环境与学校的规定，决定了新婚之后的赵明诚，必须迅速回到太学。这一对涉世未深的青年男女，刚刚品尝了新婚的情爱，就不得不分手。相聚短暂，分别日久，使纯情的李清照第一次品尝了离别的苦涩滋味，写下了许多动人的有关相思别离的词章。《怨王孙》说：

帝里春晚，重门深院，草绿阶前。暮天雁断，楼上远信谁传？恨绵绵。　多情自是多沾惹，难拚舍。又是寒食也。秋千巷陌，人静皎月初斜，浸梨花。

这首词写春暮时节闺中独处的寂寞，相思怀人之意，含蓄而出。“帝里”，即指当时的都城汴京。这表明词人当时也居住在京师，那么，这一段分别的痛苦，应该是赵明诚寄居太学斋舍、闭门不出带来的。

李清照结婚以后的第二年，即徽宗崇宁元年（1102），政坛上的风云动荡再次波及到她的家庭。这一年，徽宗受蔡京的蛊惑，再度全面推行新法。赵挺之与蔡京是同年，两人臭味相投，倾向新党的共同政治立场与善于投机取巧的政治品质，使他们一拍即合。于是，赵挺之积极追随蔡京，迎合蔡京的一切废除旧法、迫害旧党的政治主张，并成为蔡京的鹰犬与羽翼。蔡、赵个人品格的卑污恶浊，遭世人唾弃。赵挺之的连襟陈师道宁愿寒冻而死也不穿从赵挺之家借来的棉衣的这件事，就发生在这一年。而李清照的父亲李格非，却被打入“元祐党人”之列，被赶出了京师。

在这一场政治风波中，赵家与李家，一荣一枯，相去甚远。李清照的婆家与娘家分属不同的政治集团，在朝廷里已成水火之势。李清照的政治观点自然倾向于旧党。可喜的是心爱的丈夫赵明诚与自己同心同德，在这风雨飘摇的险恶的政治环境与社会现实中，为自己筑起了一道抵挡风雨的墙壁。陈师道《与鲁直书》说 :“正夫有幼子明诚，颇好文义。每遇苏、黄诗，虽半简数字必录藏，以此失好于父。”（《后山居士集》卷十四）陈师道信中所说，已经将赵明诚的政治倾向叙述的非常明白。朝廷当时已经开始严厉禁止苏轼与黄庭坚等元祐党人的著作，赵明诚的作为，明显是对抗朝廷的禁令，与其父背道而驰，自然失去了父亲的欢心，却同时得到妻子李清照的欢心。李清照躲进屋里，关起房门，面对丈夫赵明诚，依然有一片温馨的小天地。

崇宁二年（1103），赵明诚结束太学求学生活，出仕为官。夫妻两人第一次有了自己的经济收入，生活变得更加滋润自得。这时候，两人对金石刻录以及古玩字画的共同爱好与收集珍藏的愿望，有了更充足的经济条件。赵明诚与李清照决定节衣缩食，尽量收集天下的“古文奇字”，哪怕是荒僻边远地方的出土文物，也要收罗齐备。李清照的《金石录后序》叙说了这么一个故事 : 崇宁年间的某一天，有人拿着南唐著名画家徐熙的《牡丹图》上门来向赵明诚、李清照兜售，要价二十万。夫妻两人无法酬足这笔巨款，虽然将《牡丹图》留在家中过了两宿，最终还是归还给卖主。夫妻两人为此惆怅惋惜了好多天。

这是李清照与赵明诚结婚以后第一次长久相聚的时光，是李清照20岁到24岁风华正茂的大好年华。婚后两年以来共同爱好的培养、彼此的爱慕、时而分离的思念，都加深了两人的感情。与心爱的丈夫朝夕相处，李清照时时表现出楚楚可爱、娇媚依人的神情。她的词记录了这段生活与情感。《减字木兰花》说：

卖花担上，买得一枝春欲放。泪染轻匀，犹带彤霞晓露痕。怕郎猜道，奴面不如花面好。云鬓斜簪，徒要教郎比并看。

李清照喜爱梅花，常常通过咏梅自我比拟。这首词不是咏梅词，却仍然以梅花的形象比喻自己。春天的时候，从卖花担上买得一枝含苞欲放的梅花，鲜艳的花瓣上还带着薄薄的晨露。青春妙龄的少妇李清照，买花是为了赏花，是对美的欣赏；同时也是为了装饰自己，珍视自己的青春年华。花季女子，最爱美丽的鲜花。这时候的精心化妆，当然是为了博得丈夫赵明诚的赏识，所以，卖花、戴花的动作中又多了一层对幸福爱情执着追求的含义。一心想获得丈夫全部爱情的女子又是“小心眼”的，她会对周围一切与自己比美的事物产生莫名其妙的嫉妒，这种嫉妒又转过来表现为她对丈夫的深爱。因此，买得鲜花的李清照，忽然多出了一个心眼：不知丈夫是否会更赏识这梅花，认为“奴面不如花面好”。对自己青春容颜充满信心、争强好胜的李清照，便一定要与梅花比个高低，特意将梅花“云鬓斜簪”，让丈夫仔细端详，究竟谁更漂亮。通过这种对丈夫撒娇的动作，表现出小夫妻之间的亲昵和温情。在这洋洋自得、自信的语气里，可以看出李清照婚后的愉悦欢欣。实际上，李清照并不担心丈夫分心到梅花上，只不过借这样一个题目与丈夫逗趣撒娇罢了。

徽宗年间政坛风云变幻，“乱哄哄你方唱罢我登台”。转眼之间，赵挺之经历了拜相、罢相、再度为相、又被逼离职的起伏动荡。尤其是赵挺之与蔡京反目之后，政治环境变得十分险恶，以至赵挺之去世以后还要被蔡京追究算旧账，导致一直被牵累到家人子弟，家人通通被免职还乡。李清照与赵明诚因祸得福，反而因此赢得了十年青州清净恬淡的安居乡野生活，夫妻相守，其乐融融。

这一次回青州，李清照与赵明诚夫妻共同乡居了十年时间。李清照在《金石录后序》中曾回忆说：“屏居乡里十年，仰取俯拾，衣食有余。”不求闻达、不慕荣华的李清照夫妇，反而得其所愿。他们仰慕超然脱俗、如孤云野鹤的晋人陶渊明，取陶渊明《归去来兮辞》之意，名青州日常居所为“归来堂”。李清照还将自己的居室取名为“易安室”，因此自号“易安居士”，同样取意于陶渊明《归去来兮辞》中名句“倚南窗以寄傲，审容膝之易安”。李清照自号应该是在屏居青州之时，“归来堂”大约也是由李清照命名的。

被迫回家居住的李清照与赵明诚这两个夫妻的爱好乐趣是异于常人的。一般的文人士大夫，免官闲居，大都纵情山水田园，以隐逸避世标榜，在向往世外桃源之际隐约流露出对官场的渴慕，甚至牢骚满腹，痛心疾首。而李清照与赵明诚夫妻，不做作，不标榜，率真自然，舒适自得地过着这种无名利是非之争的淡泊生活。夫妻两人这时候可以全身心地投入金石书画收集整理的嗜好之中。他们的日常生活极其简朴，李清照说自己是“食去重肉，衣去重彩，首无明珠、翠羽之饰，室无涂金、刺绣之具。”(《金石录后序》)因为夫妻毕竟是屏居乡里，经济收入受到限制。他们将节省下来的钱，都用来满足自己的个人嗜好。每得一部古书，夫妻共同校勘，整理完毕后做上题签，分门别类。得到古人的书法、绘画、铜彝、金鼎后，两人便反复摩挲观赏，指摘评点其中的瑕疵。白天玩赏不够，夜晚点上蜡烛，以一根蜡烛为限，继续享受所收集的金石书画给他们带来的无穷乐趣。李清照与赵明诚都有着相当的家学渊源，渊博的知识积累，深厚的文化修养，高超的鉴别目光，他们是当时这一领域里数一数二的专家。他们的收藏品以及对收藏品所做的校勘整理分类工作，在同时代最为优秀突出。

李清照与赵明诚夫妻修养过人，志趣高雅，藏书丰富，平日以读书为乐。他们广泛阅览，精读细思，夫妻相互启发，将许多历史典故、精彩文字乃至整卷的书籍都默记于心。日常夫妻嬉闹逗趣，比才能，斗输赢，都与读书有关。李清照回忆这段时间的夫妻生活的细节说：每日饭后，坐在归来堂，夫妻饮茶消闲，比试两人读书的广博程度、记忆力的优劣等。他们对着重叠堆积的书籍，要凭记忆力指出某件事记载在某书某卷的第几页第几行，谁说得准确谁就可以喝茶。李清照的记忆力远远强于赵明诚，比赛的结果往往是李清照获胜。说中之后，李清照总是举着茶杯大笑，笑得将茶水都倾覆在自己的怀中，反而喝不到茶水。赵明诚也乐在其中，以欣赏赞叹的目光看着聪颖娇柔、事事争胜、一片纯真的妻子，甘愿伏首称臣。

大约在政和七年（1117），赵明诚再度离家，开始了新一轮的仕途奔波生活。这一次，是李清照与赵明诚结婚十几年之后的第一次时间较长的离别。在青州度过了近十年的时光，忽然面临这么一场离别，李清照是非常不适应的，离情别思因此如汹涌的潮水般突然袭来，李清照被相思愁绪包围了。李清照大量脍炙人口的爱情词都创作于这一次别离期间。以《醉花阴》最为著名，词说：

薄雾浓云愁永昼，瑞脑消金兽。佳节又重阳，玉枕纱厨、半夜凉初透。 东篱把酒黄昏后，有暗香盈袖。莫道不销魂，帘卷西风，人比黄花瘦？

伊世珍的《琅嬛记》卷中也记载了这首词的一段故事：“易安以重阳《醉花阴》词函致明诚。明诚叹赏，自愧弗逮，务欲胜之。一切谢客，忘食忘寝者三日夜，得五十阕，杂易安作，以示友人陆德夫。德夫玩之再三，曰：‘只三句绝佳。’明诚诘之，答曰：‘莫道不消魂，帘卷西风，人比黄花瘦。’政易安作也。”不论这一故事的可信程度如何，单从这一故事的流传，就足以说明，李清照的生活体验不是一般文人所能有的。这一故事所传达的李清照对赵明诚的相思之情，以及两人之间的才华差异，也都是非常真实的。

宋徽宗宣和三年（1121），赵明诚知莱州（今山东莱州市），成为地方州郡长官。这时候，赵明诚已经有能力将李清照从青州接出、到任所团聚了。这一年的秋天，李清照离开居住了十几年之久的青州，风尘仆仆，前去与赵明诚相聚。莱州任期结束，赵明诚转守淄州。淄州辖下有邢氏村，村中有位长者名为邢有嘉，赵明诚称赞他“好礼”，赵明诚并无地方长官架子，与邢有嘉时有来往。一次，邢有嘉拿出唐代白居易手书的《楞严经》给赵明诚观赏，对古人字画迷恋成痴的赵明诚得之便大喜过望，自己说："因上马疾驰归，与细君共赏。时已二鼓下矣，酒渴甚，烹小龙团，相对展玩，狂喜不支，两见烛跋，犹不欲寐，便下笔为之记。"（缪荃荪《云自在龛随笔》卷二引）"细君"指妻子李清照。赵明诚得以目睹白居易的手迹，狂喜之下，是骑马疾驰回家，拿与李清照共同欣赏。两人饮酒品茶，相对观赏，蜡烛燃尽了两根，还不愿意入睡。可见，李清照与赵明诚一直是志趣相投、相互推崇、相濡以沫的。

赵明诚在淄州任所，迎来了北宋动荡乃至灭亡的最后一场大灾难。积贫积弱的北宋社会，腐败昏庸的徽宗朝廷，在北方强敌金人的大举进攻面前，土崩瓦解。短短的两年时间，北方的大部分国土都践踏于金兵的铁蹄之下。北方大量的官宦家庭，以及千百万平民百姓，扶老携幼，背井离乡，逃离战争，躲避战火，纷纷渡过长江，流落到南方。李清照夫妇也随逃难人群来到南方。告别家乡之际，夫妻两人最恋恋不舍的是耗费半辈子心血收集拢来的文物古籍，这些收藏品中凝聚着一段安定宁静、无忧无虑的幸福生活。夫妻两人只能狠一狠心，将文物古籍中价值稍次者或笨重者，剔除抛弃。其顺序是这样的，先剔除印本厚重的书籍，篇幅多卷的绘画，没有款识、一时难以考辨的古代器皿；而后，发现行李依然过于庞大，只好又将国子监刻印的容易得到的书籍、平常的画幅、笨重的器皿再度抛弃。就是这样，还是装满了十五车。夫妻两人伴随着这些文物，离开山东，进入江苏，渡过淮河，再渡过长江，最终来到建康（今江苏南京市）。

宋高宗建炎年间，金人多次渡江南侵，南方乱兵盗贼四起，烧杀掳掠，民不聊生。李清照与赵明诚在江宁所获得的稳定生活是非常短暂的。赵明诚在江宁任职不到半年，便接到移知湖州的调令。从靖康国难以来，赵明诚一直劳心劳力，没有片刻喘息的时间。先是汴京陷落，家国破亡，惶惶不知所从；其次则是老母病逝，千里奔丧，举家逃难渡江；后来颠沛流离于兵火之间，离乡背井，飘零异方；后来出任建康知守，力不从心，才能不足应付动荡时期的剧变，最终落得耻辱逃离而去的下场；再后来罢官又起用，旅途连续奔波，疲倦困顿已甚。怯弱使得赵明诚弃城而逃，但从赵明诚的生平所为来看，他不是一位无廉耻者，这种行为必将给赵明诚自己带来洗刷不掉的屈辱和巨大的心理压力。在这近三年的时间里，赵明诚东奔西走，穷于应付，捉襟见肘，心力交瘁。南方的夏天，酷暑炎热，尤其是地处长江中下游的“火炉”建康城，更是闷热难耐。这叫出生与生活在北方的赵明诚特别不适应。这一次在大暑天里的疾驰赶赴行在建康，彻底地摧毁了赵明诚的健康，使他的积劳难以遏制地爆发出来。途中，赵明诚感染了疟疾，遂一病不起。这一年，赵明诚49岁，李清照46岁。

28年的婚姻，就结束于这戎马倥偬、四方多难、动荡不安的岁月中。这一次的分离，是人间天上、相见无日的永别。赵明诚独赴黄泉，李清照苟活人间。“存者且偷生，死者长已矣。”思之悼之，悲痛之情，何以自已！悲伤已极，李清照以骈体文的形式，写下了一篇凄苦的祭文。全文已经失传，只留下中间的一对残句：“白日正中，叹庞翁之机捷；坚城自堕，怜杞妇之悲深。”

绍兴二年（1132）正月，南方局势稍稍稳定，高宗与流亡政府回到临安，李清照的弟弟李迒跟随大驾回京。随后，李清照也从越州迁居到临安，按照原先的打算，投奔弟弟。随着局势的好转，李清照的心情也稍稍开朗了一些，多病的身躯也渐渐得以恢复。正当李清照心绪逐渐好转之时，又一位异性闯入了她的生活。这位男子名叫张汝舟，时以右承奉郎的官职监诸军审计司，职责是审核检查军队粮料院批勘的券历、其所支拨的俸禄数目是否符合禄令法式。张汝舟抓住李清照频遭磨难、精神痛苦的机会，趁虚而入，用甜言蜜语骗得李清照的信任。大约在绍兴二年五六月之间，李清照改嫁给了张汝舟。对于李清照来说，她向来独行其是，自强自信，渴望真挚的男女相爱的感情生活，渴望心灵的沟通。南渡前安定幸福的婚姻生活与南渡后失去丈夫的孤苦无依生活这两者之间的巨大落差，使李清照渴望再度获得家庭的温暖与温馨，渴望再次得到异性的抚爱与抚慰，渴望自己的晚年不是在寂苦无聊中苦苦煎熬。所以，她才会轻信了张汝舟的甜言蜜语，才会轻易上当再嫁。无论再嫁的对象是否合适，再嫁的结局如何，李清照的这些渴望都是一位正常女性的正常追求，无可厚非。

这场婚姻对张汝舟来说，经学者的事后分析，大约是出于贪图钱财的目的。像张汝舟这样一位市侩小人，婚姻的目的无非是骗财骗色。李清照这一年已经49岁，过了被骗色的年龄阶段，剩下的唯一价值就是钱财了。赵明诚与李清照的私人收藏之丰富，在当时是非常出名的。绍兴五年（公元1135年）朝廷修史书，高宗还特意下旨到婺州（今浙江义乌）取赵明诚家藏的《哲宗实录》。私人古物的收藏，甚至引起皇帝的窥伺之心，可见李清照与赵明诚在这方面所负的盛名。赵明诚与李清照收藏的书籍文物、金石古董，其数量与价值在传言中都必然会被夸大，这是人之常情。贪财小人，在这兵荒马乱的年月里，对孤寡的李清照的财产，怀有一分窥伺之心，也是人之常情。尤其是当寡居者无子嗣可依赖时，这种情况就更容易发生。赵明诚去世之后的“通敌”谣传、邻人的破墙盗窃，都是冲着李清照的财产而来的。张汝舟不过是最后的粉墨登场者。

结婚之后，双方都发现上当。就李清照而言，她发现张汝舟是一市井“驵侩”下人，是无耻“怀臭”之夫，与赵明诚相比，简直一个在天上，一个在地下。张汝舟的丑恶嘴脸迅速暴露，李清照就不可能将仅存的珍品交给张汝舟处理，李清照也只能对着这些藏品怀念前夫赵明诚了。就张汝舟而言，李清照的家产不如想象中的丰富，而且李清照还把持着那些藏品不愿相让。恼羞成怒之余，张汝舟便每日拳脚相加，欺凌李清照，甚至有将李清照虐待致死的倾向。这样既解心头之恨，又可以逼迫李清照交出财产。

李清照不是一位逆来顺受的胆小怕事者，一旦她认识清楚张汝舟的险恶用心与真实嘴脸，就不会坐以待毙，而是积极谋求解脱的方法。很快，张汝舟的把柄便被李清照抓住了。张汝舟曾利用欺骗手段获取官职，李清照知道后立即检举上报，最终与张汝舟双双入狱。因为根据宋朝刑法规定，妻子告发丈夫，虽然事实确凿，妻子也将服刑二年。对于刑法的规定李清照当然是清楚的，她宁可自己陪同入狱，也不愿苟且了事，这就是李清照倔强独立的个性。李清照入狱以后，她的亲戚故旧当然不能坐视不理，一些在朝廷做官的有势力者也从中加以援手。最终，李清照在狱中仅关闭了九天，就被释放出来了。事后，李清照对帮了她大忙的翰林学士綦崇礼写信表达诚挚谢意，称“感戴鸿恩，如真出己。”这一次从再嫁到离异，不过一百来天的时间。

中国古代封建社会是一个男尊女卑的男权社会，要求女性绝对依附于男性。所以，从婚姻的角度便对女性提出了“从一而终”的不平等要求，把“夫死不嫁”作为对妇女的伦理道德规范来标榜树立。《礼记·郊特牲》说：“壹与之齐，终身不改，故夫死不嫁。”但是，封建社会的统治者很少将“夫死不嫁”作为法律条文的形式确定下来。“从一而终”的观念，作为一种伦理道德规范要求，从提出到逐渐深入社会各个阶层、以至最终成为社会普遍行为，有一个漫长的历史阶段。在这一历史发展过程中，妇女再嫁或离异仍然有相当大的自由。汉代名儒董仲舒，就曾判决一位改嫁的妇女无罪[①]。宋代以前，妇女再嫁的现象比较常见。如西汉平阳公主，先嫁曹时，夫死，汉武帝与左右大臣讨论之后，将平阳公主再嫁给大将军卫青。这件事情做得这样光明磊落，堂而皇之，可见在汉代妇女改嫁是十分正常的。甚至，汉代开国元勋之一陈平所娶的妻子张氏，是第六次嫁人，前五次出嫁丈夫都去世，陈平依然第六次娶她为妻。而三国魏文帝的皇后甄氏，就是曾经嫁过袁熙的寡妇，这并不影响她后来成为皇后之尊。到了唐朝，由于民族融合带来的观念冲击和增殖人口、发展经济生产的实际需要，贞观元年（627），唐太宗颁布了“劝勉民间嫁娶诏”，规定：“男年二十、女年十五已上，及妻丧达制之后，孀居服制已除，并须申以媒媾，令其合好。”（《唐会要》卷八十三《嫁娶》）武则天当政以后，妇女的地位得到一定的提高，促使女性的贞节观念更加淡薄。所以，唐代妇女改嫁的现象比之前朝

① 详见《太平御览》卷六百四十。董仲舒判文如下：“甲夫乙将船，会海盛风，船没，溺流死亡不得葬。四月，甲母丙即嫁甲，欲当何论？或曰：甲夫死未葬，法无许嫁，以私为人妻，当弃市。议曰：臣愚以为春秋之义，言夫人归于齐，言夫死无男有更嫁之道也。妇人无专制擅恣之行，听从为顺。嫁之者，归也。甲又尊者所嫁，无淫行之心，非私为人妻也。明于决事，皆无罪名，不当坐。”

代有所增加。陈东原《中国妇女生活史》做了一个统计说：唐代“公主再嫁者达二十三人：高祖女四，太宗女六，中宗二，睿宗女二，元宗（玄宗）女八，肃宗女一。三嫁者四人，高宗女一，中宗女一，元宗女一，肃宗女一。”（118页，上海书店1984版）道貌岸然的朱熹因此批评说：“唐源流出于夷狄，故闺门失礼之事不以为异。”(《朱子语类》卷一百三十六《历代三》)这种风俗延续到五代，后周太祖郭威，居然前后所娶的四个妻子都是寡妇出身，清人赵翼《二十二史札记》卷二十二对此有过专门的叙述。

北宋中叶以前，继承了唐五代的社会风气，寡妇或一般妇女再嫁依然比较普通。上文曾列举张齐贤迎娶再嫁的寡妇柴氏，还惹来一场财产诉讼风波。在宋代皇室或后妃之中，这类改嫁的事情也时时可见。宋太祖妹妹初嫁米福德，米福德去世，改嫁高怀德。宋度宗生母黄氏，初嫁魏峻，再嫁李仁本，第三次陪嫁进入恭王府，与赵与芮生子，就是后来的度宗。与北宋名人有关的寡妇再嫁的故事就更加多了。北宋名臣范仲淹，二岁父亲去世，母亲改嫁朱姓，范仲淹也改姓朱。直到范仲淹进士及第做官以后，才改名为范仲淹。范仲淹终其一生都没有在言论或行动上歧视再嫁的妇女，晚年他曾经用自己的俸禄设立“范氏义庄”，救济范姓中孤贫以及需要资助者，其规定中就有这样一条：“再嫁者，支钱二十贯。”王安石的做法更加开通和令人钦佩。王安石的次子名雱，官太常寺太祝，向来有精神方面的疾病，娶同郡庞氏女为妻。过了一年，生一子，王雱以为容貌不像自己，千方百计想杀死孩子，导致孩子最终惊惧死去。王雱又每天与妻子争吵，王安石明白自己的儿子精神不正常，可怜儿媳没有过错，想让两人离异，又怕给儿媳带来不好的名声。于是，王安石干脆选择一位中意的男子，将儿媳改嫁此人。当时京师有谚语说："王太祝生前嫁妻。"（详见《东轩笔录》卷七）

另一方面，宋代理学思想逐渐形成，对妇女的道德禁锢日趋严厉。理学家最重"男尊女卑"的观念，程颐说："男女有尊卑之序，夫妇有唱随之礼，此常理也。"（《伊川易传》四《归妹卦》）司马光因此倡导"忠臣不事二主，贞女不事二夫"的观念。（《家范》卷八）理学家程颐更是将妇女"从一而终"的贞节观念绝对化、极端化，对妇女提出了摧残人性的"守节"要求，并将此作为衡量妇女品行操守的最高标准。《近思录》记载了程颐与他人的一段对话：

> 或问："孀妇于理似不可取，如何？"伊川先生曰："然！凡取，以配身也。若取失节者以配身，是己失节也。"又问："人或居孀，贫穷无托者，可再嫁否？"曰："只是后世怕寒饿死，故有是说。然饿死事极小，失节事极大！"

顽固的程颐居然将女子的守节视作比生命还宝贵的东西，号召天下男子绝不可娶再嫁的女子为妻，否则自己也将等同于"失节"。妇女不能守寡，都是受"人欲"的诱惑，"存天理，灭人欲"，在程颐看来是非常正当的要求。"理学"因此成为迫害、毒害无数妇女的残忍工具，"酷吏以法杀人，后儒以理杀人"。明清以来，无数妇女的青春与生命都断送在这种绝对"男尊女卑"的残酷思想之下，宋代理学家流毒贻害非浅。

与理学思想的萌芽、生成相适应，宋代要求寡妇守节的呼声越来越高，伦理规范也越来越不通人性，越来越严厉。朝廷也开始使用行政手段加以干预。宋仁宗庆历四年（1044）八月，“诏宗室大功以上亲之妇不许改嫁，自余夫亡而无子者，服除听还其家”。(《长编》卷一百五十一）朝廷还通过表彰“从一而终”的节妇，引导新的社会观念的形成。哲宗元祐七年三月，唐州地方官呈报朝廷说：“伏见本州泌阳县故江宁府司法参军吴賁女，年二十四岁而归布衣王令，未及一年而令卒，吴方二十五岁，有遗腹子一人。其兄欲夺而嫁之，号泣弗许。归老于父母之家，屏迹田桑，以事兄嫂。如此三十二年矣。今居黄池陂，每岁农隙，躬率农夫数千人大治陂水灌田，利及一方，人皆服其教令。欲乞朝廷特赐旌表。”朝廷立即下诏：“赐绢一十四、米二十石。”(《长编》卷四百七十一）

经过理学家的宣扬与朝廷的倡导，宋人关于妇女再嫁的观念逐渐转变，“从一而终”的贞节观日益深入人心，越来越成为社会各阶层普遍认可的伦理道德标准。杨湜《古今词话》记载了这样一件事：“蜀中有一寡妇，姿色绝美。父母怜其年少，欲议再嫁。归家有喜宴，伶唱《菩萨蛮》:‘昔年曾伴花前醉，今年空洒花前泪。花有再荣时，人无重见期。　故人情义重，不忍营新宠。日月有盈亏，妾心无改移。’妇闻之，泣涕于神前，欲割一耳以明志。其母速往止之，抱持而痛，遂不易其节。”伶人唱小词劝对方守节，表明了当时的一种普遍的社会观念。这位年轻寡妇，则已经被理学思想毒害到心甘情愿的地步。据统计，北宋中叶以后，士大夫家妇女少有再嫁者。唐代公主再嫁者28人，宋代除宋初的秦国公主以外，后面的公主八十余人都没有再嫁[1]。

一种观念的改变或建立，都是一个渐进的过程，不是以某一天为界限的突然转变。要求妇女“从一而终”的守节观念的形成乃至最终确立，也是这样一个渐进过程。而且，北宋、南宋年间，理学都曾经一度被朝廷禁绝，乃至被称作“伪学”。《宋史》卷四百二十七《道学一》说：“道学盛于宋，宋弗究于用，甚至有厉禁焉。”理学家所树立的伦理道德标准，还不是那么的深入人心。所以，虽然自北宋中叶以来妇女再嫁的现象越来越少见，但是并没有断绝。宋度宗母黄氏就是一位改嫁的妇女。南宋后期权臣贾似道的母亲胡氏，也前后嫁过三个丈夫。陆游前妻唐琬，因不为婆婆所容而被迫离异，改嫁宋宗室子弟赵士程，更是为人们所熟知的历史故事。

了解了李清照所生活的年代的人们对于妇女再嫁及离异等问题的看法与做法后，让我们再来了解一下李清照的作为及其现实处境，加深对她的认识。首先，李清照所生活的年代是允许妇女再嫁的，再嫁的事情也时有发生，这就为李清照的再嫁提供了现实的可能性。其次，李清照所生活的年代，人们已经基本建立起妇女“从一而终”的贞节观念，再嫁者往往遭人鄙夷，甚至受社会舆论的围剿。这又为妇女的再嫁设置了重重的现实困难。李清照正生活在这种社会风俗的转变过程之中。她作为一个正常人，内心有正常的男女异性情感交流的需求，这就为她追求中晚年生活的幸福，不顾世俗的贬斥，毅然地决定再嫁张汝舟这件事提供了基础。这样的举止，

① 详见董家遵《从汉到宋寡妇再嫁习俗考》，《中国古代婚姻史研究》第273页，广东人民出版社1995年9月版。北宋还有徽宗女荣德帝姬也曾改嫁。初嫁曹晟，“靖康之难”以后被掳至燕京。曹晟死，改嫁习古国王。然此事发生在非常时期，故忽略不计。

是何等的果敢，何等的有魄力，何等的有个性，何等的独立不羁。或许正是因为与赵明诚的幸福婚姻使李清照深刻的体会了男女异性情感交流乃至相爱所获得的身心愉悦，体会到夫妻生活的重要性，使她不愿面对寡居的冷清生活，所以她才会迈出改嫁这样大胆的一步。继而发现张汝舟的龌龊不堪，李清照又毅然讼夫离异，这种举止更加惊世骇俗。难怪后代学者对此屡生疑问。但是，这种行为方式，恰恰与李清照的个性相一致。

李清照迈出这大胆的一步，意味着得罪前夫赵明诚家的所有亲戚朋友，在赵家成员看来，李清照已经使他们颜面扫地，李清照已经不再可能从前夫赵明诚的家族中获得任何支持；迈出这大胆的一步，预示着李清照也将被娘家的亲戚朋友所唾弃，在将近晚年的时候，还要演出一段“黄昏恋”，娘家人的面子又置于何处？李清照也不可能从娘家亲戚友人中获得太多的同情和支持了；迈出这大胆的一步，更意味着得罪整个上流社会，李清照的大胆自由与出口无忌，早已招致当时上流社会的许多不满情绪，此时再嫁的举动，为她的“荒淫”“恣肆”找到了新的佐证，李清照又怎么可能再被上流社会所容纳？陈振孙说李清照“晚岁颇失节”，王灼称李清照“晚节流荡无归”，朱彧称李清照“不终晚节”，胡仔说“传者无不笑之”，充分说明了当时整个社会对李清照再嫁以及离异的极端鄙夷态度。李清照晚年的孤苦伶仃、流落无依，当然与这大胆的一步有很密切的关系。

坐看骄兵南渡，沸浪骇奔鲸
金人入侵与“靖康之变”

故都迷岸草，望长淮、依然绕孤城。想乌衣年少，芝兰秀发，戈戟云横。坐看骄兵南渡，沸浪骇奔鲸。转盼东流水，一顾功成。千载八公山下，尚断崖草木，遥拥峥嵘。漫云涛吞吐，无处问豪英。信劳生、空成今古，笑我来、何事怆遗情？东山老，可堪岁晚，独听桓筝。

叶梦得《八声甘州·寿阳楼八公山作》

这首词的作者叶梦得是南北宋之交的重要作家，著述颇多。叶梦得（1077—1148），字少蕴，号石林居士，长洲（今江苏苏州）人。哲宗绍圣四年（公元1097年）进士，授丹徒尉。崇宁初授婺州教授，累迁至翰林学士。历知汝州、蔡州、颍昌府。徽宗年间，叶梦得依蔡京而贵，颇受重用。南渡以后仍得重用，官至尚书右丞，两镇建康，为江东安抚制置大使，兼知建康府、行宫留守。叶梦得是“苏门四学士”之一晁补之的外甥，元祐末与苏门弟子交往密切，徽宗年间也曾闲居乌程下山，与贺铸来往频繁。所以，叶梦得与苏门有很深的渊源，创作上也深受影响。在北宋末期，叶梦得的词作风格就近似东坡，渡江以后得以延续。

这首词通过咏史，写现实抗金抱负不得施展的愤恨情绪。南渡以后，叶梦得作为沿江前线的主帅，也非常想有所作为。然而，北强南弱、南宋小朝廷普遍惧怕战争的心态，使得叶梦得无所作为。所以，叶梦得特别羡慕历史上抵御了北方外来民族的入侵、建立丰功伟绩的谢安。在他的作品中，多次出现对谢安的仰慕、赞赏之词。如《水调歌头》说："谁似东山老，谈笑净胡沙。"这是一首咏史词。面对"淝水之战"的遗迹，遥想当年谢家子弟的俊拔和辉煌，词人感慨良多。东晋时淝水的"一顾功成"，稳定了南方的局势，从此形成南北对峙的格局。而南渡初年，金兵时而大举南侵，宋廷君臣仓皇逃窜，惊魂不定。叶梦得多么希望自己也能支撑起这"大厦欲倾"的危难局面。然而，即使功勋如此卓著的谢安，依然要受到皇帝的疑忌而被疏远。词人对现实的隐忧、忧谗畏讥的心态，皆借历史陈迹委婉流露。

北宋自从宋太宗雍熙三年（公元986年）对辽作战溃败后，军事实力较辽国相比由强势转为弱势。此后，太宗、真宗、仁宗三朝皇帝，对战争都有一种恐惧心理，轻易不敢言兵。雍熙三年北宋战败之后，太宗对枢密院群臣说："卿等共视朕，自今复作如此事否？"（《续资治通鉴长编》卷二十七）明确表示再也不敢发动战争。真宗与辽国签订城下之盟，终于结束了宋、辽之间的大规模战争。仁宗年间，西夏崛起，边境狼烟再起。通过韩琦、范仲淹等人的努力，宋、夏之间也签署和约。在上述这个历史阶段中，北宋诸帝都害怕与外族发生战争，哪怕卑躬屈膝讨好外族、签订屈辱的和约，也一定要避免战争。北宋诸帝“恐战”的情形，到了宋神宗时却有了相当大的改变。神宗励精图强，矢志变法，意欲改变国家“积贫”、“积弱”的现状。神宗同时不甘心向外族一味屈意求和，企图通过军事变革、整顿军务来发动一系列战争，想在一定程度上消除边患。宋神宗熙宁四年（公元1071年），朝廷派王韶主持洮河前线军事，计划对河湟地区的诸多少数民族发动战争，将这些土地重新纳入北宋的版图，战争获得了部分的预期胜利。神宗又数次发动对西夏的战争，最终却都以失败而告终。

从太宗到神宗，北宋皇帝对待外族战争的态度分为“恐战”和不时主动出战。元祐时期，旧党执政，一反神宗作为，主张对外一味妥协退让。如，元祐初年（公元1086年），旧党诸臣就极力主张主动放弃边境土地，将领土主动送给西夏，以求得边境安宁。这样的主张在元祐年间得以贯彻落实。哲宗亲征，以继承父志为己任，对外政策当然转向强硬。朝廷一方面追究元祐“弃地”之罪，一方面发动小规模对外战争。如绍圣末、元符初数次与西夏发生战争，其间，有几次战争是北宋主动发起的。

徽宗继位，仍以继承父志为己任，对外政策上延续了哲宗的强硬路线。徽宗年间，正色立朝、直言进谏之士，都被排斥出朝廷。徽宗听不到一点儿不同的意见，臣僚奏章中充斥着谀颂之辞，社会的繁华虚象也仿佛在证实着“圣王”业绩。因此，徽宗自我感觉十分良好，毫无愧色地认定自己可以追迹尧舜，治下乃太平盛世，国力异常强大。正因为有这种心理背景，徽宗喜欢对外生事，以显示国力强盛、大国声威。如，崇宁二年（公元1103年）正月，“知荆州府舒亶平辰沅猺贼，复诚、徽二州。”（《续资治通鉴》卷八十八）

同年六月，童贯、王厚率兵进攻青唐，得地四州。政和以后，又数次主动寻衅辽国和西夏，北宋军队在战争中依然处于下风，多吃败仗。“（童）贯隐其败，以捷闻。”（《宋史·童贯传》）这些虚假的军事捷报让徽宗与朝廷决策班子更加昏聩自大。也就是说，徽宗朝一改太宗以来对外忍让妥协的基本方针，而在某种程度上继承了神宗和哲宗的作为，不时发动战争，主动出击。境外，辽、夏二国正趋衰败，金人则未崛起于白水黑山之间。宋军或小胜，或瞒败为胜，一段时间内竟没有什么能对国家的安全产生重大威胁。徽宗君臣陶醉于自己编织的谎言，自以为国威传播甚远，震慑夷狄。徽宗年间这样的对外方针路线和徽宗君臣的昏聩自大，是宣和末年朝廷决意联金灭辽、收复失地的伏笔。

金国是由女真族建立的。女真族自古居住在长白山、鸭绿江一带，唐朝以来就与中原政权有了一定的往来。北宋建国后，女真人时时以马匹入贡，与北宋政府往来不绝。辽国强盛后，女真族与北宋政府的往来被隔绝了，于是女真族沦为辽国的附属。作为辽国附属期间，女真族开始逐渐走向强盛，尤其是军事实力，不断壮大。徽宗政和三年（公元1113年）十二月，阿骨打成为女真人首领，自称“都勃极烈”。第二年，阿骨打率族人叛辽，攻取辽国城池，并且多次大败辽国派来的讨伐军队。女真人在阿骨打的率领下，逐渐扩充疆土，站稳脚跟；并且逐步建立起比较完整的政权形式和军事制度。如，军队中设猛安和谋克，猛安相当于千夫长，谋克相当于百夫长。

徽宗政和五年（公元1115年）正月，完颜阿骨打称帝建国，国号大金。此后，金国与辽国展开了多年的战争。金人攻城略地，势不可挡；辽人节节败退，日益窘困。到了徽宗宣和元年（公元1119年），金人军事实力已经完全超越辽人。就在这一年，金人制定了女真文字。宣和以来，金人对辽战争的目的改变了。原来战争的目的是抗辽建国、抗辽保国，现在改变为消灭辽国。宣和二年（公元1120年）五月，金人攻占辽国上京（今辽宁巴林左旗）；宣和四年（公元1122年）正月，金人攻占辽国中京（今辽宁凌源），辽国皇帝率众逃亡云中（今山西大同），留耶律淳等镇守燕京（今北京市）。留守大臣发动政变，拥戴耶律淳为帝，号“天锡皇帝”，遥降天祚皇帝为湘阴王。辽国政权从此分裂为两部分。辽国遣使到北宋报告政权更替一事，而且主动免除北宋“岁币”，要求与北宋建立盟约友好关系。又遣使到金国求和，乞求为金国的附庸。至此，辽国上下离心，军无斗志，已经呈现出亡国之象。

北宋方面，正如前言，君臣昏庸，自以为已经有不错的实力可以与辽国一战。徽宗政和元年（公元1111年）九月，朝廷派遣端明殿学士郑允中为贺辽国皇帝生辰使，以宦官童贯为副使。徽宗年间对西部少数民族的战争，都是以童贯为军队统帅的。换句话说，徽宗年间童贯掌握朝廷军权，在军政方面有主要发言权。以童贯为副使，窥伺辽国军事实力和动静的目的非常明显。这次外交使团的主角也依然是童贯。童贯这次出使，带回了辽国叛徒马植。马植本来是辽国大族，官至光禄卿，因为人卑污而不齿于人。童贯使辽，马植暗中拜见童贯，献联金灭辽之策。马植献策，正中童贯下怀，与童贯积极准备对辽发动战争的意图不谋而合。所以，童贯便将马植易名为李良嗣，带回汴京。李良嗣的主张，甚得徽宗欢心，赐姓赵，除秘书丞。自此，北宋开始积极部署联金灭辽的战略措施。

北宋企图派遣使臣，通过海路，与金人取得联系。重和元年（公元1118年）二月，朝廷派遣武义大夫马政出使金国，一同前去的有曾经做过海路运输生意的商人高药师。这一次，北宋与金国建立了盟友的关系。第二年正月（宣和元年，公元1119年），金国皇帝派遣使臣携带国书和礼品，随马政等人回到中原。金人与辽国的战争中，也急需外来盟友。宣和二年（公元1120年）二月，北宋再次派遣赵良嗣出使金国，订立灭辽联盟。赵良嗣对金国皇帝说："燕京本来就是汉人的土地。现在联合出兵，夹攻辽国。金攻占中京、大定府等地，宋攻占燕京、析津府等地。"阿骨打同意这个方案。北宋还同意将输送给辽国的"岁币"，转而输送给金国。

联金灭辽的战略决策，遭到北宋朝廷内部大多数人的反对，如宰相郑居中、中书舍人宇文虚中等。但是，在徽宗、童贯以及另一位宰相王黼的坚持下，该决策最终被付诸实践。宣和四年（公元1122年）三月，朝廷任命童贯为河北、河东路宣抚使，屯兵边境以策应金人。五月，再以权臣蔡攸为童贯副使，一起带兵。而后，童贯公开对辽国宣战，派种师道率东路兵出白沟，派辛兴中率西路兵出范村。辽人分兵两路迎战，两路宋军都溃败。六月，种师道率军退守雄州。种师道要求议和，童贯在暗中弹劾种师道助敌，将战败的责任推卸给种师道。种师道受到降职处罚，并令其提前退休。七月，北宋听说耶律淳去世，再命童贯、蔡攸出兵进攻辽国。九月，辽国名将郭药师率涿州、易州投诚。十月，童贯命刘延庆、郭药师率十万大军出雄州，渡白沟，对辽国发动进攻。宋军毫无纪律可言，军纪散漫，郭药师劝谏刘延庆而不被接纳。郭药师又建议说："辽国军队不过万余人，集中在前线阻挡宋军，燕京一定空虚。我可以率奇兵五千人，长途奔袭。”这次刘延庆接受了郭药师的意见，并派遣自己儿子刘光世为后援。郭药师如期攻入燕京，与辽兵展开巷战。刘光世援军却一直没有出现，宋军再次战败，郭药师弃马缒城逃回。辽军又以空言恐吓的手段骗得刘延庆的信任，以为辽军兵力超过宋军。宋军不战而溃，自己烧营逃遁。自神宗变革以来北宋所储备的军需物资，经这一战就被消耗殆尽。

数次作战，让辽人彻底蔑视宋军，也让金人了解了北宋的实力。金人马上撕毁原来分割土地的盟约。金人以宋军出兵失期为由，将原来同意宋人收回的十七州缩减为六州。宣和四年末，金人攻占燕京。宋人为了收回燕京故地，派使臣多次与金人协商，极尽卑躬屈膝之能事。最终，宋廷答应每年给金国“岁币”40万、燕京代税钱100万，才换回燕京六州。金人交接土地时，将六州抢掠一空，还给北宋一座空城。北宋收回这些土地，就自以为获取了空前的胜利，朝廷大员纷纷加官晋爵，朝廷内外一片歌舞升平。

徽宗君臣在军政、外交等方面，不仅昏聩，而且无能。他们不检讨与辽国作战过程中暴露出来的诸多重大问题，对自己的国力、军力没有丝毫清醒认识，反而对扩张领土有了一定的兴趣。原来归顺金国的辽国旧将叛逃到燕京，燕京守帅王安中予以收留。后来，在金人的逼迫下，又杀掉投诚的辽将，函首送给金人。这样的举动，一方面给金人提供了进攻宋朝的口实，金人指责北宋违背了“无匿逋逃，无扰边民”的盟约，招纳叛亡；另一方面，使许多投诚宋廷的辽国将士离心，郭药师就说：“他日金人要我的脑袋，朝廷也会给他们了！”此外，北宋又不履行对金人的承诺。如，金国索要北宋前面答应给的粮食20万石，宋朝主事者居然回答说：“这万石粮食，那么容易得到？赵良嗣口头答应的，不足为凭。”

金人已经在灭辽的战争中膨胀了野心，北宋的懦弱和无能进一步鼓励了金人。消灭辽国的最初几年，金人一方面需要稳定境内，稳固在新领土上的治理；另一方面也需要收集北宋的军事情报，没有立即发动战争。经过几年的准备，金人以宋廷渝盟、纳叛诸事为借口，徽宗宣和七年（公元1125年）十月，金将粘没喝、斡离不分别率领两路大军入侵北宋。金兵沿路势如破竹。十二月，连续攻陷朔州、代州，围困太原。童贯慌忙从太原逃回汴京。太原知府张孝纯曾阻止童贯说：“金人渝盟入侵，大王应当回合诸路将士，极力共同抵抗入侵之敌。现在大王离去，人心一定动摇，这是将河东土地拱手交给金人。河东即失，河北也就难保了。何况太原地势险要，城墙坚固，军民善战。金人未必能够攻陷太原。”童贯却坚称自己没有守土之责，只管临阵脱逃。

在这危急关头，被宋廷倚为边塞长城的郭药师率三十余万大军再次叛投金人，燕山府所属州、县尽为金人所得。金兵长驱南下，匆忙之间，徽宗命皇太子赵桓为开封牧，准备内禅退位，自己向南方逃亡，又下诏罢诸路花石纲及内外制造局，诏天下勤王。随即，徽宗内禅退位，传位给赵桓，是为钦宗。徽宗与钦宗，在危难之际，都曾经下诏求直言，形势稍缓则作罢。当时有“城门闭，言路开；城门开，言路闭”之说。

钦宗靖康元年（公元1126年）正月，金人大军继续南侵，河南境内的宋军闻风开始崩溃。金人大军以小舟横渡黄河，五天之后骑兵才全部渡河，步兵还在北岸。而且，金人随意渡河，部队不成建制。金兵嘲笑说：“南朝真是没有人。如果有一二千人把守渡口，我们怎么渡得过来？”徽宗连忙带童贯、蔡攸等人南逃。钦宗也慌成一团，打算逃跑。行装都已经准备妥当，却被李纲坚决阻拦。李纲对钦宗禁卫军叫喊说：“你们是愿意保卫京城，还是跟随皇帝逃跑？”禁卫军都回答说：“愿意死守京城！”李纲告诉钦宗：如果在逃跑路途中，军心瓦解，军队溃散，到时候怎么办？钦宗因此才打消逃跑的念头，于是，钦宗将京城的防务交给李纲。李纲临危授命，刚把守城战备工作粗略地安排好，金人已经抵达汴京城下。

李纲的战备颇见成效，李纲又身先士卒，宋军数次击退金人的进攻。然而，钦宗与诸位宰相大臣已经魂飞魄散，急欲割地求和。朝廷派李棁前往金营议和。斡离不盛兵南向，李棁北面而拜，跪膝而进，胆小如鼠，吓得说不出话来。斡离不谴责宋廷背盟，说：“若想要现在议和，要输送金500万两，银5000万两，牛、马万头，丝绸100万匹，尊金国皇帝为伯父，归还燕、云人口，割让中山、太原、河间三镇，送宰相和亲王作为人质。”李纲反对议和，认为可以虚意应付金人，待勤王军队聚集，再作决战。钦宗君臣恐惧到极点，全部答应了金人的要求。朝廷再派遣张邦昌为计议使，送康王赵构到金营为人质。

不久，全国勤王的部队稍稍聚集汴京，种师道也率西北前线军队入援京城。种师道对皇帝说：“京城周围八十里，城高数十丈，储存的粮食可以支持数年时间，完全可以坚守，等待勤王之师。金人则孤军深入，犯了兵家大忌。几个月以后，等金人退兵时，再发动反攻。朝廷不应该割让三镇给金人，并且应该停止输送金币给敌人。”怯懦的钦宗则以已经达成和议为借口，不敢接受种师道的主张。

其时，朝廷每天都将搜括起来的金币送到金人大营，金人依然索求不断。聚集在京城的勤王部队，从数量上已经压倒了金人。种师道主张：重兵把守，围困金兵，等待金人粮尽北归，横渡黄河时，待其半渡而击之，一定可以取胜。这次钦宗接受了种师道的建议。然而，另一路的勤王统帅姚平仲与种师道争功，主张速战，得到李纲的支持。二月初一，姚平仲率步兵和骑兵万人对金人大营发动夜袭。突袭失败，姚平仲怕被治罪而独自逃跑。种师道认为：既然已经发起攻击，以后每天晚上都派数千士兵出击，不到十日，金人一定逃跑。再次被吓破胆的北宋君臣，无论如何也不敢接受这样积极的作战意见，他们将用兵的罪名推卸给李纲和姚平仲，撤李纲的职以向金人道歉。

李纲是坚决的抗战派，在朝廷大臣中，李纲的胆略、骨气，以及献身精神都是最为出众的。京城的防卫，基本上靠李纲主持。李纲撤职，无疑是北宋朝廷自取灭亡的一个动作。太学学生首先发起抵制运动。太学学生陈东等聚集在宣德门，给皇帝上书，反对罢免李纲。军民自发聚集到这里的有数万人。情绪激动的群众杀了数十名朝廷宦官。朝廷被迫复李纲职。

金人已经发现自己的处境越来越不利，不等金币数满足他们的要求，便自动退兵。朝廷此前已经派肃王为人质，换回康王和张邦昌。种师道请求乘金人退兵时出击，钦宗不同意。朝廷甚至勒令所有的宋军说：“有擅兵者，并依军法。”金兵退去后，朝廷中有的人认为应该作战，不该割让土地，何况金兵还围困着太原。决策的大臣之间，或战或和，没有统一意见。此时，各路勤王部队共计十余万人已经集结到汴京。李纲要求各路勤王部队追击金兵，中央政府则下令护送金兵出境，不要轻易挑衅。在政令不一、反复纷争中，战机不断失去。

汴京围城暂时脱困，太原依然在金兵包围之中。北宋政府始终拿不出一个对金的完整对策，还在不断改变现行政策，追究金人入侵的罪责，钦宗又曾下诏将主和派的李邦彦、李棁撤职。四月，徽宗等回到京城。因朝廷决策的改变，五月至八月，宋军又与金兵发生一系列战争。五月，朝廷派遣种师中和姚古同时出兵，增援被围的太原城。这时，粘没喝回云中郡避暑，留部分军队围困太原。有人就认为金人要逃跑了，向朝廷报告。朝廷立即相信，多次派使者敦促种师中出战。种师中只得仓促出战，且约姚古、张灏等友军一起出战。种师中部队与金人遭遇，五战三胜，略占上风，部队一直逼近到离太原只有一百里的地方。姚古和张灏却听信统制官焦安节的妄传，说粘没喝率军将至，不敢如约进军，造成种师中军队孤立无援的局面。种师中部队没有携带足够的给养，粮食断绝，在金兵的全力进攻下，全军败溃，种师中战死。种师中是当时名将，战死后，宋军军心溃散。金人乘胜进军，击溃了姚古的部队。事后，李纲将焦安节斩首，将姚古贬官。对太原的增援战又以宋军的失败而告终。

京师自金兵退去后，朝廷便置军备于不顾，只有李纲为此忧心。于是朝廷以李纲为两河宣抚使，代替种师道率军，将李纲排挤出朝廷。其时，宣抚司下只有一万二千将士，缺乏军备。七月，李纲到任后，整顿兵甲，训练士卒，招募新兵。不久，朝廷又下诏，解散所召集的部队。李纲认为：秋高马肥时节，金兵一定会重新大举入侵，不可以解散招募的军队。朝廷不听，反而敦促李纲进兵太原。李纲只得率领这些训练不足、没有斗志的军队分路向太原进发。遭遇金兵，宋军或因情报错误，或因主帅怯懦，或因军无斗志，连吃败战。

钦宗靖康元年（公元1126年）八月，离金人撤汴京之围仅半年时间，金粘没喝、斡离不再度分率两路大军入侵。金人退兵后，有使臣留在汴京。其副使赵伦害怕被扣留，就欺骗北宋官员，说自己可以回到金国，联络辽国旧贵族，一起反金。北宋昏庸的君臣果然交给赵伦“腊书”，派他回去。赵伦回去后，立即向斡离不报告此事。同时，宋廷又派人与辽国未归服金人的旧势力联系，所派遣的人也被金人捕获。金人则以这些事情为借口，再度发动南侵战争。九月，金人终于攻陷太原，太原被围攻260日，城中军民饿死的有十之八九。金兵长驱直入，北宋守军守将争先投降。金兵直驱黄河边，而宋军已经结集了十多万部队在此守卫。粘没喝认为：双方兵力相当，接战后胜负难料，不如虚张声势。金人于是擂战鼓通宵，到天亮时，保卫黄河的约十三万宋军已经全部崩溃逃跑。

金人大军于是二次围困汴京。昏聩无能的钦宗君臣这次居然借助邪教来守城。他们听说士兵郭京有法术，就命他组织神兵神将抵御金兵。据说：郭京能够施“六甲法”，施法时需要7777人。朝廷深信此说，调拨钱财，让郭京自己招募士兵。郭京招募那些所谓年命合六甲的，其实都是一些市井无赖。郭京自我吹嘘说：只要出兵三百，就可以致天下太平，而且可以一直打到阴山。并且说：“不到危急时刻，我不出兵。”此时，汴京城中守兵的只有禁卫军和弓箭手共七万余人，天下再也没有勤王兵前来，汴京成为孤城。唯有南道都总管张叔夜率三万人入援京城。危急时刻，钦宗只得披甲登城鼓励士气。宋军数次击退金兵攻城，然士卒死伤过半，情况愈益紧急。朝廷再三敦促郭京出战，郭京要求守城宋军全部离开城墙，不得偷看他作战，然后开启城门，进攻金兵，结果大败。郭京欺骗张叔夜说："需要我自己到城下作法。"出城后就率兵南逃，金兵乘机登城，守军全线崩溃。

十一月，钦宗到青城粘没喝大营求降，被留。过一段时间放回，次年正月再赴金营被留。京城百姓，将皇帝的去留看成是亡国的前兆。谢克家有《忆君王》词说："依依宫柳拂宫墙，楼殿无人春昼长。燕子归巢依旧忙。忆君王，月照黄昏人断肠。"闻者垂泪。金人开始要求另立宗室一人为宋国主，废帝号。同时索要金一千万锭、银二千万锭、帛一千万匹，又索要骡马、宫女等。金人因此大肆搜括汴京财物，北宋百余年的积蓄被抢掠一空。金人始终得不到满足，钦宗靖康二年（公元1127年）正月，再增加官员24人专门负责搜括各类财物，搜括对象是皇亲、宗室、宦官、僧道等财产比较富足的家庭。一共搜括8天，搜得金三十万八千两、银六百万两、锦缎一百万匹。二月，有阿谀金人的卖国贼说："还有地窖所藏金银。"金人再次开始大肆搜括，再搜括18天，又得金七万两、银一百四十万两、锦缎四万匹。财物搜括完毕，金兵就逼迫退位的徽宗以及诸亲王、后妃、公主、驸马、宫女等共三千余人到金人大营。

在亡国过程中，也出现一些忠臣义士。如金人逼迫二帝换服装，大臣李若水抱着皇帝而哭，痛骂金人为狗辈。金人将李若水拖拽出来，暴打至昏厥。粘没喝派十多铁骑守视李若水，说："一定不要让李侍郎死去。"李若水就绝食抗议。金人以富贵相诱，李若水便回答说："天无二日，若水难道还有第二个主人吗？"李若水在金人大营十余天，对金人一直骂不绝口。金人用刀捅破他嘴唇，他含血怒骂不停，最终被金人残害。金人感慨说：“辽国灭亡时，殉国而死的有数十人，南朝只有李侍郎一人。”

三月，金人另立张邦昌为帝，改号大楚。张叔夜不肯署名以示同意，便被金人拘捕到大营。另有太常寺簿张浚、开封士曹赵鼎、司门员外郎胡寅等都不愿署名，逃入太学。这三位南渡以后都成为坚决的抗战派，成为南宋朝廷的栋梁。张邦昌称帝，心中不安，任命百官都加一“权”字，见百官称“予”，手诏称“手书”。百官也没有将张邦昌当皇帝尊敬。只有个别丧心病狂者，自以为可以成为开国功臣，如王时雍、范琼、莫俦等。四月初，金人带徽宗、钦宗二帝等三千余人北去。同时被俘北去的还有朝廷部分大臣。邓肃在金营有《瑞鹧鸪》词写时事，说：“北书一纸惨天容，花柳春风不敢秾。未学宣尼歌凤德，姑从阮籍哭途穷。　此身已落千山外，旧事回思一梦中。何日中兴烦吉甫，洗开阴翳放晴空。”徽宗北行途中所作的《燕山亭》词，更加凄惨苦痛，词说：“裁翦冰绡，打叠数重，冷淡燕脂匀注。新样靓妆，艳溢香融，羞杀蕊珠宫女。易得凋零，更多少、无情风雨？愁苦。闲院落凄凉，几番春暮？　凭寄离恨重重，这双燕，何曾会人言语？天遥地远，万水千山，知他故宫何处？怎不思量，除梦里、有时曾去。无据。和梦也、有时不做。”徽宗借盛开之后便不得不凋零的杏花，寄寓了自己国破家亡的哀思，以及对故国的凄苦追恋。词人用拟人法，先将杏花比喻作神仙女子，盛开时冰清玉洁，靓妆艳香，令人联想起赵佶在位时的无限风光。很快地，杏花遭受风吹雨打，春暮季节，凋零而去，这又是词人目前悲苦处境的写照。下片便直接转为对故国的思恋。被俘北去，“天遥地远，万水千山”，离故国越来越远。只有在梦里才可以暂时重温往日的风光。悲苦至极之时，居然连梦的慰藉也要失去。人世间所留给词人的，只有撕心裂肺的折磨了。到达金人都城后，徽宗被封作昏德公、钦宗被封作重昏侯。

金人离去后，张邦昌自知无法服众，遂迎康王赵构入继大位。康王赵构是在靖康元年（公元1126年）十月再度被派往金兵斡离不大营为质，到达磁州后被当地军民所留。后被钦宗拜为河北兵马大元帅，奉诏率天下兵入援。康王在相州开大元帅府，各路勤王军队逐渐聚集到麾下。金人撤离后，宗室中只有康王具备人望和实力，因而入继大统，是为高宗。高宗留宗泽为东京留守，自己率百官一路南逃。由此，宋室统治重心转移到南方，北方领土则不断地落入金人手中，直至半壁河山全部沦陷。北宋就此彻底灭亡。

三十功名尘与土，八千里路云和月

“岳家军”抗金和岳飞冤案[1]

怒发冲冠，凭栏处、潇潇雨歇。抬望眼、仰天长啸，壮怀激烈。三十功名尘与土，八千里路云和月。莫等闲、白了少年头，空悲切。靖康耻，犹未雪；臣子恨，何时灭？驾长车、踏破贺兰山缺。壮志饥餐胡虏肉，笑谈渴饮匈奴血。待从头、收拾旧山河，朝天阙。

岳飞《满江红》

岳飞是南宋最为著名的抗金将领，也是南宋民族纷争过程中涌现的英雄。英雄自有英雄的胸怀。当词人凭栏仰望时，内心的磊落不平之气喷薄而出，化为冲冠的怒发、锐利的长啸。回顾三十年生涯，北伐志向始终未得实现，祖国的“八千里路”大好河山依旧沦陷金人之手。词人为此悲切。下片直抒报国之远大志向：雪靖康之耻，破灭骄虏，收拾旧河山，使南北重为一家。词人以最壮烈慷慨的语言抒写志向，陈廷焯称赞说：“何等气概！何等志向！千载下读之，凛凛有生气焉。”（《云韶集》）

---

① 本篇参阅王曾瑜《岳飞和南宋前期政治与军事研究》，河南大学出版社 2002 年 10 月版。

南宋政权是在戎马倥偬的战争岁月里建立起来的。金人拥立张邦昌并携二帝北去，不是有意存中原汉族一脉，而是力所不能及。金人灭辽、灭北宋之时，大片新占领土统治不稳，更有大片领土还来不及占领。他们暂时收兵，既是为了巩固自己的后方，也是为了发起新一轮规模更大的侵略战争。他们的欲望，因不断的胜利而膨胀，而最终目的是要彻底消灭宋政权。金人的战争目的，就决定了战争是无法避免的这一性质。高宗继位后，需要在战争中站稳脚跟，建立起自己的统治。

在北宋覆亡、南宋重建的过程中，宋军在战争中锻炼成长，涌现了一批抗金名将，如岳飞、韩世忠、张俊等。他们所率领的部队，被称为“岳家军”、“韩家军”，屡败金兵，威震天下。南宋的局势因他们的努力作战而稳定，南北对峙的局面渐渐形成。这些抗金名将和部队的出现，一方面得力于他们的英勇善战，另一方面也与高宗密切相关。金人一再入侵，让高宗形成了永远的恐惧。在对金战争的方面，高宗一直是没有信心的，议和是高宗所追求的最理想的政治解决方案。其实，宋代帝王普遍患有“恐外症”。然而，是否战争其实不以高宗的意志为转移。不战，高宗便会如同其父亲和兄长，沦为亡国奴，因此高宗及其南宋政权被迫不断应战。况且，高宗的政治才干与能力也远远超过父亲徽宗，超过兄长钦宗。高宗从内心深处厌恶其父亲和兄长的政治作为，曾在多个领域展开对北宋末年的政治清算。这些政治清算，绝不是那种为了应付金人入侵、笼络人心的暂时措施，而是表明了高宗真正的政治态度的。高宗的许多作为，显示出不错的政治智慧和政治才干。在一定程度上，高宗能够起用人才，使用人才，整顿乱局。南宋的重建，自然与高宗的个人政治才干和眼光有关。

在南宋初年诸多抗金将领中，岳飞最为著名。岳飞出身相州汤阴（今属河南）农家，汤阴在宋代归属河北西路，所以，人们称岳飞乃“河北一农夫耳”！岳家世代为农，因家境日益贫困，岳飞便在早年时期去做韩琦曾孙韩肖胄家的佃客。据说，某次盗贼张超率数百人包围韩家别墅，岳飞一箭射死张超。岳飞大约二十岁应募投军，因父亲岳和去世而回家守丧。三年后再到河东从军。宋末部队溃散，岳飞便回到汤阴。康王赵构在相州开大元帅府，岳飞便再次前来投军。赵构率众逃往北京大名府，留宗泽率一万多将士南下救开封，岳飞此时隶属宗泽。宗泽与金人十三战，都取得胜利，这一系列战斗都有岳飞的参与。高宗建炎初，岳飞作为最底层的军士，关心国家大事，曾经直接给高宗上书，指责当时宰相的怯懦，要求高宗亲率六军，渡江北伐。这封上书得罪了当政者，岳飞被加上“越职言事”的罪名而受到惩罚，被放归田里。

在国破家亡的危难时节，岳飞当然不甘心回家务农。当时李纲推举主战派张所出任河北西路招抚使，岳飞前去投效。张所与岳飞交谈之后，见解相合，十分欣赏岳飞。而后，岳飞又隶属过王彦、杜充等。作为下层军官，岳飞总能身先士卒、奋勇杀敌，且时时以少胜多，屡立奇功。宗泽欣赏岳飞为“将材”，说：“你的智勇才艺，古代良将也超不过你了。只是你喜好野战，总归不是万全之策。”因此，宗泽将作战阵图送给岳飞。岳飞回答说：“列阵作战，是作战的一般方法。如何巧妙运用，却在于个人当时的判断和变化。”宗泽非常肯定岳飞的见解，岳飞也在与金人的一次又一次战争中崭露头角。

接任宗泽东京留守的是杜充，岳飞转为杜充部将。杜充弃开封而南逃，岳飞虽劝谏却未被接受。渡江不久，因建康保卫战失败，杜充很快向金人投降。岳飞率所部，纪律严明，收编溃军，招徕金人部队中的汉人，军势逐渐壮大而强盛，岳家军初具规模。岳飞拼尽全力进攻金人，在广德、溧阳等地连连获胜。然而，岳飞此时所率领的小股部队依然无法阻拦金人南侵的进程，岳飞于是率部进驻宜兴，保护了这一方的平安。金人无法追击到宋高宗，建炎四年（公元1130）二月沿运河被撤，三月攻陷常州。岳飞率部在常州与镇江之间攻击金兵，将此地的金兵消灭殆尽。金人北撤后，依然占据着建康城，保留了进攻南宋的前沿战略据点。金人一般会在每年的秋冬季发动新一轮的进攻。在金人新一轮攻势到来之前，收复建康城显得尤为重要。朝廷令张俊率领诸军，收复建康。张俊畏惧金人，不敢进兵。此时，诸军中只有岳飞率部对金人发起攻击。四月二十五日，岳家军与金人在清水亭大战，歼敌数百人。而后，岳家军由东向西，占领牛头山，夜袭金兵，再歼敌数千人。此战胜利后，岳飞自南向北，在雨花台等地与金人展开激战，前后战斗十余次，历时半个多月，终于收复建康城，金人残部仓皇向渡江逃跑。建康城收复战，是岳家军独立成军后的一次重要战役，是岳家军第一次获取的重大战役胜利。

南宋初期，盗贼四起。被击溃的宋军成为散兵游勇，骚扰乡里；地方恶霸豪强，趁机鱼肉百姓；也有饥民、难民走投无路，打家劫舍。这些乱糟糟的武装势力，往往唯利是图，在平日里烧杀抢掠，祸害一方；甚至与金人勾结，图谋个人利益。南宋政权必须整顿境内治安，稳固后方，才能全力对付北方来侵之敌。岳家军独立建制后，初期更多的任务是消灭这些地方分裂军事势力，维护境内平安。

建炎四年（公元1130年）六月，岳飞在广德与戚方激战，逼迫戚方投降；绍兴元年（公元1131年）三月，岳飞在洪州击破李成军队；同年六月，招降张用；绍兴二年（公元1132年）四月，岳飞歼灭曹成军队；绍兴三年（公元1133年），岳飞率军平定吉州和虔州叛乱；绍兴四年（公元1134年）六月，岳飞率部消灭洞庭湖杨么的割据势力。在这一系列的战争中，岳飞总是惩办首恶，给胁从者新出路，努力阻止宋军过多的杀戮行为。如平定虔州叛乱时，朝廷因虔州叛众曾经惊动隆祐太后的缘故，密旨令岳飞屠城。岳飞则请求诛杀首恶而赦免胁从，朝廷不允许。岳飞再三请求，才得高宗同意，因此救活虔州一地百姓。当地百姓都绘岳飞像罗拜，深感岳飞恩德。岳家军军纪严明，给一方百姓带来平安。此外，岳飞还从俘虏和投诚的兵士中选择强壮的士兵，编入岳家军，将危害一方的盗贼转化为抗击侵略的积极力量，壮大了抗金军队。如平定杨么之后，岳飞缴获舟船千余艘，因此组建水军。岳飞属下的鄂渚水军，在南宋长江沿线为诸军之冠。

岳飞军功显赫，在南宋军队时就已经脱颖而出。绍兴三年（公元1133年）秋，高宗召见岳飞，手书“精忠岳飞”四字，制旗赐予岳飞。高宗在这段时期是最看重和倚赖岳飞的，任命岳飞为镇南军承宣使、江南西路沿江制置使，又改任岳飞为神武后军都统制，制置使如旧。且调拨李山、吴全、吴锡、李横、牛皋诸军归岳飞指挥。岳飞一切的军事准备和作为都是为了北伐。从绍兴四年（公元1134年）到绍兴十年（公元1140年），岳飞一共发起了四次北伐战争。

绍兴二年（公元1132年）冬，宋军李横的部队发动北伐，一度攻入洛阳。在金人和伪齐军队的反扑之下，宋军溃败，襄阳、邓州、随州、郢州等地相继陷落，南宋长江防线被拉开巨大缺口。岳飞积极上书朝廷，要求率军出战，得到同意。朝廷命岳飞兼荆南、鄂岳州制置使，作北伐准备。绍兴四年（公元1134年）三月，朝廷命令岳飞统率自己部队的军马，收复襄阳等失地。朝廷同时将周边的一些部队调归岳飞统一指挥，并为北伐准备了一定的后勤物资，且命刘光世派兵增援。岳家军四月十九日从江州出发，渡江至中流，岳飞对部属说："飞不擒敌，不涉此江！"岳飞是下了破釜沉舟的决心的。岳家军先战郢州（今湖北钟祥），郢州守将京超勇猛异常，号称"万人敌"，拼命抵抗岳家军。经过艰苦的攻坚战，五月六日攻克郢州，京超投崖而死。五月十七日，岳飞率部进入襄阳，襄阳守敌望风而逃。伪齐李成率军反扑，左临襄江列阵。岳飞说："步兵要依赖险阻地形，骑兵要在平旷地区作战。李成左面将骑兵列在江岸边，右面将步兵列在平地，即使有十万之众，也很容易击破。"于是，岳飞派王贵率长枪步兵攻击敌人骑兵，派牛皋率骑兵进攻敌人步兵。交战之时，敌人的骑兵被逼入江中，步兵任岳家军践踏，死者无数，李成连夜逃跑。攻占郢州时，岳飞同时派遣部将张宪、徐庆收复随州。五月十八日，岳家军张宪等部收复随州，此役，岳飞长子岳云"手握两铁锤"，率先登城，勇冠三军。七月，金人与伪齐在邓州一带集结大军，试图阻挡岳家军北伐。七月中旬，岳家军在邓州一带与金、齐联军决战，岳家军以奇兵制胜，彻底击溃敌军，七月十七日攻入邓州。七月二十三日，岳家军收复唐州和信阳。至此，北伐三月有余便已收复大批失地。捷报频传，高宗喜出望外，说："朕素闻岳飞行军极有纪律，未知能破敌如此！"（《宋会要辑稿·兵》一四之二五）这是南宋首次主动北伐而收复大批失地，岳飞因此次北伐而升任清远军节度使。朝廷将随、郢、唐、邓、信阳诸郡划归襄阳府路管辖，全部听命于岳飞。岳家军随后移驻鄂州，鄂州从此成为岳家军的大本营，襄汉地区也成为岳飞后三次北伐的前沿基地。岳飞兼任湖北路、荆、襄、潭州制置使，封武昌县开国子。

绍兴五年（公元1135年），高宗再次召见岳飞，封岳飞母为国夫人，任命岳飞为镇宁、崇信军节度使，依旧兼任湖北路、荆、襄、潭州制置使，进封武昌县开国侯。朝廷派张浚为统帅，调度长江沿线宋军。张浚盛称岳飞和韩世忠“可倚大事”。朝廷于是命岳飞驻兵襄阳，准备二次北伐。

绍兴六年（公元1136年）秋，岳家军发起第二次北伐战争。这次北伐战争是朝廷在春季作出的决策，朝廷派宰相张浚为总指挥，刘光世和张俊二军按兵不动，岳飞和韩世忠所部发起进攻。韩世忠猛攻淮阳不克，岳飞却在秋季发起攻势。金人和伪齐在镇汝军屯兵聚粮，准备为南侵之用。八月，岳家军在镇汝军与伪齐部队激战，随后攻克镇汝军、商州、虢州，缴获敌人的所有囤积物资。此役，岳飞派牛皋率偏师吸引敌军注意力，自己率主力发起出其不意的进攻，收复的失地还有陕南、豫西等大片国土。岳家军一直攻打到福昌，离洛阳已经很近。北伐的胜利，振奋朝野，李纲写信给岳飞信称赞说：这次胜利，“十余年来所未曾有。”（《梁溪全集》卷一百二十八《与岳少保第二书》）最后，因粮草补给不足，岳飞被迫班师，部分收复的土地再次失守。然而，商州全境已为岳家军所控制。

绍兴六年（公元1136年）九月，伪齐派遣大军进攻淮西，朝廷急调岳飞前往增援。岳飞当时患眼病，扶病而行。岳家军尚未抵达，伪齐部队便已被击溃。高宗对岳飞随时听从朝廷的调遣这件事非常满意，说："击败刘豫部队不值得太高兴，诸将知道尊重朝廷才是可喜的。"于是，令岳飞回师驻地，从长计议，图谋进攻。

岳家军扬威战场，金人和伪齐两军非常不甘心。绍兴六年（公元1136年）冬，就在岳飞第二次北伐班师之后，金、齐联军对岳家军所驻守的防区发起全面进攻。敌军兵分五路，分别攻打商州、虢州、邓州、襄阳、信阳等州郡。岳家军不仅击退来犯之敌，而且迅速转进行反攻，发起第三次北伐战争。这次北伐是以追击来犯之敌为主，岳家军一直追击敌军到蔡州城下。岳飞这次出兵追击，仅携带十日的粮草，所以回师迅速。岳飞撤兵后，在白塔、牛蹄等地又歼灭了一批追击的敌军。这一次有来有往的拉据战，一直持续到绍兴七年（公元1137年）三月。第三次北伐，是岳家军四次北伐中规模最小的一次。

绍兴七年（公元1137年），高宗第三次召见岳飞，对岳飞赞赏有加。拜岳飞为太尉，继而任命岳飞为宣抚使兼营田大使。高宗要岳飞随驾出巡建康，再次将王德、郦琼诸军划归岳飞指挥，高宗嘱咐王德等说："听从岳飞号令，因为他的命令就如同我亲自命令！"绍兴四年到绍兴七年是岳飞与高宗的"蜜月期"。岳飞又多次晋见高宗，陈北伐恢复大计。大略说："金人在河南立刘豫，企图让中国攻中国。我请求提兵趋京、洛，占领河阳、陕府、潼关，号召诸路叛将归顺。而后进军汴京，收复京畿、陕右失地。再分兵经略两河地区。这样，可以俘虏刘豫，歼灭金人。国家长久大计，在此一举。"高宗说："有臣如此，我还有什么可忧虑的！军队伺机而动，一切由你决断。中兴大事，全都委托给你，我不从中节制。"高宗此时完全倚重岳飞，甚至说："除张俊、韩世忠以外，全国其他军队都受岳飞节制。”然而，高宗终究无心北伐，暗中指示秦桧与金人议和。因此，高宗很快打消了将大部分兵权集中到岳飞手中的想法，朝廷很快便又将王德和郦琼两军调离，使其不再听岳飞节制。

绍兴十年（公元1140年），岳飞发动第四次北伐。这一年盛夏，金人一改秋季出兵的做法，大举南侵，占领了河南许多州郡。刘锜率二万人在顺昌抵抗金兵进攻，宋军作战英勇，很快逼迫金人由攻势转为守势。其他各路宋军相继进兵，东路韩世忠和西路吴璘、杨政、郭浩等部队各有斩获，正面与金人大军对阵的是岳飞、刘锜、张俊三支部队。岳飞决定乘机发动北伐。他派遣李宝一支部队深入敌人后方，以游击战的方式骚扰敌军，打击敌军的后勤供应线；派遣武赳等率部进军虢州，与当地宋军协同作战，切断完颜兀术与关中金军的直接联系；自己亲率大军正面推进，沿途相继攻占了蔡州、颍昌、淮宁、郑州、洛阳等重要州郡和军事要点，为合围开封扫清了外围。岳飞大军出发时，朝廷曾派遣岳家军前参议官李若虚前来，阻止岳飞北伐。岳飞说服了李若虚，回报朝廷说：“敌人不日援首矣”。岳飞只是担心友军的策应会出现纠葛。在朝廷的授意下，张俊在闰六月末班师，刘锜也按兵不动，岳飞进攻迅速，形成孤军深入之势，岳飞的担忧成为现实。至闰六月末，岳家军已经推进到开封中牟县，因兵力不足而不得不停止正面进攻，转而在开封外围集结军队。此时，岳家军集结地点主要有两个：岳飞率部驻扎在郾城县，王贵率部驻扎在颍昌府。

金人探知岳家军的集结地后，对郾城和颍昌发起攻击，试图击溃岳家军，解开封之围。七月八日，完颜兀术亲率女真主力骑兵突袭郾城，企图一举歼灭岳家军主力。岳飞派遣骑兵与金人对垒，在离郾城县北二十余里地方发生激战。岳飞先派岳云率骑兵冲击敌方阵营，说：“不胜，先将你斩首！”双方反复冲杀数十来回，一直激战到天黑，金兵弃尸原野无数，终于在天黑后败退，岳家军大获全胜。宋军原来都是以步兵对阵金人骑兵，而岳飞以缴获的马匹组成自己的骑兵部队的方法，在这次对战中发挥了极大的作用。金人精锐部队称“拐子马”，将士皆身披重甲，三匹马相连，所向披靡。宋军以往无法抵挡“拐子马”的进攻。这次决战，金人以一万五千人的“拐子马”骑兵前来。岳飞令步兵手执大刀冲入拐子马阵，不要仰视，专砍马足。一匹马被砍，另外相连的两匹马就被牵累，宋军大显神威。宋高宗接到捷报后回复说：“自羯胡入寇，今十五年，我师临阵，何啻百战。曾未闻远以孤军，当兹巨孽，抗犬羊并集之众，于平原旷野之中，如今日之用命者！”（《金佗续编》卷四）十日，岳飞亲自率军出城，再度击溃一千多来犯的金人骑兵。金人从此不敢窥伺郾城。

完颜兀术率大军转向郾城和颍昌之间的临颍，企图切断岳飞与王贵两军的联系。岳飞派遣张宪率军赶往临颍，寻找金人主力决战，且派岳云等增援王贵。杨再兴率三百骑巡逻兵在小商桥与金人大军相遇，杨再兴等全部战死。金人害怕与张宪所率领的岳家军主力决战，因此便转向进攻颍昌府。十四日上午，王贵留踏白军统制董先、选锋军副统制胡清守城，自己率中军、游奕军，岳云率背嵬军出城迎战。战斗持续了一个上午，金人死伤共计五千余人，横尸遍野，“人为血人，马为血马”。岳云则十多次杀入敌阵，受伤百余处。在两军对决厮杀了一上午后，董先和胡清率守城部队前来增援，彻底击溃了金兵，取得颍昌保卫战的最后胜利。

经过郾城和颍昌两度激战，金人闻岳家军则胆颤心寒，说："撼山易，撼岳家军难！"岳飞乘胜追击至朱仙镇，距开封只有四十五里地，完颜兀术只得率京师金人大军十万前来抵抗。岳飞大军不动，派遣背嵬军五百骑兵奋击金兵，金兵崩溃，逃归汴京。朱仙镇之战后，金人惊慌失措，准备撤离汴京。同时，北方抗金豪杰并起，都打出"岳"字旗号。岳家军进军沿途，百姓争携粮食馈送。金人将领王镇、崔庆、崔虎、华旺等皆率部投诚。北伐前景大好，岳飞高兴地对部下说："直抵黄龙府，与诸君痛饮！"面对如此大好形势，高宗和秦桧却一意主和。宋高宗一再颁布手诏，命令岳飞班师。七月十八日，岳飞曾有回复高宗的奏疏，言词激切，反对班师，然最终无法抵抗皇帝的旨意。岳飞痛心疾首，只得将已有的全部战果抛弃，七月二十一日开始从郾城撤军。撤退时，宋军军心散乱，岳飞感慨说："岂非天乎！"沿途百姓阻拦大军，痛哭说："我们运送粮草迎接官军，金人都很清楚。大军撤离，我们便死无葬身之地了。"岳飞为此特意再停留五天，让众多北方百姓逃往南方。关于高宗一再勒令岳飞班师的原因，学者分析说："他对岳飞北伐的态度是一怕大败，二怕全胜。大败会有灭顶之灾，欲为临安布衣而不可得；大胜则岳飞功盖天下，威略震主，也不堪设想。"[①]其所言极是。其中，后一点原因恐怕更为突出。岳飞回师后，愤而向朝廷辞职，要求解除兵权，未得同意。

岳飞第四次北伐的战功，震惊了金人，也成为岳飞军事生涯的巅峰表现。以后，宋廷再也没有给岳飞施展他的军事才华和报国雄

① 王曾瑜《岳飞和南宋前期政治与军事研究》第150、151页，河南大学出版社2002年10月版。

心的机会。金人多年以后依然承认："岳飞不死，大金灭矣！"（《浪语集》卷二十二《与汪参政明远论岳侯恩数》）这一次北伐的胜利，在南宋战争史上也是空前绝后的。此后很长时间内，金人已无力南侵，南北对峙局面形成。高宗怯懦守成的恶果，要到数十年以后才渐露端倪。

南宋小朝廷靠岳家军、韩家军等将士英勇奋战而打出的一片新天地，宋高宗等却借此与金人媾和，保持南方苟安局面。绍兴年间，南宋两度与金人签署和议。第一次和议是绍兴八年（公元1138年）签署的，和议条款主要有三：第一，宋对金纳贡称臣，宋贡岁币银、绢各二十五万两、匹；第二，金归还陕西、河南等地，以黄河为边界；第三，金归还徽宗棺木、高宗圣母韦氏及宗室等。绍兴九年（公元1139年），金兀朮撕毁和约，出兵南侵，和议废除。于是，有了岳飞乘机发动的最后一次北伐。绍兴十一年（公元1141年），岳飞被迫回师的第二年，南宋再与金人签订和约。这次和约大致维持上次和约的条款，如称臣纳贡、归还韦氏等，新的规定有：南宋割让唐州、邓州、商州、泗州、和尚原、方山原等地给金人，两国西起大散关、东沿淮河为边界。这次和议签署后，宋、金之间进入了相对和平发展时期。和平，就意味着军队将帅和将士的赋闲，陆游曾有诗描述和议以后的恶果说："和戎诏下十五年，将军不战空临边。朱门沉沉按歌舞，厩马肥死弓断弦。"（《关山月》）和平时期，赵宋防范军人的心态突然加强。宋高宗在南渡初年曾遭遇兵变。建炎三年（公元1129年）三月，扈从高宗的军队将领苗傅、刘正彦发动兵变，逼迫高宗退位。后得张浚、张俊、韩世忠、刘光世等人率师勤王，击溃苗、刘军队，高宗得以复位。南渡以来，高宗还目睹了无数次的骄兵悍将的叛乱。所以，对武人的防范心理，高宗与前代帝王相比较，有过之而无不及。一旦南北和议签署，高宗下一步所要对付的就是立下赫赫战功的军队将帅，主要对付目标为张俊、韩世忠、岳飞三大帅。绍兴十一年（公元1141年）四月，朝廷采取明升暗降的手段，召三大帅进京，任命张俊、韩世忠为枢密使，任命岳飞为枢密副使，让三大帅离开自己的防区和军队。当时，岳飞比张俊和韩世忠晚到京城六七天，朝廷就极其忧虑，天天设宴等待，唯恐岳飞对抗朝廷的命令。这次夺三大帅的兵权，人们称之为宋代的第二次“杯酒释兵权”。

高宗对武人的防范，在“绍兴和议”后便进入恶性循环阶段。首先是害怕三大帅兵权在手，朝廷难以控制；夺取兵权之后，又担心三大帅心怀不满，联络老部下作乱。最彻底的做法当然是一方面从肉体上消灭三大帅，另一方面则逐步精简或拆散三大帅的部队。三大帅中，朝廷首先对付的是韩世忠。三大帅解除兵权的第二个月，即绍兴十一年（公元1141年）五月，朝廷留韩世忠在京城临安，派遣张俊和岳飞出使淮东，企图利用张俊和岳飞共同对付韩世忠。秦桧预谋由淮东总领胡纺出面诬告，指控韩世忠部将耿著图谋叛乱，阴谋还韩世忠兵权。岳飞临行前，秦桧曾将此种意图透露给岳飞，要求岳飞防范韩世忠部属叛乱，被岳飞一口拒绝。岳飞说：“韩世忠回到朝廷，韩世忠的部队，就是朝廷的部队。”岳飞到达楚州后，了解到诬告韩世忠的详情，立即写信，飞报韩世忠。韩世忠得到岳飞的通报，求见高宗，在高宗面前大哭大闹。结果，一场弥天大祸就此消弭，朝廷只是将耿著流放了事。这次对付韩世忠阴谋的半途而废，便得力于岳飞的及时通报，也得力于韩世忠与高宗的个人关系。韩世忠当年曾带兵勤王，帮助已经被废除的高宗复位，高宗心里还记得这段情谊。这次，韩世忠面见时的哭闹，深得高宗欢心。专制独裁者喜欢部属的这种哭闹，既能显示出独裁者的绝对权威，也能表现出哭闹者的绝对臣服和依赖，同时还能显示出彼此间的亲密关系。专制体制下，朝廷的决策视最高统治者的意愿而转移。高宗改变主意，韩世忠便安然无恙。

在陷害韩世忠的过程中，张俊则是积极配合秦桧的作为。张俊在三大帅中是最不能打战、最会争功、最擅长阿谀奉承的。朝廷解除他的兵权，他仍旧一意阿谀奉承秦桧，表现得心服口服。况且，张俊当年也是带兵勤王的主帅，高宗对张俊也有一份尚存的情谊。三大帅中，张俊与韩世忠都暂得平安，岳飞就被凸显出来，朝廷迫害岳飞的阴谋也就紧锣密鼓地展开。

绍兴十一年（公元1141年）七月，岳飞从淮东回到朝廷，马上递交了辞职奏疏。岳飞已经明了朝廷和高宗的意向，辞职是无奈之举，也是愤懑之举。朝廷虽然一时未批复岳飞的辞职要求，但是，事实上岳飞与韩世忠一样，居虚位而无实权，已经被朝廷闲置。此时，秦桧策动台谏官万俟卨、何铸、罗汝楫弹劾岳飞，罪名如下：调任枢密副使后，郁郁不乐，辞职求去；年初金人进攻淮西，朝廷令岳飞增援，岳飞拒绝接受命令，不肯出师；倡言楚州“不可守”，主张放弃。这些完全是无中生有的罪名。如，岳飞当初听任朝廷调令，扶病率军增援淮西，高宗有多份手诏予以嘉奖。放弃楚州，则是高宗等一贯懦弱的表现，居然也推诿成岳飞的罪责。朝廷借台谏的弹劾，让岳飞任万寿观使闲职，将岳飞彻底闲置。岳飞为一代名将，岳家军又特别擅长作战，随着对岳飞迫害的加剧，高宗对岳飞的忌惮也加深了。对岳飞展开新一轮更为残酷的迫害，策划随即出笼。八月，秦桧唆使岳家军中的败类王俊出面诬告岳飞。王俊在岳家军中是前军统制张宪的副手，多次因奸诈贪婪而受到张宪制裁。王俊怀怨报复，诬告张宪准备胁裹军队由鄂州移驻襄阳，胁迫朝廷还岳飞兵权。这次冤案，朝廷还是让张俊主持。张俊严刑拷打张宪，张宪并不屈服，张俊却上报朝廷，说张宪已经承认与岳飞一起图谋叛乱的事实。朝廷在所谓的张宪口供抵达之前，便将岳飞、岳云父子投入大牢。高宗等早已下定决心，要将岳飞父子及部将张宪置之死地。

岳飞被捕时，只是笑着说："皇天后土，可表此心！"朝廷最初让秦桧党羽何铸审理岳飞，何铸也是弹劾岳飞的主凶。审理时，岳飞裂开衣裳，露出后背，背上书写"精忠报国"四个大字。何铸在审理过程中，明白岳飞完全是无辜的，最终被岳飞所感动，转而为岳飞辩护。秦桧立即换万俟卨审理岳飞，万俟卨完全按照高宗与秦桧的旨意审理冤案，一定要坐实岳飞的谋反罪名。岳飞在狱中，虽然备受酷刑折磨，却从不自诬屈服，且曾一度绝食抗议。最终，万俟卨等逼迫岳飞在案卷上签字认可，岳飞只是大笔书写说："天日昭昭！天日昭昭！"高宗与秦桧完全不理睬岳飞的态度，依然按照原定的阴谋将岳飞处决，岳云和张宪也同时被处决。这一天，是绍兴十一年（公元1141年）十二月二十九日，岳飞当年三十九岁。

岳飞冤案牵连甚广，岳飞的部将、幕僚、友人都被牵累。部将王贵曾被逼转达王俊的诬告，后来仍被调任闲职，其他部将分别受到勒停、除名、编管等处分。岳家军中的文职官员李若虚、高颖等十三人被贬谪流放，十几万人的岳家军被缩减到七万以下。高宗与秦桧甚至对"岳"字都感到恐惧，他们居然将岳州改名为纯州，将岳阳军改名为华容军。这也是做了天大的亏心事之后的心理反映。

岳飞招来高宗等的记恨，最终被高宗等迫害致死，是有一个过程的。正如前言，高宗曾一度对岳飞非常信任，特别依赖。高宗对岳飞态度的转变，大约从绍兴七年（公元1137年）开始。这一年，朝廷解除了刘光世的兵权，并将刘光世属下的王德、郦琼等部队调归岳飞指挥。出于对武人的正常防范心理，高宗很快又改变了主意。但是，如何处理刘光世的部队，朝廷依然愿意听取岳飞的意见，宰相张浚就此咨询岳飞。张浚是这样处置的，升任王德为都统制，升任郦琼为副都统制，两支军队都听从文臣吕祉的节制。岳飞反对说：王德与郦琼原来位置相当，现在让王德居郦琼之上，郦琼一定不服，恐怕激出兵变。而且，王德和郦琼都是骄兵悍将，吕祉根本无法节制。张浚说：那将这两支军队交给张俊统帅如何？岳飞回答说：张俊是我的旧日上司，但为人“暴而寡谋”，郦琼等向来不服张俊，恐怕还是要激出兵变。张浚说：交给杨沂中统帅可以吗？岳飞说：杨沂中本来地位与王德等相当，怎么可能统帅得了王德等人的部队。目光短浅、心胸狭窄的张浚立即猜疑岳飞，脸色不好地对岳飞说：“我本来就知道，这两支军队非交给你不可！”岳飞也立即翻脸，反驳说：“你征询我的意见，我就尽自己的愚忠，知无不言。哪里是要争夺军队的指挥权？”于是，岳飞当天就给朝廷递交了辞职书，要求解除兵权。没等朝廷同意或批复，岳飞擅自回到庐山，住在母亲姚氏坟墓旁，为母亲守墓。朝廷当时正在用人之际，一再敦促岳飞重新出来领兵，朝廷里爱护岳飞的士大夫和岳飞的幕僚也劝说岳飞，岳飞才重新出来任职。岳飞这样的处事态度，一定会给高宗等心理留下极大阴影，埋下深深的猜忌。此外，岳飞曾两度上书给高宗，要求高宗立储，确立太子的地位。高宗无后，过继太祖一系入宫，准备建储。但是，宋代决不允许武人过问建储之事。岳飞的奏疏，引起高宗更深的猜忌。高宗既然这样猜忌岳飞，绍兴十年当然就不会支持岳飞将北伐战争进行到底。在诸多因素的综合考虑下，高宗最终下了杀岳飞的决心。

一代名将岳飞被迫害致死，同时摧毁了南宋的军事实力，带走了汉民族恢复故国的希望。南宋此后只能在江南苟且偷安，被动地等待着另一个更加强大的异族的兴起，等待着覆亡命运的最终到来！

闻道中原遗老，常南望、羽葆霓旌
南宋数度北伐和宋金对峙局面

长淮望断，关塞莽然平。征尘暗，霜风劲，悄边声，黯销凝。追想当年事，殆天数，非人力，洙泗上，弦歌地，亦膻腥。隔水毡乡，落日牛羊下，区脱纵横。看名王宵猎，骑火一川明。笳鼓悲鸣。遣人惊。念腰间箭，匣中剑，空埃蠹，竟何成？时易失，心徒壮，岁将零。渺神京。干羽方怀远，静烽燧，且休兵。冠盖使，纷驰骛，若为情？闻道中原遗老，常南望、羽葆霓旌。使行人到此，忠愤气填膺，有泪如倾。

张孝祥《六州歌头》

张孝祥（1132—1169），字安国，历阳乌江（今安徽和县人）。寓居芜湖，因号于湖居士。绍兴二十四年（公元1154年）进士第一。历知静江，广西西路经略安抚使等。著有《于湖居士文集》。张孝祥是南宋著名的爱国志士。宋孝宗隆兴元年（公元1163年），张浚主持北伐，大败而归，朝廷中主和势力再占上风。一日，张孝祥于张浚所设的宴席上作此词，由于声情悲慨，据说张浚为之罢席而入。

词人遥望关塞，只看到南宋小朝廷偃兵息鼓，没有一点振作北伐的准备。追想当年中原沦陷、金兵猖獗的历史，词人不禁为现实担忧。下片抒发自己壮志难酬的悲愤。抗金志士，都是在被压抑中空耗岁月。南宋小朝廷卑躬屈膝，纷纷派使者到北方阿谀金人，有志之士为之感到羞愧。“闻道中原遗老”以下，转从沦陷区的父老百姓盼望恢复入手，与主和派的妥协相对比，内心的愤恨同时流露。

南宋与金国签订“绍兴和议”之后，双方基本上能维持相安无事的对峙局面。但是，两国的世仇是解不开的。当两国的执政者在一定程度上改变外交态度时，战争就会再度爆发。南宋，抗战派一直在奔走呼吁，坚决要求挥兵北伐，收复半壁河山。抗战派的强烈主张，有时会影响皇帝和朝廷当政大臣。南宋高宗朝以后，南宋曾两度发动大规模的北伐战争。金国，灭南宋之心不死，他们在“绍兴和议”之后也曾发动一次大规模的南侵战争。不过，也可以换一个角度来看待两国的关系。从南宋方面来看，多数皇帝懦弱怯战，朝廷中大致是主和派掌权；从金国方面来看，绍兴以后国力在不断削弱，不久他们就得面对境外强敌蒙古的侵扰，金国也无力南侵。所以，南北双方进入了相对和平的时期。

绍兴和约签订之后，第一场大规模的南北战争是金人挑起的。宋高宗绍兴十九年（公元1149年）十二月，金平章政事完颜亮弑主自立。完颜亮登基后，残暴酷毒，对内大肆诛杀宗室、大臣，对外积极准备发动战争，以求趁机作乱。绍兴三十一年（公元1161年）九月，完颜亮亲率大军，大举南侵。南宋前线多路部队溃败，都统王权弃庐州，溃退采石。朝廷重新起用抗战派首领张浚，令其判建康府，召回败将王权。然而，金国内部统治依然是非常不稳固的，完颜亮出兵不久，金国部分贵族就在辽阳拥立完颜雍为帝。前线的完颜亮只得加快南侵步伐，企图取得南侵战争胜利后，回师争夺帝位。南宋方面，十一月，前线统帅叶义问派遣中书舍人虞允文前往采石犒师。虞允文至采石，发现王权已离去，接任的李显忠未至，王权溃军凌乱散落，没有统一指挥。虞允文立即负起统帅责任，整顿军队，激励将士，与渡江前来的金兵展开殊死决战。战斗持续到傍晚，金人终于被击溃，虞允文挥师追击，大败金兵。这一战扭转了战场形势，南宋悍将李显忠说："朝廷养兵三十年，最后还是一位书生立下大功，我等武将羞愧死了。"完颜亮依然逼迫部下发起新一轮进攻，勒令说："敢后则死！"金兵内乱，诛杀完颜亮，自动退军。这次南侵战争中攻取的州郡，也纷纷回到南宋手中。这一场南侵战争，以金人的失败而告终。

南宋第二个皇帝孝宗，北伐志向最为坚决，是坚定的抗战派。孝宗在位期间，发动了一次北伐战争。宋高宗无后，选择太祖系列子孙为帝位继承人，并且在绍兴三十二年（公元1162年）六月传位给太子，自己完全隐退。高宗自动退位时还只有56岁，身体还比较强健，25年以后才去世。作为封建帝王，能够不从自己嫡系亲属中选择继承人，且提前二十多年退位，高宗是独一无二的。从这样的角度来观察高宗，高宗自有他的眼光、心胸和气度。而且，高宗所选择的皇位继承人，勤政努力，证明高宗的决策大致正确。

孝宗即位后，最信任的当然首推自己当年的老师史浩。孝宗登基仅四日，便迁史浩为中书舍人，次月，再迁其为参知政事，不到半年，拜其为右相，兼枢密使。孝宗的素志就是举兵北伐、统一南北，史浩长期追随孝宗，当然十分明了孝宗的心意，而且，也与孝宗同心同德。他所采取的，都是一些稳健求实的措施，对朝廷施政方针产生了直接的影响。

史浩逐渐掌握朝廷大权以后，便开始了拨乱反正的工作，积极消除因秦桧卖国投降政策给国家带来的不良影响及严重后果。整顿内政、治理国家、准备北伐，以得人才为先。所以，史浩在回答孝宗“施政之先”的询问时说，“莫如保固边鄙，收拾人才”，改变秦桧“妒贤疾能”、废黜“名士”的做法。(《宝庆四明志》卷九《叙人》)在史浩的大力荐举之下，被废黜的著名抗金人士张浚、张焘、辛次膺、胡铨、王十朋等人一一被召回朝廷，委以重任，陆游也因史浩的推荐而被赐进士出身。其后史浩再向孝宗推荐三十四人，也多得重用。淳熙五年（公元1178年）史浩第二次入相，仍然以荐举、使用人才为第一要务，再次向朝廷推荐抗金著名人士朱熹、叶适、吕祖谦、张栻等等。南宋两代抗金名流，都因史浩的荐举而得重用，这是史浩对北伐事业做出的最伟大的贡献。多数人则对史浩的知遇之恩铭记于心，叶适在祭悼史浩时，仍念念不忘地说：“我不知公，公亦荐我。”(《水心文集》卷二十八《祭史太师文》)

史浩为北伐事业所做的第二件事是为受秦桧迫害而废黜或含冤致死的抗金人士平反昭雪，以振奋民心，端正风气，激励爱国志士奋发有为。在史浩的要求下，孝宗为屈死的民族英雄岳飞沉冤昭雪，追复原官，以礼改葬，并录用其后人。这是岳飞冤案第一次得到平反。史浩又要求为贬谪至死的前朝廷抗金领袖赵鼎、李光等人平反，孝宗一一听从，尽复他们的官职，录用他们的后人，以示鼓励。

史浩的作为，使当时的风气为之一变，抗战北伐的言论占据了朝野的主导地位。孝宗即位之初，朝廷蓬勃有为，积极准备南北统一的大业，这种局面的开创，史浩功不可没。

现在应该回过头来讨论史浩的“和议”主张以及他与张浚的争执分歧。

张浚是南宋前期一位坚持抗金主张的朝廷领袖人物，高宗朝曾任知枢密院事，后官至右相，仍兼知院事，都督诸路军马。建炎末年和绍兴初年，两度主持对北方军事行动的大局。张浚坚定不移的北伐意志，确实值得称道。但是，张浚志大才疏，嫉贤妒能，急噪冒进，不知审时度势，他主持的所有重大军事行动，都是以大败而告终，给本来就疲惫不堪的南宋小朝廷带来一次又一次的沉重的打击。随着投降派秦桧等人的逐渐得势，张浚远远被排除出朝廷的决策圈，在外近二十年。孝宗矢志北伐，对张浚仰慕已久，再加上史浩的推荐，登基后的第二个月便手书召见张浚，且立即委张浚以北伐大任。

对史浩来说，张浚虽然年龄仅大他七岁，但却是成名的抗战前辈，也是前宰辅中坚持抗金主张之硕果中仅存的一人。所以，史浩得孝宗信任，重点向朝廷推荐的就是张浚，并且建议说：张浚“名重当世，久为秦桧所抑，既大用之，恩礼宜加厚”。(《宝庆四明志》卷九《叙人》)史浩的用意大约是企图以张浚的名望和地位，来团结民心，鼓励士气，推动抗金北伐事业的发展。岂知事态的发展，与史浩的愿望背道而驰。孝宗久有北伐之志，却没有治理国家、识别人才、统筹军政的能力，并且急于求成，总是想一战成功，意图在短期内完成统一的大业。而张浚虽然有过那么多次的惨痛教训，又有了近二十年的坎坷磨难，却本性不改，依然好大喜功。随着垂暮之年的到来，张浚反而更加着急地想要在自己的有生之年完成名垂青史的事业。孝宗与张浚两君臣一拍即合，立即开始筹措，依赖着李显忠和邵宏渊，仓促间就打算发动对金人的战争。将史浩“保固边鄙”、积蓄力量等切实可行的稳健措施抛诸脑后。

在这种情形下发动的战争，最后的结果可想而知，失败的惨痛教训令人不寒而栗。史浩作为深得皇帝信赖的、正直不阿的宰相，当然不会坐视不管，或者曲意奉承，由史浩出面积极向孝宗谏诤，便是情理之中的事情了。史浩阻止朝廷贸然发动战争的努力分为两个方面：一是极力劝谏孝宗，二是尽其所能说服张浚。

史浩对孝宗说：雪靖康之耻，报君王大仇，一举恢复北方领土，是他们共同的愿望。但是，孝宗即位初年，“内乏名臣，外无名将，士卒既少，且练习不精”，面对这样的现状，只能以“和议”换得“自治”的时间，“以为后图”，“内修政事，外固疆圉，上收人才，下裕民力，乃选良将，练精卒，备器械，积资粮，十年之后，事力既备，苟有可乘之机，则一征无敌矣”。否则，“以李显忠之轻率，邵宏渊之寡谋，而取全胜，岂不难哉！”（均见《鄮峰真隐漫录》卷七《论未可北伐札子》）史浩一而再、再而三地对孝宗上“未可用兵”的札子，苦口婆心，并且提出了“内修”“外固”“上收”“下裕”的具体施政方针。

史浩与北伐的前线组织和总指挥者张浚之间的讨论就更为详细了。史浩反复从多重角度向张浚询问发动战争的准备情况，他提的第一个问题是可动用的军队数量有多少，张浚认为能调动二十万军队参战。史浩提问说：将派多少人守护江淮？乘舟渡江后又派多少人守备遗留在后面的舟船？再派多少人运输粮草？张浚回答说：以十万人守卫江淮，以二万人守备舟船，以二万人运输粮草。如此一来，真正能够参加作战的人员便迅速递减，最后只剩下六万人了。史浩因此归纳说：以六万主动作战部队发动北伐战争，根本不能对金人构成威胁，而金兵一旦发动反攻，在漫长的江淮边防线上只有十万守护大军，力量过于单薄，其形式必然是“危如累卵”。史浩提的第二个问题是如何筹集北伐战争所需要的经费，张浚打算临时依靠百姓的“捐财助边”，事实上就是准备临时强制敛取民财。如此一来，前方未闻捷报，后方恐怕已乱成一锅，史浩坚决反对，孝宗也觉得这样不是办法，只得发下五百张“空名告身”，欲临时出卖官爵来筹措经费。

通过分析贸然出兵之利弊，史浩首先肯定了张浚“决意用兵”的“忠义之心”，然后耐心劝说道：既有此“忠义之心”，就应该“观时审势”，不应该仅仅贪图复仇的虚名，以免给国家带来不可挽回的惨重损失。张浚在理穷词竭时也只得承认：“丞相之言是也。”但又说：“浚老矣。”生怕北伐的最后大功被他人抢夺，其名利心之重、动机之不纯，皆暴露无遗。史浩则认为：如果张浚能“先立规模”，打实基础，后人借此成功，也是张浚的功劳，“何必身为之”。史浩本人所做的就是这种默默耕耘，让后人收获成果的稳定前期的扎实工作。史浩有此长远的规划、宽厚的胸怀，张浚却没有，反而背地劝说孝宗避开史浩，擅自发动战争。

宋孝宗隆兴元年（公元1163年）正月，孝宗任命张浚为枢密使，都督江淮东、西路军马，开赴建康，建立起前线指挥部。四月，孝宗避开丞相史浩和二府其他大臣，接受张浚建议，命李显忠、邵宏渊率二路大军北伐。史浩得知军队已经出发，便叹息说：自己身为宰相兼枢密使而不得预闻朝廷军政大事，还有何用？故坚决辞职打算离去。这距离他拜相仅仅只有五个月。五月，李显忠、邵宏渊分别打了几次胜战，收复部分失地。但是，失败的阴影也随之呈现。初期战果，李显忠部超过了邵宏渊部，邵宏渊因此嫉妒不满，两将由此不和。李显忠率部攻打宿州，邵宏渊便不与其配合作战。金人大军十万前来宿州，寻找宋军主力决战。李显忠约邵宏渊并立夹击，邵宏渊却按兵不动，任由李显忠孤军奋战。参战的宋朝其他部队，都因两位主帅的不和而各自退出战场。邵宏渊又反对坚守宿州，认为宋军兵力不足以抵抗金人大军。李显忠无法独立支撑战局，只得连夜率军南归。金人乘胜追击，宋军撤退到宿州北面的符离集时，已经溃不成军，所有的军备都被抛弃，人人狂奔逃命。“溃死者不可胜数，资粮甲兵捐弃殆尽。”（以上所引均见《四朝闻见录》丙集《张史和议异议》）

好在金人也无力南侵，只是派人议和，对南宋提出苛刻要求。南宋则频频派遣使臣，就和约条款与金人讨价还价。隆兴二年（公元1164年）四月，张浚罢官，宣告北伐的彻底失败。十月，金兵渡淮南侵，以战争的手段逼迫南宋接受和约。南宋前线将领，或战或跑，主张不一，前线吃紧。十一月，孝宗在金人的紧逼下作出让步，基本答应金人的要求。大致内容四点：第一，南宋皇帝称侄，金国与南宋的君臣关系改为叔侄关系；第二，“岁贡”易名为“岁币”，数量减为银、绢各二十万两、匹；第三，割让海州、泗州、唐州、邓州、商州、秦州等地；第四，归还战俘。十二月，金世宗批准和约条款，“隆兴和议”正式签订。南宋朝廷经此打击，几乎一蹶不振，在孝宗后来的二十五六年时间里，虽一直有北伐之心，就却没有力量发动第二次北伐战争。时人对此早有评判，叶适说：“隆兴初，

浚专以恢复之说自任，号召天下，名为忠义，自喜者利而从之，其实无措手足之地。”（《水心文集》卷二十五《总论》）

隆兴以后，再度北伐是宋宁宗开禧年间由韩侂胄发起的。叙说这次北伐战争，首先要了解宋孝宗以后帝位更替与韩侂胄专权等朝廷政局更变的情形。

宋高宗退位25年以后，于孝宗淳熙十四年（公元1187年）十月去世。孝宗对这位选定自己做皇位继承人、且提前将皇位禅让出来的太上皇，有非常深的个人情感。高宗去世，孝宗哀思过度，决定学习高宗，提前退位，将皇位传给太子。传位之事，因朝廷意见的纷杂，拖延了两年。淳熙十六年（公元1189年）二月，孝宗下诏传位给皇太子，将高宗退位时所居住的德寿宫更名为重华宫，孝宗退居重华宫，以追思先帝。光宗继位后，却对父亲孝宗多有猜疑，父子关系越来越紧张，光宗因此很少到重华宫朝见父亲，引起朝野的诸多议论。古代人伦道德，以孝为先。光宗的作为，违背“孝”的道德原则，百官屡次请求光宗到重华宫朝见，却一直被拒绝。宋光宗绍熙五年（公元1194年）六月，孝宗去世。孝宗病重弥留期间，多次想见光宗一面而不得。孝宗去世后，光宗执意不肯到重华宫主持丧礼，宰相留正率百官屡次敦促皆无用，于是逃离京城，上表请求退休。朝论因此事而沸腾，朝廷也乱成一团。知枢密院事赵汝愚决意策动宫廷政变，逼迫光宗传位给太子。这场宫廷政变，从名义上需要太皇太后吴氏下达诏命。韩侂胄是北宋明相韩琦的曾孙，他的母亲是太皇太后吴氏的妹妹，他的妻子是太皇太后吴氏的侄女，与内宫联系密切。赵汝愚决定通过韩侂胄与太皇太后吴氏进行沟通，争取太皇太后的支持。在韩侂胄的努力奔走下，七月初四，太皇太后吴氏下诏光宗传位，光宗之子嘉王登基，是为宋宁宗。

这一场宫廷政变的功臣，毫无疑问是赵汝愚和韩侂胄。然而赵汝愚却没有给韩侂胄一定的酬谢，韩侂胄原来指望能够获得节度使的虚衔赏赐，最终只得到汝州防御使官职，他对此感到极度不满。于是，韩侂胄开始聚集政治势力，在朝廷中逐渐扩大自己的影响，逐步控制朝廷决策大权。到宋宁宗庆元元年（公元1195年）二月，赵汝愚罢相，韩侂胄已经完全掌控了朝廷。韩侂胄向来有立“盖世功”的愿望，主张对金采取强硬路线。宋宁宗嘉泰四年（公元1204年）正月，韩侂胄决定着手筹措北伐事宜。于是，南宋开始了一系列与北伐相关的准备工作，如征召士兵、训练军队、筹备军用物资、起用抗战派官员等等。五月，为了激励军心民气，朝廷在镇江为韩世忠立庙，追封岳飞为鄂王。宋宁宗开禧二年（公元1206年）四月，朝廷削去秦桧王爵，把秦桧谥号改为“谬丑”，追论秦桧主和的误国之罪。

在这个时期，金国的军事实力确实衰败了许多，面对北方最新崛起的蒙古，金人疲于应付。金人此时确实不愿意与南宋发生战争，多次想通过外交途径劝说南宋朝廷不要发动战争。韩侂胄一面虚与委蛇，一面数度派遣使臣到北方探听虚实。使臣们都认为金国赤地千里，民不聊生，宋军北伐，金国一定会发生内乱，届时就会形成摧枯拉朽的局面。种种报告，坚定了韩侂胄立即发动北伐战争的意向。此时，虽然有辛弃疾等部分官员劝说韩侂胄不要匆促发动战争，认为南宋的战争准备不够充分，但是，韩侂胄已经一概听不进反对意见，只是渴望早日建立盖世功勋。

宋宁宗开禧二年（公元1206年），南宋朝廷任命兵部尚书薛叔似为湖北京西宣抚使，御史中丞邓友龙为两淮宣抚使，程松为四川宣抚使，吴曦为副使。又任命殿前副都指挥使郭倪兼山东、京东路招抚使，鄂州都统赵淳兼京西北路招抚使，江陵副都统兼知襄阳府皇甫斌为副使。计划从两淮、京西、川陕三路对金国发动进攻。四月、五月间，南宋多支部队对金人发起试探性的进攻，取得了一系列优异的战果。如，陈孝庆部收复泗州，许进部收复新息县，孙成部收复褒信县，陈孝先部收复虹县等等。韩侂胄接到这些战报后，狂妄地认为南宋军事实力已经超越金人，北伐时机已经成熟。五月，韩侂胄授意李壁草拟伐金诏书，南宋正式对金宣战。此前，金人已经觉察南宋发动战争的意向，令仆散揆在汴梁设立行省，统一指挥河南境内军队，以应对南宋军队的进攻。所以，到南宋正式发布北伐诏令时，金人的战争准备工作也已经基本完成。衰败中的金国，军事实力依然远在南宋之上。南宋派遣的多支北伐部队，纷纷溃败。如，郭倬、李汝翼率军攻打宿州，溃败而逃，反而被金人追击包围；李爽率军攻打寿州，皇甫斌率军攻打唐州，王大节率军攻打蔡州，都以战败告终。这一年四月，吴曦在四川叛变，进一步打乱了南宋朝廷的部属。

一连串的失败和吴曦的叛变，让韩侂胄陷于慌乱，南宋军队很快从进攻转为防御。六月，韩侂胄命丘崈取代邓友龙，为两淮宣抚使。丘崈到任后，令军队放弃泗州，集中兵力守卫两淮。韩侂胄又任命叶适知建康府兼沿江制置使，调集军队，把守长江和淮河等要害地区。韩侂胄同时惩处败军将领，王大节、李汝翼、皇甫斌、李爽等都被贬官，郭倬被斩首。韩侂胄亲信苏师旦，积极鼓动北伐，此时也被罢官，不久又被除名，韶州安置，家产罚没以充当犒军费用。

十月，仆散揆分兵九路南侵，对南宋发起报复性的战争。仆散揆亲率三万人从颍州、寿州出发，其他各路南侵部队，兵力从五千到三万不等，九路军队相加，兵力约十五万。金人以这样的兵力发动多路进攻，既说明金国兵力的匮乏，也说明这些进攻仅仅是报复的性质。十一月，丘崈改任签书枢密院事，督视江、淮军马，全面负责南宋的军事防御工作。金人南侵，沿途凯歌高奏。大军一路攻陷安丰军（今安徽寿县西南）、濠州（今安徽凤阳）、滁州（今属安徽）、和州（今安徽和县）、真州（今江苏仪征），围攻庐州；另一路大军连续攻陷光化（今属湖北）、枣阳（今属湖北）、江陵（今属湖北）、信阳（今属河南）、随州（今湖北随县），围攻德安府（今湖北安陆）和襄阳；陕西方向金兵也攻占了西和州（今属甘肃）、阶州（今甘肃武都东）、大散关等。南宋方面，只有毕再遇率部打了多次胜战，但仍改变不了整个战局形势。

韩侂胄在慌忙筹措军事防御的同时，又赶紧派人与金兵统帅仆散揆沟通，要求议和停战，将战争的罪责推卸给苏师旦、邓友龙、皇甫斌，称：非朝廷意，而此三人都已经被惩处。仆散揆回答说："韩侂胄无意用兵，师旦等人岂敢擅自发动战争？"仆散揆也想尽快结束战争，提出了称臣、割地、献首祸之臣三项议和条件。前二项南宋都可以商议，唯最后一项是要南宋政府献上韩侂胄脑袋，韩侂胄本人怎么会同意。南宋议和使臣根本不敢将此条款转告韩侂胄。丘崈派人与仆散揆反复商讨，仆散揆同意议和，金兵开始撤退。丘崈禀告朝廷：金人已经有意议和，然金人指韩侂胄为战争首谋，为了和议的顺利达成，以后南宋写给金国的文书，韩侂胄暂时不要署名。这样的建议，既保证了和谈的顺利进行，也保护了韩侂胄，然而韩侂胄居然为此大怒。开禧三年（公元1207年）正月，韩侂胄罢免了丘崈，派遣非常平庸的张岩替代丘崈。二月，金人中极力主张议和的仆散揆病逝。至此，金国、南宋双方谈判的主脑人物都已经更换。四月，南宋派遣方信孺为使臣，往返金国议和。方信孺到达金人营地后，起初金人将他投入监狱，以生命相威胁，逼迫他答应金人提出的所有条款。方信孺坚贞不屈，自称出使前来，就已经将性命置之度外，只答应归还俘虏和岁币，却拒绝缚送首谋、称臣、割地等三项要求。方信孺来往两国之间，风骨凛然，不屈不挠。韩侂胄询问方信孺金人议和的具体条款是什么，方信孺回答说：一，割两淮；二，增岁币；三，索归正人；四，犒师银；五，不敢言。韩侂胄追问，方信孺说："想要太师你的脑袋。"韩侂胄大怒。九月，方信孺贬官，南宋更换使臣。而且，韩侂胄决心再战，开始在前线做系列准备。

南宋朝廷内部，反对韩侂胄的政治势力正在不断聚集。因北伐战争的失败，韩侂胄在朝廷的影响力逐渐降低。当韩侂胄决心再战时，朝廷的反对派更加焦急，他们急于清除韩侂胄，与金人迅速达成和议。开禧三年（公元1207年）十一月，礼部侍郎史弥远上章请求诛杀韩侂胄，并取得皇后杨氏的支持。宋宁宗继位时册封的皇后为韩氏，是韩侂胄的侄女，对韩侂胄获取皇帝的绝对信任起到了积极的作用。韩氏去世，宁宗再度册封皇后，韩侂胄反对选择杨氏，宁宗则依然选择了杨氏。所以，杨氏对韩侂胄积怨于心。此时，杨氏鼓动皇子一起出来游说宁宗，说："韩侂胄再度发动战争，对国家不利。"宁宗依然相信韩侂胄。史弥远、杨氏等便开始策划一场宫廷阴谋，以政变的方式除掉韩侂胄。杨氏让与自己兄弟相称的杨次山参与其中，联系了两位参知政事钱象祖和李璧，共同筹划政变方案。十一月初三，史弥远伪造密旨，指使中军统制夏震率300名禁军埋伏在路旁，等韩侂胄早朝路过时，发动突然袭击。他们将韩侂胄挟持到玉津园内杀死。事后才报告宁宗，宁宗被迫接受政变现实。朝政迅速被史弥远掌控。

宋宁宗嘉定元年（公元1208年）三月，南宋恢复秦桧爵位和赠谥，同时将韩侂胄和苏师旦的头颅送往金国议和。史弥远下令撤销各路招抚使，完全接受了金国的议和条款。九月，两国签署和约，条款如下：第一，依照靖康故事，金、宋世代为“伯侄之国”；第二，增加岁币银、绢各为三十万两、匹；第三，另出犒师费银三百万两；第四，恢复绍兴时的疆界。这次议和，被称作“嘉定和议”。

对于韩侂胄匆忙发动北伐战争这件事，嘉泰年间再度被起用的辛弃疾有过很大的担心，他曾经以咏史的方式表达自己的忧虑，说：“元嘉草草，封狼居胥，赢得仓皇北顾。”（《永遇乐·京口北固亭怀古》）局势的演变证实了辛弃疾的忧虑。韩侂胄的一意孤行，再度挥霍了南宋积攒的军力和财力。自此，南宋再也无力兴兵北伐，只能等待蒙古的强大崛起，依赖蒙古而分得杯羹。

那堪独坐青灯，想故国、高台月明

元人入主中原和南宋的覆亡

铁马蒙毡，银花洒泪，春入愁城。笛里番腔，街头戏鼓，不是歌声。 那堪独坐青灯。想故国、高台月明。辇下风光，山中岁月，海上心情。

刘辰翁《柳梢青·春感》

这首词是刘辰翁亡国以后所作。宋恭帝德祐二年（公元1276年），南宋被蒙古所灭，大量南宋遗民选择不与新政权合作，隐居乡间或山野。刘辰翁（1232—1279），字会孟，号须溪，庐陵（今江西吉安）人。景定元年（公元1260年）补太学生，受知于国子祭酒江万里。景定三年（公元1262年）廷试对策，忤奸相贾似道，置丙第。以亲老，请为赣州濂溪书院山长。文天祥起兵勤王，曾短期参与其江西幕府。宋亡，不仕。有《须溪集》传世，存词340余首。创作这首词时，刘辰翁隐居山中，已经阔别旧都多年。然每逢佳节，词人依然感慨万千。上片凭想象落笔，写在元军铁蹄的蹂躏下，今日元宵临安城的悲苦愁怨，凄凉冷落。下片直抒胸臆，突出欲说还休的故国之思和兴亡之意。刘辰翁流传至今的大量词作，都是亡国以后的创作，深寓亡国之哀痛。如《忆秦娥》写上元灯节，说：“烧灯节，朝京道上风和雪。风和雪，江山如旧，朝京人绝。　百年短短兴亡别，与君犹对当时月。当时月，照人烛泪，照人梅发。”这首词用入声韵，短促泣咽，悲苦凄凉。它特意选择汉民族极为重视的元宵佳节，做人世沧桑巨变的对比。旧时繁华富丽，热闹非凡；眼前风雪载道，路在人绝。突出宋遗民“天上人间”的感受和难以诉说的惨痛心情。通篇着重描写今天的风雨飘摇，萧瑟凄苦，昔日则点到为止。既躲避当日严密的文网，又极含蓄委婉，含不尽之意见于言外。一位大节凛然的孤臣义士的危苦形象，呼之欲出。还有一篇《西江月》，写的是新秋到来时的感受，说：“天上低昂仰旧，人间儿女成狂。夜来处处试新妆，却是人间天上。　不觉新凉似水，相思两鬓如霜。梦从海底跨枯桑，阅尽银河风浪。”刘辰翁写作此词，离南宋覆亡大约已有一段时间，亡国的深哀巨痛渐趋淡化。七夕来临，人们又欢庆游乐，一如既往。摆脱不了的亡国愁恨，使词人总处在凄苦哀怨之中。众人皆昏，不思故国，恢复已无希望，唯词人独醒，更加重了深层的悲哀。这首词从一个角度反映了当时汉民族的麻木不仁，很容易习惯现状，安做奴隶，不思反抗。这是多少年来专制残暴的结果，当然词人还认识不到这一点。面对现实，词人心事重重，沉湎于悲伤之中不可自拔。表现到作品中，则是不露声色、微含讽意。感慨最强烈时便转借典故和梦境，敛抑吞吐，最断人肠。

南宋与金国对峙并立期间，北方的一个更加强大的民族和国家正在崛起，这就是居住在乌桓（今天内蒙古乌联山）以北辽阔地区的蒙古族。蒙古族原来各为部落，自由散居。先臣属于辽，后臣属于金。至也速该逐渐强盛，开始了侵吞合并诸部落的系列战争。也速该之子铁木真继位，继承父志，完成了统一蒙古诸部落的大业。宋宁宗开禧二年（公元1206年）十二月，铁木真在斡难河称帝建国，称成吉思汗。而后，加快了拓展疆域的战争。宋宁宗嘉定二年（公元1209年）五月，蒙古大军攻入灵州，西夏襄宗纳女请降。西夏臣服，蒙古大军开始直接进攻金国。宋宁宗嘉定三年（公元1210年）十二月，蒙古发兵攻金，逐渐侵吞金国西北边境的大片领土。此后，蒙古兵连年征战，攻打金国。宋宁宗嘉定七年（公元1214年）五月，金人被迫迁都汴梁。次年，金中都被蒙古攻陷，金人国土丧失过半。

西夏不甘心就此投降，改变国策，联金抗蒙，蒙古大军转而全力对付西夏。宋理宗宝庆二年（公元1226年）春，成吉思汗率军从北路攻入西夏境内。这一场歼灭西夏的战争一直持续到宋理宗宝庆三年（公元1227年）七月，西夏中兴府（今宁夏银川）陷落，西夏彻底灭亡。成吉思汗在西夏投降的前几天，病死军中。次年八月，蒙古贵族拥戴成吉思汗的第三个儿子窝阔台继承汉位，即元世祖。

西夏灭亡后，蒙古人没有了后顾之忧，便集中全力消灭金国。金人这时候已经丧失了河北、山东、关陕的大部分土地，只得集中数十万大军扼守黄河、潼关等险要地区，阻挡蒙古兵的继续南侵。成吉思汗临终时曾嘱咐说："金国集中精兵在潼关，南面占据连山，北面依仗黄河，不易于强攻。如果向宋借路，宋、金世仇，宋一定会答应我们的请求。那么，我们大军攻击唐州、邓州，直捣大梁。金人只能从潼关调回精锐部队，金人就成了千里奔波的疲惫之师，我们便一定能消灭金人大军。"这就是"假道于宋"的灭金构思。窝阔台继位后，与弟拖雷及拖雷长子蒙哥率军攻金。战争持续了两年多，金人在黄河、潼关等战场上抵御住蒙古人的进攻，于是窝阔台准备实施“假道于宋”的作战计划。

在蒙古与金的战争过程中，南宋与金的关系也发生了巨大的变化。金人在北方战场上频频受挫、丧兵失地，南宋就有大臣极力主张乘机与金人断绝关系，不再输送岁币给金人。金人则企图发动南侵战争，掠夺南宋，来弥补与蒙古战争中的损失。宋宁宗嘉定十年（公元1217年）四月，金人分道入侵南宋，宋军在一系列防御战中，击溃金兵。这一年六月，南宋朝廷感觉底气充足了，便颁布伐金诏令。其实，与南宋相比，金人军事实力仍占上风。南宋政府虽然颁布伐金令，但是此后连续发起攻击的依然是金人的军队。宋军在四川、陕西等处防御金人的进攻，几年以来，互有胜负。宋、金和约遂绝，两国进入交战状态。

蒙古军事实力强大，“假道于宋”，开始不征求南宋的同意。宋理宗宝庆三年（公元1227年），蒙古军入侵四川，占领南宋大批领土，后因成吉思汗去世而退兵。宋理宗绍定四年（公元1231年），蒙古军再次攻入四川，攻陷天水、成州、西和州等地。十月，派遣使臣速不罕强行向南宋借道，被南宋守将张宣击杀。拖雷借机大举攻宋，深入四川腹地，四川制置使桂如渊被迫同意借道。蒙古军因此贯彻了“假道于宋”的作战计划，拖雷大军紧逼唐州和邓州，金人果然调遣把守潼关和黄河的精兵南下增援。宋理宗绍定五年（公元1232年）正月，蒙古军在钧州三峰山（今河南禹县西南）与金兵主力决战，大败金兵，金人精兵良将丧失殆尽。三月，蒙古大军合围汴京，金哀宗于年末逃离汴京。次年六月，逃到蔡州（今河南汝南）。不久，金人元帅崔立投降，汴京被蒙古人占领。蒙古人这时要集中兵力消灭金国，曾数次派使臣到南宋，约攻金朝。宋理宗绍定五年（公元1232年）十二月，蒙古再派遣使臣前往南宋，商议夹攻蔡州之事，答应消灭金国后，将河南土地还给南宋。南宋随即派遣使臣回报蒙古，双方同盟成立。

金人依然认为南宋软弱可欺，想通过进攻南宋的方式来补偿与蒙古人作战的损失。宋理宗绍定六年（公元1233年）秋，金兵对南宋发起进攻，试图开辟一条通道，接金哀宗入川。南宋京西兵马钤辖孟珙奉命率军阻击，大败金兵，金人主将武天锡被杀。宋军乘胜追击，收复邓州、申州。八月十三日，宋军攻占唐州。九月，蒙古塔察儿部围攻蔡州，数次被金兵所败，蒙古军筑长垒，准备长期围困蔡州。十月，孟珙、江海率宋军二万、米三十石前往蔡州。十一月，孟珙依约率军抵达，合围蔡州。十二月，宋、蒙联军对蔡州发起全面攻击。宋理宗端平元年（公元1234年）正月初九，金哀宗传位给蔡州城东面元帅完颜承麟。初十，完颜承麟即位，而宋军此时已经攻入蔡州，蒙古军也从西门攻入了蔡州。金哀宗自杀，完颜承麟为乱兵所杀，金国覆亡。而后，宋、蒙双方各自撤军，孟珙还军襄阳，蒙古军撤往河北。

宋、蒙联盟灭金，河南归属最初可能只是口头约定，也有学者认为当时“来不及或有意避开了灭金后河南之地的归属问题”[①]。灭金后，南宋皇帝和部分文武大臣自我膨胀，对南宋军事实力没有清醒的认识，主张趁蒙古军北撤，发兵收复三京（东京开封府、西京河南府、南京归德府）。如淮东制置使赵葵、沿江制置副使赵范、

① 何忠礼、徐吉军《南宋史稿》第306页，杭州大学出版社1999年版。

淮西制置使全子才等都极力主张出兵，且得到宰相郑清之的支持。朝廷中多数官员还是反对出兵河南，他们认为：南宋兵力不足，财力不够，反而将为蒙古军南侵提供口实。蒙古军北撤，任命刘福为河南道总管。蒙古军的还攻打已经被南宋占领的徐州。蒙古军下一个军事打击目标将转向南宋，这样的意图已经逐渐明朗化。宋理宗对时势根本没有清醒的认识，好大喜功，站到了主战派的一边。他撤掉反战派官员吴潜、吴渊、史嵩之等人的官职。端平元年（公元1234年）五月，朝廷任命赵范为两淮制置使、节制军马兼沿江制置副使，率军策应，由全子才率淮西兵万余人，进军东京开封。全子才六月十二日率军从庐州（今安徽合肥）出发，沿途投降蒙古的金兵转而投降宋军，宋军七月初顺利抵达开封城外。原金国投降将领李伯渊等设计杀死崔立，投降宋军，沦陷百余年的汴京终于被宋人收复。

同时，赵葵率宋军主力五万北上，以全子才为后援。赵葵军在汴京与全子才军会师后，赵葵坚决要求立即出兵攻打洛阳和潼关。全子才则认为粮草未集结完毕，不可贸然出兵。赵葵一意孤行，派遣部属范用吉等率军一万三千人西进，杨谊等率军增援，各携带五日粮草。宋军抵达洛阳，洛阳已成空城，宋军顺利进入。但是，进入洛阳的第二天，宋军粮草就枯竭了。此时，蒙古军已经闻讯发兵南下。杨谊军途中遭遇蒙古军伏击，全军覆灭。蒙古军进军洛阳，与宋军发生激战，双方伤亡相当。宋军缺乏粮草，无法在洛阳立足，只得班师。在蒙古军队的追击下，伤亡惨重。赵葵和全子才也因同样的原因撤军，所收复的失地，再度沦陷。年末，蒙古派遣使臣前来，谴责南宋败盟，从此开始了长达半个世纪的蒙古消灭南宋的战争。

宋理宗端平二年（公元1235年）六月，蒙古兵分三路南侵攻宋。阔端率西路军入侵四川，阔出率中路军攻打襄阳，口温不花率东路军进攻江淮地区。阔端西路军攻占河池（今甘肃徽县），紧逼沔州（今陕西略阳）。知沔州高稼率部与蒙古军对抗，多立奇功。终因寡不敌众，十二月，沔州失守，高稼被杀。阔端军转而包围驻扎在青野原（今甘肃徽县南）的由四川制置使赵彦呐率领的南宋川军主力。宋权利州驻扎御前诸军都统制曹友闻，号称“满身胆”，与弟曹万率军求援。他们经小道至青野原，与蒙古军半夜激战，击退蒙古军，解宋军之围。蒙古西路军先锋汪世显攻打大安，曹友闻再度驰援，击退蒙古军。由此，蒙古西路军受挫，阔端暂时撤兵。蒙古东路军进攻唐州，全子才弃师逃跑，赵范率军击退蒙古军。

蒙古中路军在阔出的率领下进攻京胡地区，直指襄阳。宋理宗端平三年（公元1236年）三月，赵范治军无方，襄阳宋军内乱，多支部队投降蒙古军，襄阳城陷落。襄阳自岳飞收复以来，经营一百多年，粮草、军械储备丰富，此时尽为蒙古人所有。四月，蒙古军攻陷随州、郢州、荆门军。十月，阔出病死，塔思率军继续南侵。蒙古军围攻蕲州（今湖北蕲春南），转攻江陵。知黄州孟珙先派军队解蕲州之围，趁蒙古军立足未稳，主动发起进攻，连破蒙古军二十四寨，击退了进攻江陵的蒙古军。

宋理宗端平三年（公元1236年）秋，阔端西路军卷土重来，再度进犯四川。这次，阔端会合了西夏、女真、吐蕃等军队，人数达五十万。赵彦呐命曹友闻放弃沔州，退守大安。曹友闻认为：蒙古军来势凶猛，兵力强盛，宋军只能在危险中坚守，以求奇兵制胜。沔州地势险要，大安地势平旷，所以不应该退守。赵彦呐坚持己见，曹友闻被迫移师大安。九月，曹友闻在大安阳平关与蒙古军激战。战斗持续数天，宋军寡不敌众，全军覆灭，曹友闻、曹万都战死疆场。蒙古军打通了入川的路线，长驱直入。一个月之间，成都、利州等四川多数州府纷纷陷落，四川全境仅存夔州一路及少数州府。阔端军一直打到长江北岸，因缺乏水军而退兵。宋理宗嘉熙三年（公元1239年）八月，蒙古将领塔海再度率数十万大军入侵四川。这次，蒙古军同样抵达长江北岸，沿江而下，进攻夔州等地。蒙古军在巴东遭遇孟珙派遣军队的顽强抵抗，最终被迫撤退。蒙古与南宋开战，四川首遭其害。蒙古大军两度横扫四川大部分地区，烧杀抢掠，极其残忍。如成都府陷落，蒙古军血洗当地，死者达数十万，而后将城郭焚毁一空。

宋理宗嘉熙元年（公元1237年）十月，蒙古另一路大军在口温不花的率领下攻打黄州，孟珙率师解围。蒙古军转攻安丰，安丰守臣杜杲备战充分，多次击退蒙古军的进攻。紧接着，池州都统制吕文德率部突围入城，帮助防御，蒙古军只得撤军。这一系列的守卫战，保护淮右地区在一段时间内不受蒙古人的侵扰。嘉熙二年（公元1238年）二月，蒙古再度遣使议和，讨论岁币数额。九月，察罕率蒙古大军，号称八十万，围攻庐州。杜杲极力防御，且乘胜出战，击溃蒙古军队，杜杲升任淮西制置使。十月，朝廷任命孟珙为荆湖制置使，令其出兵收复襄阳。孟珙一路收复郢州、荆门军。嘉熙三年（公元1239年）三月，孟珙部与蒙古军三战三捷，最终收复信阳、光华军、樊城、襄阳等地。襄阳陷落三年以后，重新回到南宋手中。孟珙提醒朝廷，“襄阳为朝廷根本”，应该屯重兵防守，且应该有守城的充分准备。十二月，孟珙分兵抵御一路攻入四川的蒙古军队，并取得可观战果。嘉熙四年（公元1240年）正月，蒙古派遣张柔等分道入侵。二月，朝廷调孟珙为四川宣抚使，主持川蜀防务。孟珙在四川整顿军队，组织民兵，派遣小股部队焚烧蒙古军舟船、粮草等军用物资，分兵抵御入侵的蒙古军，都取得了非常好的战果。淳祐元年（公元1241年）十一月，蒙古军再度围困成都，宋军将领田世显叛变，成都城又一次陷落。十二月，由蒙古所派遣的七十余人的使臣团前来议和，却被南宋守军扣留。淳祐二年（公元1242年）二月，蒙古大军从京兆出发，一路攻打商州、房州，大军直驱泸州。孟珙分兵抵御，下令死守。十月，蒙古军攻陷通州；十二月，蒙古军攻入叙州。淳祐三年（公元1243年）七月，蒙古军攻破大安军，宋军将领杨世安打退了这一路蒙古军的继续入侵。淳祐四年（公元1244年）五月，蒙古军围攻寿春，吕文德率军抵御，不久，击溃蒙古军。淳祐五年（公元1245年）七月，张柔率蒙古军入侵淮西，至扬州而回。淳祐六年（公元1246年）十一月，蒙古军入侵荆湖、江淮地区，一直攻打到黄州。

宋理宗宝祐四年（公元1256年）六月，蒙古国主蒙哥亲率大军，分三路南侵，战争持续数年。宋理宗宝祐六年（公元1258年）二月，蒙古两支部队合围成都，宋军在沿途与之激战数次，却都被蒙古军击溃，成都城中粮尽投降。蒙古军继续南下，沿途势如破竹，四川各地或陷落或投降，蒙古军再度占领四川大部分地区。宋理宗开庆元年（公元1259年）二月，蒙哥率军抵达合州（今重庆合川）钓鱼城下。合州知府王坚，原来是孟珙的部将，曾多次击溃蒙古军，且率军收复兴元府（今陕西汉中），有着丰富的战斗经验。钓鱼城修筑在钓鱼山上，离合州城约十里，地势险要，易守难攻。余玠守蜀时在此修筑城池，作为重庆府的屏障。王坚拒绝蒙古人的劝降，誓死守城。守城战从二月打到七月，蒙古诸路军队纷纷抵达钓鱼城下，参加围攻。王坚不为所动，击毙蒙古数员将领。最后，蒙哥在城下病逝，也有传说是中飞箭身亡。蒙古军只得解围而去。王坚因功升任宁远军节度使。

蒙古另一路大军由忽必烈率领，攻打长江沿线，同样一路高奏凯歌。宋理宗开庆元年（公元1259年）九月，忽必烈得知蒙哥去世的消息后，依然不愿退兵。十一月，忽必烈率军包围鄂州城。此前，南宋朝廷任命贾似道为右丞相兼枢密使，率军驻扎汉阳，随时增援鄂州。宋军在鄂州和汉阳与蒙古军多次激战，鄂州守将张胜战死，贾似道转守黄州。十二月，贾似道私下派遣使臣向蒙古军求和。忽必烈最初不同意议和，后来听说部分蒙古贵族准备拥立阿里不哥继位，便同意议和，率大军回去争夺帝位。蒙古大军回师后，贾似道捕获少量蒙古军人。宋理宗景定元年（公元1260年）三月，贾似道隐瞒私下向忽必烈求和称臣纳币之事，向朝廷献俘，声称：鄂州解围，诸路大捷，江汉肃清。宋理宗以贾似道为国家再造之臣，进贾似道少师，封卫国公。从此，贾似道权倾中外，进用群小，朝政日益败坏。而蒙古军的这一轮强大攻势，也就此告一段落。

上述蒙古与南宋之间的战争，是蒙古灭宋的第一阶段战争，可以称之为相持阶段或拉锯阶段。从1234年持续到1260年，前后经历了二十七年的时间。这一阶段，蒙古军事实力远胜南宋，不断发起南侵战争，战争主要集中在四川和长江沿线两个战区。然而，南宋由于用人得当，如重用孟珙、吕文德、杜杲、余玠、王坚等将帅或守臣，便在蒙古大军轮番入侵的严峻形势前面也并不示弱，反复击退入侵之敌，收复失地。另一方面，蒙古军在这一阶段的战争中，以抢劫掳掠为目的，攻打一地后往往洗劫而去。所以，许多土地又回到了南宋手里。同时，这一阶段蒙古国内帝位更替频繁，还不能全力对付南宋。淳祐元年（公元1241年）十一月，窝阔台去世，庙号太宗，皇后乃马真氏听政。直到淳祐六年（公元1246年）七月，才立窝阔台长子贵由为帝，乃马真氏依然掌握朝政。淳祐八年（公元1248年）三月，贵由卒，庙号定宗。皇后斡兀立海迷抱曲出子失烈门听政。曲出是窝阔台的第四子，窝阔台原定失烈门为皇位继承人。然而，此时另一位皇后听政，朝臣大都不服。淳祐十一年（公元1251年）六月，蒙古诸王公推举雷子蒙哥继位。宋理宗开庆元年（公元1259年）七月，蒙哥在合州城下去世，次年三月，蒙哥弟忽必烈继位。忽必烈继位后，蒙古诸部多有不服，起兵叛乱。以后连续四年的时间里，忽必烈东征西讨，统一蒙古诸部落。直到开庆五年（公元1264年）七月，忽必烈对内的战争才告一段落，忽必烈成为真正的蒙古大汗。在一系列地位频繁更替的过程中，蒙古军自然会放松对南宋的进攻。此外，大量蒙古军队还在拔都的率领下进行大规模的西侵战争。所以，南宋在这一阶段，勉强能够维持住守势，形成战略相持和拉锯的局面。在这二十多年的相持过程中，蒙古军越来越强大，南宋朝政却越来越腐败，南宋已经渐渐露出亡国的迹象。

蒙哥继位后，改变了对南宋的作战战略安排，变烧杀抢掠为领土侵蚀。此后，蒙古军攻陷南宋城池，都以占领为目的。蒙古军的作战方针也有很大改变。其一，蒙古军在占领区分别部署兵力，实行屯田，步步为营；其二，蒙古分兵远征云南大理，进兵两广，迂回包抄，对南宋实施南北两面夹击的作战方针。消灭南宋的全盘作战计划，因蒙哥的去世、忽必烈的争夺大汗权位被推延了许多年。其间，忽必烈为了全力巩固自己在蒙古的统治地位，曾派遣郝经等出使南宋议和。南宋政府居然无理地扣留蒙古议和使团，对蒙古后来的责问也不予理睬。等到南宋即将亡国时，才将扣留的郝经使团放回，郝经已经被南宋扣留长达十六年。在相对和平的时期，南宋贾似道的个人权力也已经到了尽头。贾似道为了收拢兵权，让诸将听命于己，在全国推行“打算法”，即：核算将帅军费开支，追交赃款。贾似道此举，还夹杂了更多的排斥异己的个人目的。与蒙古作战屡立功勋的将帅向士璧、曹世雄均被迫害致死，李曾伯、史岩之也都被罢官。宋理宗景定二年（公元1261年）六月，原孟珙部将刘整，在与蒙古军的多次战斗中屡立战功，却被逼投降蒙古。蒙古一面，忽必烈统一权力，准备全力灭宋；南宋一面，群小嚣张，打击将帅，自毁长城，且对蒙古应对无方。南宋亡国大祸，就在眼前。

宋度宗咸淳三年（公元1267年）十一月，忽必烈征调各路大军，准备发动灭宋战争，忽必烈就是以南宋拘囚郝经为战争的理由。蒙古军这一次改变以四川为重点战区的做法，倾尽全力进攻襄樊，试图通过襄樊进入长江流域，消灭南宋。咸淳四年（公元1268年）九月，阿术、刘整率蒙古军开始包围襄樊，长达四年多的襄樊保卫战拉开序幕。蒙古军在襄樊外围重要的地方修筑城堡，准备长期围困襄樊。而且，蒙古人造船五千艘，日夜训练水军，以适应在汉水、长江地区对南宋的战争需求。此时，襄阳守臣是吕文焕，樊城守臣是范天顺和牛富。襄樊相互支援，凭借城坚粮足，顽强地抵抗住了蒙古军。其间，南宋派遣增援襄樊的军队，都被蒙古军消灭或击溃。如，咸淳五年（公元1269年）七月，夏贵率军援襄被阿术击溃，随即范文虎率水军亦被阿术打败。范文虎等又阻拦李庭之援军，怕其争功。咸淳七年（公元1271年）五月，蒙古多路大军合围襄阳，蒙古军攻城的兵力大大加强。六月，范文虎率军十万再度援襄，最终被击溃。十一月，蒙古改国号，称大元，建立起完整的国家体制。咸淳八年（公元1272年）五月，李庭之终于能率军增援襄阳，然宋军大势已去，李庭之部下悍将张贵、张顺战死，李庭之也无法打破元军铁桶般的包围圈。咸淳九年（公元1273年）正月，樊城陷落，范天顺自缢，牛富巷战力竭后赴火身亡。二月，无力再守的吕文焕开城投降。襄樊被围头尾五年，终于相继陷落，南宋防线被撕开了一个巨大缺口。

襄樊陷落，增援不力、率先逃跑的范文虎等人没有得到应有的惩处，反而是讨论事件真相、要求朝廷振作的官员被贾似道一再贬谪。贾似道依然欺瞒朝论，得过且过，昏聩地期望这样的日子一直持续下去。咸淳十年（公元1274年）六月，忽必烈命令诸将继续南伐；七月，伯颜率大军启程灭宋。九月，伯颜进攻郢州、新城，宋守将都力战身亡。十二月，击溃夏贵守江部队，元军横渡长江。于是，汉阳、鄂州、黄州、蕲州相继投降，南宋门户洞开。沿江诸州郡守臣大都是吕文焕的旧部属，纷纷望风投降。朝廷一面下诏勤王，一面命贾似道都督诸路军马，率师亲征。宋恭帝德祐元年（公元1275年）正月，贾似道率诸路精兵十三万出征，夏贵率师前来会合。二月，大军到达芜湖，贾似道故伎重演，私下派遣使臣到元军求和，请求称臣、奉岁币，履行开庆和约。然而此一时彼一时，伯颜一口回绝贾似道的请求。贾似道当时命孙虎臣为前锋，率精锐部队七万余人驻扎在丁家洲；以夏贵为水军统帅，率战舰二千五百艘横亘长江中，自己率后军驻扎在鲁港。二月二十二日，两军在丁家洲展开大战，孙虎臣率先逃跑，夏贵也不战而逃，宋人军心动摇，溃不成军。孙虎臣逃到鲁港，元军追击而至，贾似道后军随之溃逃。贾似道逃入扬州城，试图重新召集溃逃的部队，然而没有任何将士响应他。贾似道上表自劾，德祐元年（公元1275年）七月被贬为高州团练副使，安置循州。九月，途径漳州木棉庵时，被押送官郑虎臣杀死。这一战，宋军精锐部队基本上被全部歼灭，南宋亡国的最后丧钟终于被敲响了。

三月，伯颜进入建康（今江苏南京），元军逼近临安。全国几乎无人回应勤王诏令，只有郢州守将张世杰率军入京守卫。另外，江西文天祥以家产为军费，召集部众万余人入京；湖南提刑李芾率三千人勤王。这时，忽必烈派遣礼部尚书廉希贤、工部侍郎严忠范奉国书前往临安。独松关守将张濡部属居然杀了严忠范，抓住廉希贤送往临安，廉希贤最终也伤重而死。南宋与元之间已经没有了任何回旋的余地。五月，忽必烈召伯颜回上都议事，伯颜升任右丞相，阿术升任左丞相，伯颜带着灭宋的最后作战计划返回前线。而后，元军在江浙各地与宋军发生激战，逐步消灭各地宋军，占领州郡。十月，伯颜兵发建康，分三路包抄临安。沿途，元军以占有绝对优势的兵力不断攻占州郡，歼灭南宋守军，歼灭或击溃增援的宋军。宋恭帝德祐二年（公元1276年）正月，元军合围临安。

宋廷在元兵紧逼之际，曾商议迁都，数次都因为太后、大臣等的意见分歧而作罢。元军即将兵临城下，原来反对迁都的宰相陈宜中也改变主张，力请迁都，宫内因此收拾行装准备出行；然而却因出发时间的误会惹怒了太后，太后拒绝出行，南宋君臣因此在孤城中坐以待毙。面对来势凶猛的伯颜大军，南宋又反复派遣使臣求和。先求称侄纳币，再求称侄孙纳币，都被伯颜一口回绝。谢太后彷徨无奈，慌忙显出国玺和降表，投降臣服。二月，元兵进入临安城；三月，伯颜进入临安城。宋宫廷琴师汪元量有一组《醉歌》十首，记载南宋灭亡、宋廷投降之事，其五说："乱点连声杀六更，荧荧庭燎待天明。侍臣已写归降表，臣妾佥名谢道清。"不久，元兵撤离，带走太后、幼帝、宗室、大臣、宫女等等，南宋亡国。

宋廷投降以后，各地宋军和守臣大都随之投降，如夏贵以淮西投降。只有少数守臣或将帅誓死抵抗，各自为战。如扬州李庭芝、姜才坚决不投降，甚至拒绝谢太后的劝降手诏，说："奉诏守城，未闻以诏谕降也。"一直到七月，兵败被俘，两人慷慨就义。淮东地区随之全部陷落。又如，潭州守臣李芾坚守潭州城近四个月，与元军大小数十战。元兵攻入潭州时，李芾全家自杀。像这样壮烈抗元、慷慨赴难的事情，全国零零星星发生多起。此外，陆秀夫、张世杰、文天祥等奉益王、广王在福建、广东等地坚持抗战，前后拥立二王为帝。南宋残余势力在南国又坚持抗战三年，直至祥兴二年（公元1279年）二月，张世杰军在厓山海面全军覆灭，南宋抗战才最终宣告落幕。文天祥被俘押往大都，坚贞不屈，四年后被杀。文天祥在押送途中所作的七律《过零丁洋》，传送人口，诗云："辛苦遭逢起一经，干戈寥落四周星。山河破碎风飘絮，身世浮沉雨打萍。惶恐滩头说惶恐，零丁洋里叹零丁。人生自古谁无死？留取丹心照汗青。"这首诗成为南宋亡国后爱国志士的集体写照。

引用书目

欧阳修《新五代史》，中华书局1997年版。

脱脱《宋史》，中华书局1995年版。

毕沅《续资治通鉴》，上海古籍出版社1987年版。

李焘《续资治通鉴长编》，中华书局2004年版。

黄以周等《续资治通鉴长编拾补》，中华书局2004年版。

李心传《建炎以来朝野杂记》，中华书局2000年版。

徐梦莘《三朝北盟会编》，文渊阁四库全书本。

《续两朝纲目备要》，中华书局1995年版。

陈均《九朝编年备要》，文渊阁四库全书本。

陈邦瞻《宋史纪事本末》，中华书局1997年版。

吕中《宋大事记讲义》，文渊阁四库全书本。

徐梦莘《三朝北盟会编》，上海古籍出版社1987年版。

《钦定盛京通志》，文渊阁四库全书本。

孟元老《东京梦华录》，上海古典文学出版社1956年版。

耐得翁《都城纪胜》，文渊阁四库全书本。

徐松等《宋会要辑稿》，中华书局1997年版。

林駉《古今源流至论》，文渊阁四库全书本。

章如愚《山堂考索》，中华书局1992年版。
李林甫等《唐六典》，中华书局1988年版。
王溥《唐会要》，上海古籍出版社1991年版。
马端临《文献通考》，中华书局1986年版。
范镇《东斋记事》，中华书局1997年版。
沈括《梦溪笔谈》，岳麓书社1997年版。
司马光《涑水记闻》，中华书局1997年版。
魏泰《东轩笔录》，中华书局1997年版。
曾敏行《独醒杂志》，文渊阁四库全书本。
田况《儒林公议》，文渊阁四库全书本。
赵令畤《侯鲭录》，中华书局2002年版。
朱弁《曲洧旧闻》，中华书局2002年版。
庞元英《谈薮》，文渊阁四库全书本。
邵博《邵氏闻见后录》，中华书局1997年版。
张舜民《画墁录》，文渊阁四库全书本。
叶梦得《石林燕语》，中华书局1997年版。
陆游《老学庵笔记》，中华书局1997年版。
王楙《燕翼詒谋录》，中华书局1981年版。
王得臣《麈史》，文渊阁四库全书本。
王明清《挥麈录》，中华书局1961年版。
王明清《挥麈录》，文渊阁四库全书本。
叶绍翁《四朝闻见录》，中华书局1989年版。
周密《武林旧事》，西湖书社1981年版。
吴曾《能改斋漫录》，上海古籍出版社1979年版。

范仲淹《范仲淹全集》，凤凰出版社2004年版。
欧阳修《欧阳修全集》，中华书局2001年版。
苏轼《苏轼诗集》，中华书局1996年版。
苏轼《苏轼文集》，中华书局1986年版。
王安石《临川文集》，四库全书文渊阁本。
蔡襄《端明集》，文渊阁四库全书本。
李纲《梁溪集》，文渊阁四库全书本。
薛季宣《浪语集》，文渊阁四库全书本。
朱熹《晦庵集》，文渊阁四库全书本。
赵孟頫《松雪斋集》，文渊阁四库全书本。
岳珂《鄂国金佗稡编续编》，中华书局1999年版。
释文莹《湘山野录》，中华书局1984年版。
胡仔《苕溪渔隐丛话》，文渊阁四库全书本。
李华瑞《宋夏关系史》，河北人民出版社1998年版。
沈松勤《唐宋词社会文化学研究》，浙江大学出版社2000年版。
周宝珠《宋代东京研究》，河南大学出版社1999年版。
吴晟《瓦舍文化与宋元戏剧》，中国社会科学出版社2001年版。
廖奔《中国古代剧场史》，中州古籍出版社1997年版。
梁天锡《宋枢密院制度》，（台北）黎明文化事业公司1981年版。
何忠礼、徐吉军《南宋史稿》，杭州大学出版社1999年版。